妖孽王子的救國日常
3
本應破滅的未來
草草泥 著
喵四郎 繪

序章

很久以前，有一個神祕的國家叫哥雷姆國。

據說這個國家的居民擁有完美的姣好面容與無瑕的白嫩肌膚，身體恢復能力極佳，不僅比一般人長壽，且老化的速度也特別慢。吟遊詩人們以動聽的歌謠稱頌哥雷姆人的美麗，在各個城鎮一遍又一遍吟唱，令許多冒險者與夢想家紛紛造訪哥雷姆國，渴望能挖掘哥雷姆人青春永駐及驚人自癒能力的祕密。

謠傳這一切跟哥雷姆人信仰魔神——也就是魔像之神——脫不了關係。哥雷姆人每日皆會爲魔神獻上繽紛的魔花，並打造出無數與魔神外型相仿的魔像，悉心供奉，魔神得到了供奉，便賜予他的信徒年輕美麗的外貌與強健的肉體。

也因此，哥雷姆國的魔神一直是異國人十分感興趣的存在，有人說祂是庇佑國家安寧的神，有人說祂是掌管長生不老的神，但也有人認爲那根本不是神，而是魔鬼。

+

「父王，霍普爲什麼不醒來？」年幼的哥雷姆王子靠在父親懷中，雙手勾著哥雷姆國王的頸子，雙眸緊盯他們的魔像之神。

魔像之神霍普靜靜地佇立在教堂中，一手持著巨弓，一手將箭矢搭在弦上。霍普光滑的灰色肚腩繪滿細緻優雅的白色魔紋，經過數百年，白色魔紋依然絲毫不顯斑駁，在陽光的照耀下散發柔和光暈。

魔像之神爲何不醒來，這不僅是王子殿下的疑惑，也是自古以來全國人民的疑惑。當年霍普帶領哥雷姆的先祖來到這片富饒的土地後，便從此陷入了長眠，再也沒有甦醒。

「霍普的魔紋完好如初不是嗎？爲什麼不醒來呢？祂在賴床嗎？」

「不是的，亞倫。」哥雷姆國王被這番異想天開的猜測逗笑了，他摸摸兒子的頭，與亞倫一同仰望沉睡的魔神。

「霍普肯定有自己的理由。或許祂在等待一個契機，也或許祂存在的意義就是沉睡在這裡。」

「說不定只是因爲沒人叫醒祂？」亞倫笑嘻嘻地說，他從父親身上跳下來，走到霍普前方，小心翼翼地撫摸霍普的身子。「我好羨慕那些能潛入魔像心靈的優秀薩滿，如果我有那種能力，一定會進入霍普的夢裡叫祂醒來。」

「亞倫。」哥雷姆國王被亞倫的童言無忌弄得捏了把冷汗，他將兒子放在霍普身軀上的手拉開，雙手握住那隻掌握著哥雷姆國未來的小手，嚴肅地說：「窺探霍普的夢是不被允許的。」

他想了想，又用孩子比較能理解的說法補充：「任誰都不希望在睡夢中被打擾，是吧？霍普大人有恩於哥雷姆國，祂爲哥雷姆國做了這麼多事，你就讓祂好好睡吧。」

亞倫覺得有道理，於是乖巧地點了點頭。

他的目光在霍普身上流連忘返，打從第一眼見到魔神霍普，他就覺得這名魔像的模樣莫名令人喜愛，不管是外型還是肚腩上的魔紋皆使他深深著迷。

「好了，我們走吧，亞倫。等等還有好多儀式要參加呢。」哥雷姆國王重新抱起亞倫，轉身走向教堂大門。亞倫依依不捨地移開目光，頭靠到父親肩上，安心地闔起了眼。

「亞倫。」

一個陌生的聲音促使他又睜開雙眼。

亞倫反射性回頭一瞧，可教堂裡僅有他們父子倆跟魔像霍普。

「父王等等，我好像聽到誰在叫我！」

聞言，哥雷姆國王蹙起眉頭。他停下腳步，隨著亞倫一同四下張望，並未看見任何人影。

「你確定嗎，亞倫？這裡除了我們以外沒有別人了。」

「真的，我聽到了。」方才那個聲音清晰無比地傳入耳裡，亞倫毫不猶豫地伸出手。「聲音是從那個方向傳來的！」

白皙的小手不偏不倚地指向魔神霍普。

哥雷姆國王瞬間呆若木雞，但他很快回過神，連忙把亞倫指著霍普的手拉下來。「亞倫，別亂說，霍普不會跟任何人說話的，就算你是薩滿也一樣。」

「真的嗎？可是我剛剛確實聽見有人叫我的名字！」亞倫越想越肯定，他掙扎著從父親身上下來，跑到霍普面前。「一定是霍普，我聽見霍普的聲音了！」

他蹦蹦跳跳地揮舞雙手，臉上綻放興奮和驕傲的神色。「他知道我，還喊了我的名字！」

哥雷姆國王半信半疑，他比較傾向是亞倫聽錯了，或是想要證明自己，畢竟這年紀的孩子想表現得與眾不同也無可厚非。

他考慮了下，最後決定不反駁亞倫，於是他摸了摸小王子的金髮，慈愛地說：「我相信你沒有說謊，亞倫。既然你聽見了霍普的聲音，要不要問問看祂爲何不醒來呢？」

亞倫用力點點頭，興致高昂地轉身詢問沉默的魔像之神。

「霍普！霍普大人，您爲何不醒來呢？大家都渴望見到您，到底該怎麼做您才願意醒來呢？」

哥雷姆國王好笑地看著自己的兒子，雖然他很樂意陪伴亞倫在這呼喚霍普，可是待會他們還有活動要出席，差不多得走了。

「好了，我們走吧，亞倫。晚點再告訴我你聽到了什麼——」

「我現在就可以告訴父王喔，霍普剛剛跟我說了。」亞倫就像發現了祕密基地，盯著父親呆滯的臉，臉上帶著天眞無邪的笑容開口。

「霍普說，只要世界末日來臨，祂就會醒了喔。」

第一章

傾盆大雨降臨整座村莊，雨幕朦朧了異鄉冒險者的視野，路上滿是阻礙腳步的泥濘，被大自然戲弄的旅人們紛紛躲到村莊裡唯一的旅店，狼狽地扭乾身上的衣服。

狹路相逢的各路冒險者彼此大眼瞪小眼，被迫擠在狹小的空間裡，有人窩在角落或樓上的客房避開交流，有人則自在地待在木桌旁，與夥伴們或其他冒險者談笑風生。能夠穿越哥雷姆國境線來到此處的冒險者，多半都是同行中的菁英，當然，仍是有少部分實力平庸的人混在裡頭。

小小的旅店內人聲鼎沸，在這熱鬧紛亂的環境，有三個人坐在隱蔽的一角。

其中一人一看就知道是個老練的冒險者，身上的風衣有些斑駁，腰間的劍鞘也被刮得破破爛爛。他蹺著二郎腿，顯得隨興且不拘小節。

與他不同，另一位冒險者姿態端正地坐在他旁邊，全身罩在鎧甲裡，蠟燭的火光彷彿替銀色鎧甲鍍上一層光芒，看起來是個嚴守紀律的騎士。

最後一人披著素色斗篷，兜帽遮掩住了他耀眼的金髮與美貌，但旁人仍能從他纖細的身材與毫無瑕疵的白皙手指，判斷出此人應當是冒險經驗不多的新手。

這個奇異的組合散發出讓其他冒險者難以接近的氛圍，彷彿開啟了結界似的。只見身披斗篷的冒險者握著筆，在羊皮紙上飛快地寫了一行又一行數字，接著將紙筆遞給老鳥冒險者。

「從前從前，有個哥雷姆國的商人，他向A商店買了一些商品，總共六千零四十九魔幣。」偽裝成冒險者的哥雷姆王子豎起一根食指，以輕快的語調敘述一道數學題。「然後這位商人又將所有商品賣給B商店，售價七千魔幣。根據哥雷姆國的法規，營業稅爲百分之五，請問——」

望著蹙起眉頭的穆恩，亞倫笑吟吟地說：「請問哥雷姆國的王子憑藉英俊的外表，可以給國家帶來多少觀光收入？」

正在轉筆的穆恩手一鬆，筆落在了桌面上。

他瞪著不要臉的王子殿下，惱羞成怒地把紙筆推回去。「媽的不寫了！我就說不要讓這傢伙教我！你看吧！」

他指著亞倫的鼻子，氣憤難當地向加克控訴：「我早就料到這傢伙會亂不正經地教學，都是你出的餿主意！」

「亞倫閣下……」加克已經無奈到不能再無奈。

爲了讓從未受過正式教育的穆恩有些基本學識，加克除了教導他劍術，也要求他必須讀書。不過加克畢竟是爲戰鬥而生的魔像，若說學識還是受過良好教育的亞倫較爲淵博，因此他選擇請亞倫協助，結果亞倫教到一半就不正經起來了。

「請您正經一點，亞倫閣下。穆恩閣下的未來只能靠您了。」

「我的問題不實際嗎？當年確實有很多旅人是爲了看我一眼才來的。」亞倫故作無辜地反駁。

「你倒是說說剛才講了那麼多數字跟你最後的問題有什麼關聯！」

「居然知道沒有關聯呢，太好了，你的數學概念有長進了。」

「你瞧不起我是不是！」

穆恩驀地站起身扯住亞倫的衣領，周圍的冒險者們紛紛看過來，穆恩嘖了一聲，不甘不願地放開王子殿下。

「看什麼看！沒看到我們忙著寫數學嗎？滾回去討論你們的事！」

冒險者們呆滯地盯著穆恩一屁股坐回位子上，帶著不耐煩的表情將紙筆搶回來塗塗寫寫。

「這是在做什麼？」有個冒險者驚疑不定地對身旁的夥伴耳語。「我還是第一次見到有人在這裡寫作業。」

「能在這種吵雜的地方學習，眞是好興致。」

「那個人是穆恩嗎？想不到他的字典裡有讀書兩個字……」

面對惱人的竊竊私語，亞倫在穆恩將注意力轉向那些人之前，含笑開口：「穆恩，我們繼續吧。」

注視著那雙如寶石般美麗的藍色眼睛，穆恩打消了朝那些人叫囂的念頭。他哼了一聲，不再理會旁人。

「眞正的題目是這樣的。」亞倫取走他的筆，在紙上寫起來。「試問商人的淨利爲多少……」

加克默默旁觀他們的互動，這兩人都令他有點頭痛，尤其是穆恩。穆恩經常不服「管教」，說什麼反抗什麼，所幸亞倫總是有辦法讓穆恩聽話。

白天他會指導穆恩劍術，晚上則由亞倫教導穆恩學術知識。現在穆恩已經漸漸能看懂較艱難的文字了，閱讀能力也大有長進。

可惜聚集在旅店的人太多，縱使他們想專注在學習上，仍難免因其他冒險者的談話而分心。

「我知道一個關於哥雷姆王子的祕密，這是其他城鎮的居民告訴我的。」一名身穿輕甲的弓手一副煞有介事的樣子，身邊圍繞著許多豎耳認眞傾聽的冒險者。「傳說那位被詛咒的王子也是哥雷姆薩滿，你們知道薩滿嗎？在哥雷姆國，能跟魔像溝通的人都被稱爲薩滿，而且他不是普通的薩滿，他能聽見魔神的聲音，還說出了驚人的預言。」

「什麼預言？」一位冒險者興奮地問。

「哥雷姆人不是把喚醒魔神視爲終極目標嗎？那個王子曾說，他聽見魔神親口告訴他，只要世界末日來臨，魔神就會從漫長的沉睡中甦醒。而多年後，哥雷姆國就在他生日那天滅亡了。你們不覺得這件事彷彿在印證他的預言嗎？」

「哪有什麼世界末日？迎來末日的只有哥雷姆國好嗎？」一名手持酒杯的冒險者嘲弄地回應。

弓手急忙反駁：「這說不定只是開端，那個邪教王子爲了復活魔神，八成在生日當天獻祭了自己，使魔神降臨在他的肉身。他可能會出現在你我身邊，等待某天時機成熟引發世界末日！」

正好坐在弓手附近的邪教王子立刻得到了自家隊友的關注。

亞倫眨眨眼，故作靦腆。「你們不會把那些人聽來的謠言當眞吧？我確實是個會以自身獻祭的人，但我只把自己獻給最英勇的騎士……」

「你還是閉嘴好了，我不想聽你解釋。」穆恩黑著臉制止王子殿下說下去，他本來還想問問當事人關於魔神預言的事，不過想想多半是空穴來風。他家王子救國都來不及了，哪來的時間引發世界末日？

眼看在場的冒險者們不太買帳，弓手不太甘心地又說：「邪教王子的老師也說過類似的預言，你們都聽過羅格城的公爵夫人吧？她正是哥雷姆王子的魔紋老師。」

聞言，原本再度吵嚷起來的眾人頓時安靜，不少人並不清楚這件事。

「公爵夫人是誰？」一名盜賊疑惑地問。

聽見這個問題，弓手立刻挺起胸膛，有些得意地開始娓娓道來：「公爵夫人是羅格城城主的寶貝千金，從小便擁有驚人的美貌與不可多得的才華。她年紀輕輕就踏入首都的城堡，成爲舉足輕重的魔紋師，並收哥雷姆王子爲徒。她擁有名聲權勢以及無數愛慕者，然而死亡的陰影卻如影隨形跟著她，爲她帶來一樁又一樁不幸。」

弓手豎起三根手指，語氣嚴肅地說：「她這一生有過三任丈夫，每一任皆因病英年早逝。可隨著時間流逝，公爵夫人卻越發年輕美麗，即使年過五十依舊擁有血一般嫣紅的水嫩唇瓣，還有少女般光滑白皙的肌膚。」

聽到這裡，穆恩心裡已經有數了。他目前遇到的薩滿少說也有三個，這些妖孽薩滿有個共同點，就是容貌都十分出色，完全無法從外表判斷年齡。而在他的認知中，只有強大的怪物才能長生不老。

「人們稱她爲帶來死亡的薩滿，亦稱她爲亡靈魔紋師，她總是穿著一襲華貴的黑色洋裝，帶著憂鬱的神情，無數謠言與無可避免的別離跟隨著她。難以承受悲傷的她最後離開城堡，返回了家鄉，無奈謠言並沒有因爲她回鄉而停歇，反而越演越烈。有人說她將枕邊人作爲祭品，使自己變得年輕美麗，也有人說她天生就會帶來不幸，所有與她關係密切的異性都會死於非命。爲了避開流言，公爵夫人踏入了羅格城地底錯綜複雜的墓穴裡，日以繼夜地創造魔像。直到某一天──」

「她忽然來到人來人往的廣場上，崩潰地宣告：『你們儘管謾罵我好了，反正你們所有人，總有一天都會嚐到跟我一樣的痛苦。到時候你們就知道了，誰也逃不過，悲劇一定會找上你們！』說完，她又逃入地下墓穴，從此再也沒人看過她。」

「而在她說完這段話的隔天……」弓手停頓了下，環顧屏息聆聽故事的冒險者們，這才滿意地繼續說：「哥雷姆國就滅亡了。」

「自那天之後，羅格城幽靈事件頻傳，這座人口稠密的城鎮中有許多居民喪命後成爲了惡靈，四處尋找倒楣的替死鬼。至於不見蹤影的公爵夫人，有人說她依然活著，也有人說她死了，還成爲墓穴裡最強大的惡靈。無論眞相爲何，百年間有不少人曾疑似在墓穴深處目睹她的身影，傳說只要打倒她，就能成爲地下墓穴的主人，得到墓穴裡的所有財寶。」

弓手覺得自己講了個精彩的故事，然而他才剛說完便噓聲四起。

「你不是說公爵夫人逃入地下墓穴後，再也沒人看過她嗎？那怎麼又說有不少人見過她的身影？到底是怎樣？」

「說得好像打倒她就可以獲得一個大寶箱似的，笑死人，墓穴裡之所以有許多財寶，是因爲哥雷姆人有以寶物陪葬的習俗，想獲得所有財寶的唯一途徑是挖遍所有墳墓，哪有你說的這麼簡單。」

面對眾人的質疑，弓手的臉色一陣青一陣白，連忙以其他說詞試圖補上故事的漏洞，但亞倫與穆恩已經沒心思聽下去了。他們面面相覷，而後穆恩率先開口：「你認爲呢？」

亞倫猶豫了一會，悄聲回應：「兩種都有可能，你懂的。」

穆恩嘖了一聲，果然還是得去地下墓穴一趟。他並不想在這個城鎮停留太久，因爲他已經研究過地圖了，羅格城位在一座荒涼的平原上，周遭沒有任何河川或湖泊，僅能透過水井取水，而在這種人口眾多的城鎮，居民往往都是共用水井，每人能分配到的水資源相當有限，偏偏他們隊伍裡有個特別需要水的隊友，待的時間越長越不利。

正當他思索著該如何是好時，旅店裡忽然騷動起來。

「不會吧？他們也來到這裡了？」

「難以置信……是那個傳說中的冒險團隊……」

多數人皆是驚疑與敬畏的語氣，聽著周遭的議論，亞倫忍不住好奇地望向旅店門口，恰好人們也爲那支隊伍讓出了空間，讓他得以清楚見到那支傳說隊伍的成員。

一名背著斧頭的健壯男人站在隊伍最前方，他神情肅穆，臉上帶著一道刀疤，渾身上下散發出生人勿近的氣息，手臂上也有大大小小的傷疤。

另一名成員是擁有蜜色肌膚的女性，她穿著輕便的皮甲，眼神冷淡，腰間掛著好幾把短刀，還背著一把弓，一隻只比她矮兩顆頭的大白狼站在她身旁，正豎起耳朵並不斷抽動著鼻子。

最後一位成員是穿著華麗法袍、手持比自身還高的法杖的魔法師，然而撐起這身華貴裝扮的卻是一名稚氣未脫的少年。他高高抬著下巴，趾高氣昂地打量在場眾人。

三人被大雨淋得渾身溼透，但仍掩蓋不了非凡的氣場。

「眞的是他們嗎？據說殺死過好幾隻強大的棘手怪物，只接冒險者公會最高等級任務的菁英隊伍。」

「肯定是啊，你看那個戰士臉上的刀疤就知道了，他是傭兵團出身的，在還是傭兵時就赫赫有名，後來成爲冒險者更是聲名大噪，簡直沒有他完成不了的任務。記得他的名字吧？雷吉諾，他就是傳說中的傭兵冒險者雷吉諾。」

「那個女獵人也是……她叫妮蒂亞，據說曾以一人之力摧毀某座森林營地，更是馴狼高手。那隻狼似乎是狼王，爲了跟隨她而果斷拋棄了狼王之位，所以她可是個連狼王都甘願追隨的女人啊。」

「更別提那個年輕的魔法師……」

此時，雷吉諾凌厲的視線掃過正在講話的冒險者，那名冒險者立刻站起來鞠躬哈腰地讓位，雷吉諾便理所當然地在空出的位子上坐下。

少年魔法師收回目光，大搖大擺地坐到另一張椅子，女獵人妮蒂亞也默不作聲地準備跟著入座，然而她的大白狼並沒有跟上。

大白狼嗅著空氣，發出低低的吼聲，就像看見了敵人一般，雙眼銳利地盯著四周，露出了森森白牙。

冒險者們紛紛驚呼，有的拿出武器，有的躲到了角落，大夥兒驚疑不定地來回打量妮蒂亞與狼，這頭大白狼要是在狹小的旅店內鬧起來，肯定會造成不小的傷害。

「怎麼了，小白？」妮蒂亞蹙起眉頭喊，聽見這個有如可愛小狗的名字，有些冒險者不禁對女獵人取名的品味感到無語。

狼王並未理會妮蒂亞，牠逕自鑽入人群，惹得冒險者們逃的逃、躲的躲，就是沒一個人敢攻擊牠。除非咬到了他們身上，否則沒有人想跟傳說中的隊伍為敵。

「大家別緊張，這孩子平時不會這樣。」妮蒂亞連忙勸眾人把武器放下。「他對非人生物的氣味很敏感，尤其是怪物的氣味——」

話還未說完，她便安靜下來。不只是她，在場所有人也鴉雀無聲。

白狼找到了目標，牠停在亞倫前方，對三人發出示威般的咆哮，渾身的毛都豎起來了，爪子還不斷在地上刨抓，彷彿下一秒就會撲上去。

與其他嚇得驚慌逃竄的冒險者不同，三人好端端地坐在位子上。亞倫疑惑地盯著狼，手上握著筆跟教科書，穆恩則一手搭在劍柄上，一臉不爽。

加克「哎」了一聲，視線黏在狼王身上，周身彷彿開著小花，看起來有點坐不住。

「穆恩？你怎麼會在這？」妮蒂亞環抱住大狼的脖子將牠向後拉，嘴上錯愕地問。

「我不能在這嗎？」穆恩板著臉，語氣不善。狼王緊盯著亞倫，這讓他很不高興，他從以前就不喜歡這頭狼，總是敏銳得令他心煩。

聽見穆恩的名字，妮蒂亞的另外兩個隊友也瞧了過來。少年挑起一邊眉毛，馬上站起身，不疾不徐地走近。

「喲，這不是那個有前科的騎士嗎？」魔法師少年輕佻地嘲諷。「怎麼也到這裡來了？」

「凱里，回來。」戰士警告似的出聲制止。他望了下穆恩，又默默轉開頭，假裝沒看到。

亞倫深知穆恩的脾氣，在少年說出這番挑釁的話時，他迅速按住穆恩的手，搖了搖頭。

亞倫打量了下眼前的大白狼，轉頭對妮蒂亞說：「請問有什麼事嗎？不曉得我們做錯了什麼，可以解釋一下為何您的夥伴對我們如此不友善嗎？」

無論是指哪個夥伴，妮蒂亞都難以回答，魔法師少年的事不好說明，而她也不懂小白在戒備什麼。

「不用問她。」穆恩把亞倫的手推回去，兀自起身擋在亞倫與狼王之間，他知道現在不是發怒的時候。

「我還不夠了解妳跟那頭畜生？妳想說我們這桌有怪物是吧？」穆恩雙手環胸，輕蔑地一笑。「從以前我就很好奇，妳的狼是憑什麼認定別人是怪物的？會不會有錯認的時候？又或者是……故意錯認的時候？」

「你給我適可而止，穆恩。」妮蒂亞有些惱怒地駁斥。「我又沒說你這桌有怪物！」

偏偏她的狼說什麼也不肯離開，爪子緊緊扒在地上。

通常妮蒂亞會選擇相信動物的直覺，不過此刻的情況實在讓她難以置信。

小白顯然對俊美的金髮青年充滿敵意，然而這名溫文的青年並未散發出半點非人的氣息。身經百戰的她見過許多偽裝成人類的怪物，這些怪物多半會在一些小細節露出破綻，可她看不出亞倫哪裡有問題。

至少目前而言是如此。

「好了，大家都冷靜點。」最後是加克出面打圓場，與其他人不同，加克一點也不忌憚狼王，甚至還傻傻地將手伸向白狼的頭。

「別碰牠！牠眞的會咬你——」妮蒂亞沒想到會有人如此搞不清楚狀況，她面色發白地急喊，但是狼王已經憤怒地撲上去咬住加克的頭盔，冒險者們嚇得驚叫著擠成一團，全拿出武器來了。

「你這個白痴！沒發現牠討厭你嗎，還摸個屁！」妮蒂亞氣急敗壞地拉開白狼，加克卻伸手抱住雙腳搭在他肩上瘋狂啃咬的狼王，文風不動，還開著小花似的摸著白狼的毛皮。

「牠的毛很蓬鬆，可見妳是個好主人，平時相當悉心照料。」被大型毛茸茸生物這般熱情撲抱，加克覺得無比幸福，他不怕被動物咬，只怕動物不理他。穆恩見狀頓時感到有些丟臉，於是上前拉開加克。

「那畜生有什麼好摸的，你不要來亂！」

「不准叫牠畜生！你這畜生不如的隊友沒資格說他們！」

「你說什麼！」

場面陷入了混亂，亞倫正想幫忙調停，但就在這時，砰一聲，一個金屬重物在眾目睽睽之下滾落到地上。

場面一片鴉雀無聲，所有人都瞪著那個金屬物體，連狼王也被嚇傻了，張大了嘴僵在原地。

原因無他，在混亂中滾落的，是加克的頭盔。方才白狼咬得太緊，在拉扯之間，竟把頭盔從鎧甲上扯下來了，大夥兒一個個瞪大眼睛盯著加克空空如也的頭部，氣氛詭譎。

其實在場許多冒險者早就曉得那具鎧甲裡頭是空的，畢竟亞倫一行人在阿德拉鎮打響了名號，聽聞過相關事蹟的人，都知道那尊魔像可是廣受哥雷姆人愛戴且嚴以律己的怪物，最重要的是加克非常強，沒有冒險者會爲了廉價的正義感去自討苦吃。既然加克沒高調地把頭盔拿下來擺明自己是怪物，眾人也樂得裝作不知情。

但現在這微妙的表面和平被打破了，少數狀況外的冒險者當場驚叫出聲，反射性抽出了武器大喊怪物，雷吉諾一行人也訓練有素地擺出迎戰的架式。反倒是狼王呆若木雞愣在原地，也不叫了，因爲牠剛剛根本沒在加克身上聞到任何不對勁的氣味，那空空如也的鎧甲內部使牠下意識地把加克當成道具之類的存在。

「哎呀……」亞倫把滾至腳邊的頭盔撿起來，小心翼翼捧在懷中，一臉沒什麼大不了的樣子笑說：「不好意思，驚動大家了。」

「抱歉，頭盔沒戴好。」加克從王子殿下手中接過頭盔重新戴上，還自嘲地說：「這狼可眞敏銳，一進來就發現我是怪物。」

妮蒂亞愣了愣，又很快地回過神張嘴準備說些什麼，最後卻吞回肚裡，鬱悶地瞥了亞倫一眼。

「搞什麼啊，跟魔像組隊？你怎麼越活越墮落了？」名爲凱里的少年下巴抬得高高的，語氣充滿諷刺。不過在穆恩回話之前，亞倫就搶先開口。

「跟魔像組隊有什麼問題嗎？加克教養良好，既不會開口取笑別人，也不會一個衝動就想攻擊別人的隊友。」亞倫笑容誠懇，以親切友善的口吻說：「眞是抱歉，我們本來好好地待在這裡做自己的事，卻沒料到這樣也會嚇著別人。你們是第一次見到魔像嗎？需不需要爲你們介紹一下？」

「白痴喔？不認識我們嗎，我們早就殺死過好幾尊魔像了！」凱里喝斥回去，額角冒著青筋，他感覺亞倫的態度特別令他惱火。「只有怪物才敢跟怪物一起旅行吧？你們這些人都瘋了。」

「我懂的，所謂物以類聚嘛。」亞倫一手勾住加克的手臂，笑吟吟地表示：「那跟動物旅行的你們，想必也是差不多的情況了。」

凱里勃然大怒，氣沖沖地衝上前，伸手抓向亞倫的衣領。「你說什麼——」

然而他還沒抓到，便被一隻手牢牢攫住手腕，他朝對方投去目光，只見他曾經的隊友——穆恩，正惱怒地瞪著他。

「別碰他。」穆恩將凱里的手甩回去，看起來相當火大。他沒有像少年一樣以激烈的言詞與肢體動作試圖傷害人，而是將一隻手放到了劍柄上。

「你們想找的怪物已經找到了，可以滾了嗎？」穆恩的神情和語氣都充滿厭惡。

「幹麼啊？這不像你。」被如此粗魯地對待，凱里越發不快了，穆恩抓得他很疼。「以前跟你組隊時，你何時在乎過隊友了？現在裝模作樣地想騙誰啊？」

穆恩沒有回應，於是凱里更加焦躁。他以爲穆恩會反擊，穆恩該跟他吵的，一旦穆恩跟他吵起來，所有人都會站在他這邊。他要的就是這樣，讓眾人跟他連成一氣批評穆恩，如果穆恩不跟他吵，看起來就會像是他在無理取鬧，那多難看。

「你該不會眞以爲自己能成爲一個騎士吧？」凱里被逼急了，他瞄了一眼，正好瞧見三人桌上放著教科書，頓時宛如逮著把柄一般大肆抨擊。「你連正規教育都沒受過，還想當什麼騎士？眞正的騎士才不像你一樣在貧民窟長大，連字都看不懂、禮儀都學不會還來當騎士——」

他話未說完，一個巴掌便毫不留情地打在他的臉上。

穆恩錯愕地看向賞人巴掌的王子殿下，不只是他，在場所有人都被嚇到了。

「你說夠了沒？」亞倫臉上依舊帶著微笑，但穆恩能從他的語氣感受到山雨欲來的前兆。「一進來就不斷找我的兩位騎士麻煩，你的禮儀跟教養都還給老師了嗎？我的騎士有沒有受過教育、是不是人類，說穿了干你什麼事？你知道爲什麼穆恩不在乎你嗎？因爲你是個粗俗沒教養的三流魔法師，不配被他保護，懂了嗎？」

凱里呆愣在原地。

這番言論引起軒然大波，有人臉色慘白地好心提醒王子殿下：「你、你曉得自己在跟誰說話嗎？那位大人可是十五歲就獲得高階魔法師執照，十六歲就獲得白金冒險者資格的天才少年凱里啊！」

「要眞的這麼厲害，早就有許多國家的使者搶破頭邀他進宮，或是創下眨眼間毀滅一個國家的紀錄了，不是嗎？能在這裡悠哉冒險，我想應該沒有那麼強。」亞倫毫不畏懼，一副遺憾的樣子。

「你……你！」凱里彷彿被踩到痛處，被憤怒沖昏頭的他在眾目睽睽之下舉起魔杖，狹小的旅店內颳起陣陣狂風。「你閉嘴！連武器都沒有還敢在我面前大放厥詞！有種跟我決鬥啊！」

王子殿下的金髮被吹得凌亂不堪，儘管如此，他仍氣定神閒站在原地，皮笑肉不笑地說：「不好意思，恕我婉拒，因爲我不想把魔力浪費在你身上。」

「你存心跟他開打是不是！」眼看凱里只差一步就要把火球轟到自家隊友身上，穆恩都要胃痛了。他跟那三人組過隊，十分了解雷吉諾一行人的實力，若是開打難免兩敗俱傷，偏偏他們的隊伍裡有個不能被傷到的人。

爲了避免亞倫在外人面前露出馬腳，穆恩急急忙忙抓住他的手，不由分說地把人往門口拖。「還不快走！」

「凱里，你冷靜一點！不要在這開戰！」妮蒂亞跟她家的狼也顧不上亞倫了，她攔住暴怒的凱里，狼王則咬住凱里的法袍連連向後扯，被阻止的少年口中仍不停咒罵。

亞倫三人在一片混亂中逃出了旅店，外頭的滂沱大雨瞬間把他們淋成落湯雞，不過他們依舊頭也不回地在黑夜中奔馳。

「之前是誰不准我使用暴力的？現在是怎樣？你自己使用暴力就可以了？你知道我們惹上了什麼人嗎！」

「不就是三個人類嗎？我們的隊伍有兩個怪物，比他們厲害的。」

面對亞倫的狡辯，穆恩無語了。他敢肯定妮蒂亞的白狼八成是聞出亞倫有不對勁。雖然加克把焦點轉移到了自己身上，恐怕還是無法打消女獵人對亞倫的懷疑。

亞倫嘆息一聲，而後才不太甘願地坦承：「你做得很好，可惜我沉不住氣。」

他這才明白要忍住不和人起衝突是多麼困難的事，他沒法接受那個少年一直詆毀加克與穆恩。

穆恩罕見地並未因此得意忘形，他顯得有點悶悶不樂，像是有什麼話想說，但終究沒開口。

「殿下，我們先找個地方躲雨吧。」見大雨沒有停歇的意思，加克如此建議。他展開自己的披風，亞倫很自然地拉著穆恩順勢躲到披風下。

「這一帶很荒涼呢，好像沒什麼地方可躲的？要隨意找一戶人家問問看能不能借宿嗎？」亞倫東張西望了下，這個鄉下小農村中家家戶戶門窗緊閉，連點燈光也沒有，簡直不似有人居住。

穆恩看著亞倫與加克，雖然他們嘴上說著要躲雨，但一個是泡水越久越有活力的怪物，一個是在湖底待上百年都沒半點生鏽的怪物，嚴格來說眞正需要避雨的只有他。

他仰頭望著灰濛濛的天空，大半視野與雨滴皆被紅色披風擋了下來。

「隨便找個地方躲躲就好了，反正再過幾個小時就天亮了。」他聳聳肩，憑藉長年在外生活的經驗，很快找到了一個寬敞的馬廄。魔像騎士盡責地化爲一座雕像在外守夜，兩名青年則坐在馬廄的角落歇息，柔軟的稻草圍繞在他們身旁。對於這個地方，亞倫還算滿意，稻草總比硬梆梆的地板好睡多了，他還以爲得連夜趕路。

「那些人是什麼人？你們曾經組隊過？」他坐在穆恩身邊，雖然倦意逐漸湧上，仍努力撐著眼皮詢問穆恩。

亞倫知道自己必須防備那三人，他感覺得出來那支隊伍對穆恩的影響並不一般。在阿德拉鎮與泰歐斯等人相遇時，穆恩還會滿不在乎地提及跟泰歐斯一同冒險的往事，然而如今穆恩卻一副不想與那三人扯上關係的樣子。

穆恩不太甘願地點點頭。「那三個傢伙都是貨眞價實的強者，那個小屁孩魔法師才剛從學校畢業幾年，但在冒險者之間已經赫赫有名，另外兩人更是經歷過無數戰鬥、多次跨越了生死危機，尤其是那個戰士，他叫雷吉諾，是冒險者公會裡的最高階冒險者。」

說到雷吉諾，穆恩的拳頭不禁緊握。「那傢伙十分冷血，從不會對人手下留情。不管怎樣，下次再遇到他們，你別再出言挑釁了，低調爲上策。」

雖然穆恩這麼說，亞倫卻不以爲然。他明白穆恩是爲了保護他，畢竟他的怪物身分太容易露餡，稍微受個傷就會被人發覺有異，可即使不清楚那些人跟穆恩有什麼過節，倘若他們想對穆恩不利，他仍不會坐視不管。

他打了個呵欠，溼透的衣服緊貼著他的肌膚，耳邊傳來淅瀝瀝的雨聲，空氣相當潮溼。雖然身處簡陋的馬廄，他卻感覺環境頗爲舒適，他最近老覺得水分不足，這種潮溼的天氣令他有了些許安全感，多虧這具非人的身軀，使他對野外環境的適應能力特別好。

但穆恩就不認爲這種感覺有多舒適了，兩人靠著牆壁坐在一起，穆恩左顧右盼的，略顯焦躁。

「怎麼了？」在亞倫問出口那刻，穆恩與他對上了目光。

映著朦朧的火光，騎士猶豫了一會，最後露出他熟悉的、帶著嘲弄的笑容。

穆恩的手朝他伸過來，將黏在他臉頰上的溼髮勾至耳後。

「沒什麼，我只是想說，我們的王子殿下好可憐啊，過去都是躺在溫暖柔軟的大床上被人悉心伺候，想不到現在成了過街老鼠，還被迫睡在簡陋的馬廄。」

穆恩的語氣一如往常充滿挖苦，亞倫卻察覺到有什麼改變了。

他喜歡穆恩凝視著他的目光，以及滑過他臉頰的指尖，一切都使他感到溫柔美好。

他失去了富麗堂皇的家園，在時光的洪流中被迫與所愛的人們分開，曾經集結萬千寵愛於一身的他，如今淪落至此。

可至少眼前這個人，能令他覺得這一切並不是場噩夢。

因此他絲毫沒有被穆恩刺傷，反而微笑回應：「那你可要努力一點，早日讓你家王子躺回柔軟的大床上。」

聞言，穆恩並未回話，而亞倫也不在意，不久便墜入了夢鄉。

不知過了多久，當加克從馬廄外走進來時，見到兩名青年緊靠著彼此窩在角落。幾乎是同一時間，穆恩也睜開雙眼看向他。

「你可以睡的，穆恩。」凝視著穆恩淺琥珀色的眼眸，加克用和緩的語氣說。他早就注意到穆恩總是睡得很淺——也許說根本沒有睡更正確，只是閉目養神而已。加克曾是軍官，所以了解穆恩爲何會如此，穆恩過去肯定長期待在隨時需要警戒的環境，才養成了這種習慣。「魔像不需要睡眠，我可以幫你們守夜。」

穆恩沒好氣地說：「這種潮溼的環境我哪睡得著。」

他刻意以刻薄的口吻回應，不過沒能騙過加克。

「睏了就要睡，不要死撐著。」

「就說我沒有！」穆恩氣得身子一動，差點把不知不覺靠在他肩上的亞倫弄醒。意識到這點，他又僵在原處不動了。

加克小心翼翼地將王子殿下從穆恩身上移開，安置在柔軟的稻草堆上，動作異常熟練。穆恩哼了一聲，重獲自由的他連句感謝也沒說。

加克並不介意，他在穆恩身旁盤腿坐下，這讓穆恩感覺相當違和，然而原因他也說不上來。

「你不是不想睡，而是不能睡，我知道。」

穆恩悶不吭聲。

「你不是不想讀書，而是無法讀，我也知道。」

「別說得好像你很了解——」

「你想保護殿下，但你做不到，我都知道。」

「你夠了沒！」

眼看魔像騎士絲毫沒被自己惡劣的態度給威脅到，穆恩連珠炮似的駁斥：「你有什麼毛病？都跟你說這地方太潮溼我哪睡得著，更何況我身上也是溼的，是個人類都睡不著好嗎？那些書也是你逼我讀的，我從沒說過自己想讀，還有那傢伙！」

穆恩指著躺在稻草上睡得十分香甜、似乎完全沒聽見他說話的王子殿下。

「反正他又殺不死，還需要我保護嗎！」

加克只是靜靜注視著他，穆恩頓時更氣了。

「你說話啊，我說的沒錯吧？喂！」穆恩搖著加克的肩膀，拚了命地想獲得答案。坦白說，他有時會不曉得該怎麼面對這名魔像。

那顆純淨得近乎透明的心彷彿一面鏡子，映照出他不願看見的眞實。

「你裝死是想打架嗎？不要以爲我不敢——」

他話說到一半，一隻巨大的手輕易突破他的防線落到了他的頭上。

「你是個好孩子，我相信你不會做這種事。」加克的嗓音一如既往的沙啞而醇厚，那隻銀色的鎧甲手輕輕揉了揉人類騎士的頭毛，這舉動驚得穆恩都呆住了。

穆恩有生以來從未被摸過頭，更從未被說過是好孩子。可是就在剛剛，他以爲不可能的事發生了。

他不懂這個魔像有何意圖，若是爲了跟他打好關係，那這番讚美也太虛僞了。

回過神後，穆恩第一個動作就是拍開加克的手，故作不屑地丟下一句：「你以爲每個人都吃你那套？省省吧。」

說完，穆恩直接背對加克隨地一躺，拒絕溝通的意味展露無遺。

望著穆恩的背影，加克不禁嘆了口氣。只能說他的殿下很會挑人，找了個可說是相當棘手的夥伴。

第二章

對於昨天小小的旅店內聚集了那麼多人，穆恩始終有些懷疑，雖然一部分是因爲下雨的關係，但眾多冒險者來到此地肯定沒好事，更何況他的老冤家雷吉諾也出現了。能吸引到雷吉諾的絕不是一般狀況，要麼是羅格城有特別棘手的怪物，要麼是羅格城有極其珍貴的寶藏。至於他爲何這麼認爲，只能說是因爲那名傭兵的行事風格跟他太像了，利益就是驅使他們行動的動力。

他的冒險者生涯正是在與那支隊伍分道揚鑣後，逐漸跌落至谷底。

穆恩想了想，最後決定先不說出自己的想法，他不希望亞倫和雷吉諾等人有太多接觸。雷吉諾與妮蒂亞的觀察力都十分敏銳，要是被他們發現亞倫有不對勁的地方就糟了。

三人行經的泥土路兩旁是不見邊際的乾枯荒野，雖然現在是白天，但天上烏雲密布，令周圍異常陰暗，空氣中瀰漫著濃濃溼氣，白霧完全擋住了前方的視野。

這潮溼黏膩的環境跟乾爽的阿德拉鎮截然不同，穆恩冒險經驗豐富，很清楚每當身處這種地方時，通常都不太妙。爲了理解目前的情況，他主動開口詢問：「喂，羅格城有什麼好玩的？兩位本國居民介紹一下？」

「我們不是來玩的，穆恩閣下。」加克嚴肅糾正。「在羅格城，你不能大聲說話，走路也要端正姿態並放輕腳步，時時刻刻懷抱崇敬之心，否則厄運便會找上你。」

穆恩嗤之以鼻，他曾造訪過幾個與世隔絕的城鎮，那些地方皆有令人難以理解的習俗，看樣子羅格城也是如此。「羅格城的人也太莫名其妙了吧，厄運會找上門是怎樣？阿德拉鎮的居民可是一個比一個還吵，怎麼換到這裡就不行了？」

「羅格城的人相信，吵鬧是生命力旺盛的表現，會引來亡靈妒忌。」亞倫耐心地解釋。「所以羅格城的人民會盡可能地低調行動，他們來去無聲，從不主動招呼客人，但可別以爲他們很冷漠，他們只是習慣靜靜地待在一旁，不代表不歡迎訪客。」

「那你的老師也是這樣的人了？」只要想到必須成天待在沉默的女子身旁學習魔紋，穆恩就覺得快無聊死了，他難以想像亞倫是怎麼熬過來的。

亞倫點點頭。「我的老師是位安靜優雅的女性，她每天往來於城堡與地下陵寢之間，我第一次與她相遇，便是在地下陵寢。」

亞倫至今仍清楚記得與公爵夫人的首度會面。那時年幼的他又在城堡中迷了路，不小心就闖入了專門安放屍體的處所。

那是他初次見到骷髏，當時他還以爲骷髏也是魔像的一種，因爲摸起來跟魔像一樣冰冷而堅硬。他好奇地打量了半天，正疑惑著爲何聽不見任何聲音、骷髏身上也沒有魔紋時，公爵夫人從他身後拍了拍他的肩。

身爲王子，他見過各色各樣的美女，但還是第一次見到像公爵夫人這樣美得不可方物的女性。

公爵夫人擁有鮮豔如血色的紅唇、彷彿從沒晒過太陽的雪白肌膚，容貌宛若盛開的花朵般美麗。她披著繡了藍色魔紋的斗篷，身穿一襲純黑禮服，肩上停著一隻黑檀木魔像烏鴉。

她面帶優雅微笑俯身注視年幼的他，以輕柔悅耳的聲音開口：「我親愛的殿下，這裡不是您該來的地方，那是人類死後的模樣，爲了您的健康，還是別碰爲妙。」

她牽起亞倫的小手，很自然地帶著亞倫離開了地下陵寢。

魔像痴如他一得知這些森森白骨是人類後，立刻喪失了興趣，他對公爵夫人肩上的烏鴉比較感興趣。「那是妳的魔像嗎？他會飛嗎？會叫嗎？會噴火嗎？」

「這孩子是我的魔像沒錯。」

公爵夫人伸出手，烏鴉立刻飛到她的手臂上，讓他可以瞧個仔細。在昏暗的停屍間裡，黑檀木烏鴉的紅寶石眼睛映著燭光。「就是他發現了深入陵寢的您，我才能順利找到迷路的王子殿下。」

「可是……」他回頭望了眼黑漆漆的地下陵寢通道，覺得自己還沒探險夠。

「如果殿下跟我回去，我就告訴您有關藍紋魔像的事，好嗎？」

「好！」於是他點頭答應，果斷地把冒險拋到了腦後。「對了，妳是誰呀？」

女子以如羽毛般輕柔的嗓音回應：「回稟殿下，我是來自羅格城的薩滿魔紋師娜塔莉，同時也是專精於藍紋的皇家魔紋師，城堡裡大半的藍紋魔像都是由我所繪製。」

說到最後一句，女子的語氣透著幾分驕傲，而她的出色成就也獲得了他的崇拜——

「等等。」穆恩打斷亞倫。「你的老師是藍紋魔像的專家？那我怎麼從沒看過藍紋魔像，也沒看過你畫藍紋？」

「如果你看到藍紋魔像就要注意了，這代表那個地方……」亞倫說著，一行人正好走出了迷霧，視線逐漸明朗起來。

一座座灰白色墓碑豎立在土灰色荒原上，入夜的涼風穿梭在墓碑間。放眼望去，到處都是墳墓，數量多到竟看不見盡頭。

一尊灰石雕刻成的魔像手持長劍，沉默地站在墓園之中，荊棘纏繞上魔像的身軀，在他身上放肆地開出朵朵幽藍魔花。陰風在魔像身周哭泣咆哮，粗暴地扯下美麗的藍色花瓣，沉睡的魔像仍不動如山地佇立在原地，彷彿遺世獨立。

如此具有邪教感的場景讓穆恩忍不住走到魔像旁邊，仔細打量起來，很快便在魔像的手背上發現一道藍色魔紋，頓時明白了亞倫的話。

「藍紋魔像是守護死者的魔像，他們是墓園的看守者，用以安撫悲傷的亡魂，並引領死者前往另一個世界。」亞倫抽出手帕，將魔紋手背上的灰塵清理乾淨，他左顧右盼，最後遺憾地嘆息一聲。「可惜現在不能喚醒他，有太多冒險者會經過此地了，在這種情況下將他復活，恐怕凶多吉少。」

穆恩和加克同意地點點頭。有傳說隊伍跟能塞滿一整間旅店的冒險者在附近，這魔像再強也敵不過如此多菁英。

「那麼藍色魔花就是象徵死亡的花，對吧？」穆恩認爲這個顏色頗適合厄密斯，那個藍色魔花怪確實帶來了許多死亡。

「是的，如果你去祭拜死者，千萬別選錯花的顏色，曾經有人誤拿紅色魔花去弔念死者，結果被幽靈纏了三天三夜。後來那人哭著找上我的老師求救，大家才發現原來他是個色盲。」

穆恩忽然覺得這個國家對色盲很不友善。

「由於藍紋魔像的存在，哥雷姆國幾乎沒有妖魔鬼怪。」在外國待過幾年的加克補充。他還記得當年第一次在外國遇見水鬼、報喪女妖等怨靈時有多驚訝，他在哥雷姆國待了這麼多年，從未見過這些鬼東西，就算眞的出現也很快就會消失。

他們走在看不見盡頭的墓園小路上，陽光徹底被烏雲掩蓋，空氣中有股潮溼的泥土味，陣陣陰風從他們身後襲來，在耳邊一遍又一遍地低泣。

往前方望去，只見城牆的輪廓慢慢變得清晰，斑駁的灰黑牆面攀滿了荊棘，詭譎的藍色魔花開在遍布棘刺的城牆上。

一行人毫無阻礙地通過城門，抵達了灰濛濛的羅格城。城鎮內的房屋幾乎皆是三至五層樓高，同樣被藍花荊棘所占據，花瓣灑落在鎮中的每個角落，猶如一場永不停歇的藍色瑩雪。

居民們手持燭臺，面無表情地直視前方默默走過，而冒險者們則彼此嘻笑交談，討論著等等要去的地方，與死氣沉沉的居民形成鮮明對比，儼然是兩個世界。

由於連日降雨的關係，羅格城的居民大多身披斗篷，他們無聲無息地與亞倫等人擦身而過，猶如鬼魅一般，走路完全沒有腳步聲。而攤販也一樣，即使攤位前擠滿了冒險者，他們依舊一語不發地待在那裡。

一群冒險者從某家店走出來，像喝醉了酒似的大聲吵鬧，還一腳踢翻路邊的裝飾品。穆恩對這個景象感到十分滿意，他用手肘頂了一下加克，得意洋洋地說：「你看，這就是冒險者，入境隨俗什麼的，對我們來說都是屁，愛做什麼就做什麼。你要叫一個冒險者讀書寫字、活得和你一樣拘束太困難了，我們只爲自己而活。」

「所以呢？因爲你的同行是這樣的人，所以你就該是這種人嗎？」加克不理解穆恩的觀點。「穆恩閣下並非魔像，可以決定自己是什麼樣子。」

穆恩哼了一聲，他知道加克在試圖動搖他，但他才不會受影響。「我很早就決定了自己的樣子，就像你看到的，我盡幹些手腳不乾淨的事，爲了錢什麼都做得出來，名聲在同行間差到不能再差。所以你還是省省力氣，想改變我比登天還難。」

「你手腳不乾淨？可是旅途中怎麼都沒見你對我動手動腳？」亞倫含笑加入話題。「我很有錢的，要不要對我手腳不乾淨一下？」

「殿下，請別開這種玩笑。」

「你還是做夢比較快。」

聽了兩人的回答，亞倫不禁笑出聲。「連一個手無縛雞之力的王子都不敢動，我想應該沒有壞到哪裡去。」

「彼此彼此，大名鼎鼎的王子殿下私底下會打人喝酒，也是沒有乖到哪裡去。」

「好了，你們不要吵了。」加克覺得一次對付十個敵人都不比應付這兩人來得棘手。「殿下不要再出言調戲人了，穆恩也是，不要殿下一講你就回嘴，你這樣是著了殿下的道。」

見兩人似乎準備反駁，加克正苦惱著該如何阻止他們，眼角餘光卻忽然瞄到一群熟悉的身影。

「殿下！」他有些激動地指向街上其中一處。「您看那裡！」

亞倫順著加克指的方向看去，瞬間睜大了眼睛。他瞧見了一幕無比熟悉、理應不可能在當今出現的場景。

繡著細緻魔紋的斗篷在風中飄逸，素色面具掩蓋了配戴者的眞實面容，能夠以這身裝扮走在路上的，自古以來只有魔紋師。

五名魔紋師悄聲無息地前行，彷彿成爲了這座城鎭布景的一部分，卻令人難以忽視，無論是冒險者還是一般民眾見到他們都自動讓道。

與亞倫印象中不同的是，這些魔紋師身上統統裝備著武器，走在最前方的那位魔紋師腰間掛了兩支匕首，分別繪有紅色與藍色魔紋，其他魔紋師的武器也是類似的輕巧樣式。

亞倫等人佇立在原地，眼睜睜注視著這群人經過。通常羅格城的居民走路時只看著前路，然而有那麼一瞬間，爲首的魔紋師朝亞倫投去了目光。

僅僅一眼，那名魔紋師便撇過頭，頭也不回地離開。

亞倫萬萬沒想到，在魔像幾乎全陷入沉眠的這個時代，居然還有魔紋師存在。

「錯不了的。」亞倫盯著魔紋師們逐漸遠去的背影，忍不住喃喃說。「魔紋師還沒絕跡。」

無以名狀的情緒湧上心頭，不過亞倫明白，現在不是去認識那些人的時候，羅格城的魔紋師不會喜歡在大庭廣眾下引起注意。

光是得知這一點就足夠他期待了，他知道自己該去哪裡得到那群魔紋師的線索。

「武器店？去那做什麼？你又用不到武器。」一聽亞倫說要去武器店，穆恩立刻不解地質問。

「我對那群人很好奇，想去武器店打聽看看。」雖然只瞧了一眼，亞倫仍對匕首上的魔紋留下了深刻印象。畫法挺有意思，至少在他那個年代不曾有這樣的魔紋。

也許這個時代的魔紋師不畫魔像，改畫武器了，正好他方才在路上看到了防具店，照理說應該也有武器店。

亞倫不清楚爲何穆恩一副不太情願的樣子，但他還是勾住穆恩的手臂，笑咪咪地說：「去逛一下又不會少塊肉，走嘛，陪我去。」

穆恩覺得自己被亞倫撒嬌似的語氣弄得起了雞皮疙瘩，正想嫌棄一番，卻發現自己其實並沒有起雞皮疙瘩。

想到自己居然沒有起雞皮疙瘩，他反而眞的爲此雞皮疙瘩起來了。

「去去去，你們自己去逛，我先去旅店報到。」

當初他們準備離開阿德拉鎮時，夏琳給了他們一封介紹信。夏琳的家族經營了好幾間旅店，而爲了感謝他們的搭救，夏琳特別寫了介紹信，只要將信件交給夏琳家族的旅店，他們待在羅格城的期間便可以免費住宿。

加克從行李內抽出介紹信，遞給了穆恩。「那就交給穆恩閣下了。」

同時，亞倫攤開手掌，一朵小白花從掌心冒出，他隨即摘了下來別在穆恩身上。

「幹什麼？」穆恩一秒扯下小白花，嫌棄的模樣像是被迫戴了花圈在脖子上。

亞倫含笑不語，被穆恩握在手中的花朵卻發出聲音：「這是傳話筒喔。」

鬼魅般輕柔的嗓音令穆恩瞪大了眼睛。當初他正是在森林裡聽見花在說話，後來就遇到了亞倫，如今本人在他面前再次耍起這個花招，他頓時感覺莫名詭異。

「所以不能丟。」亞倫依舊沒開口，抬手在胸前比了個叉。「這是我與你之間唯一的聯繫管道，弄丟了我們就找不到彼此了。」

花朵說完，王子殿下還對穆恩眨了個眼。

「夠了，我走了！」穆恩被弄得毛骨悚然，他粗暴地把花塞進懷裡，也不管花有沒有爛掉，轉身頭也不回地離開了。

「他是個好人，對吧？」待穆恩走遠，亞倫也與加克啟程尋找武器店，一邊不忘詢問。

「他自己可不這麼認爲，殿下。」說完，加克猶豫了一會，又說：「但我認爲他本性不壞。」

第一次見到穆恩時，加克確實頗爲不認可對方，畢竟以前能跟在亞倫身邊的護衛全是精挑細選的菁英，不僅實力跟性格皆是一等一的好，忠誠度更是無庸置疑。穆恩一副流氓的樣子，對亞倫總是毫不客氣地出言頂撞，起初他就像個辛苦保護的乖女兒交到壞男友而操碎了心的父親，後來才發現穆恩好像沒有他想的那麼糟。

穆恩嘴上常說亞倫是怪物，卻無法接受其他人眞的把亞倫當怪物看待，也時常注意著亞倫的身體狀況。光是握住亞倫的手，穆恩就能感覺出亞倫需不需要補充魔力。

他可能素行不良，卻並非壞到骨子裡，所以加克願意接納他，且隨著相處時間越長，他越能看出穆恩根本言行不一。

例如穆恩其實是不希望亞倫因爲他的關係而被旅店趕出來，還得睡在馬廄，說出口的話卻像在嘲諷。

加克心想，也許這點王子殿下早就看穿了，所以亞倫才總是能從容地回應穆恩。

「我很羨慕殿下。」

「怎麼說？」

「感覺無論是怎樣的人，殿下都有辦法應對……但我不是。」加克認為除了那個怪物魔法師以外，亞倫幾乎沒有收服不了的人，畢竟在百年前哥雷姆王子可是個萬人迷。

「你是想表達自己不太了解該如何與穆恩相處嗎？」加克難得彆扭的模樣讓亞倫不禁失笑。「不必擔心，因為你是個正直善良的好魔像。」

說完，王子殿下又補上幾句：「而且還很帥。我從沒見過像你這般完美的魔像，如此美麗的魔紋搭配高大挺拔的外表，要是當年有人帶著你來我的生日宴，我肯定一秒向對方求婚。」

「殿下。」

加克略帶責備地喊了一聲，亞倫這才乖乖把話題拉回來。

「總之，不會有人討厭你的。」他踮起腳尖，捧住加克的頭盔，嘴角流露自信的笑意。「要相信自己，穆恩他其實很喜歡你。」

「希望如此。」加克發出長長的嘆息。

他們繼續朝市中心前進，在亞倫開始將注意力放到周遭的商店時，加克再度開口。

「您別再到處和人求婚了，我已經聽穆恩說過，您一直在暗示他跟您結婚。」隨著對穆恩的認識逐漸加深，加克總算相信了穆恩的清白，一切都是自家王子殿下在那邊妖言惑眾。

「我哪有？我只是說，如果他想要多一點酬勞，可以選擇跟我結婚。」亞倫裝傻。

「他還說，如果厄密斯願意把這個國家還給您，說不定您也會跟厄密斯結婚。」

「在他眼中我居然是這樣的人？」亞倫故作震驚地駁斥。「難道他這麼說，你就跟著信了？你讓我好傷心。」

「我只是想提醒您，在哥雷姆國重婚是犯法的。」他眞的很擔心以亞倫這種誰都要撩的個性，到最後會惹出一堆麻煩。

聞言，亞倫爆笑出聲，捧著肚子笑到渾身都在顫抖。「你想太多了……」

「殿下。」加克無奈地扶正王子殿下的身子。「請不要這樣笑，有失形象。」

看來某人眞的把他家殿下帶壞了，加克記得亞倫以前明明不是這個樣子。

「有了有了，在那裡！」亞倫突然指向一棟位於街道轉角處的建築，建築外掛著繪有武器圖案的招牌。他像個發現玩具店的小孩般，興奮地拉著加克走了進去。

狹小的店鋪裡已經有好幾位冒險者，架上與牆上全是各式各樣的武器，亞倫不禁睜大了雙眼。他還記得小時候父王帶他逛過皇家的收藏庫，裡面琳瑯滿目的名貴武器皆有專屬的展示空間，這裡的武器卻大多密集地陳列在一起，令他感到很是新鮮。

他從架上拿起一把劍，但劍身沉重得讓他差點摔在地上，所幸加克及時接住。

「您要看什麼由我來拿就好。」加克小聲提醒。他試圖不引起注意，不過這個小插曲還是被幾名冒險者注意到了，他們盯著亞倫跟自己的夥伴交頭接耳，發出竊笑。

亞倫並不在意，他的目光很快被另一把放在玻璃櫃裡的劍吸引住。

「是魔紋劍！」他幾乎是用跑的來到玻璃櫃前，雙眼發直地盯著劍身上的藍色魔紋。

「眞是太有意思了……居然有這種畫法，這要是出現在百年前絕對會造成轟動。」

他邊說邊拿出紙筆畫了起來，嘴裡還念念有詞，不僅畫得極快，且一筆一畫絲毫不差。

不久，一隻慘白的手搭上亞倫的肩，使得亞倫嚇了一跳。

「年輕人，這是專門用來對付幽靈的魔紋劍，就算你把魔紋畫下來，也複製不出一樣的東西。藍色魔紋的武器需要以特殊方法製作。」年邁的武器店老闆不知何時出現在他身後，莫名哀怨地瞪著他。老闆以爲亞倫是打算將魔紋抄去另外訂製武器，語氣有些不善。「再說，那可是伊登艾親自設計的魔紋，你要是敢把伊登艾的魔紋拿去複製，他會派人把你抓進不見天日的墓穴裡關一輩子。」

「伊登艾是誰？」

「他是羅格城的首席魔紋師。」老闆挑起眉，顯然不敢相信居然有人不認識這位魔紋師。「伊登艾設計的魔紋武器擁有非凡的破壞力，例如冰劍插進水裡，整個水面都會結成冰霜，而就算是輕如羽毛的箭支，在他的魔紋加持下也能射穿牆壁。」

亞倫聽了嘖嘖稱奇，在他生活的年代，魔紋武器可沒有這麼厲害。百年前的魔紋師崇尚強大的魔像，大家都在研究怎樣的魔紋才能增強魔像的能力，相較之下，魔紋武器不過是附屬物，身嬌體弱的魔紋師即使設計出厲害的魔紋武器，也沒那個能耐使用。

看來在魔像沉睡百年後，魔紋武器得到了突破性的發展。怪不得在羅格城大家遇見魔紋師都要讓道，不管冒險者們對魔紋師偏見再多，這裡的魔紋師可是武器供應商，得罪不得。

「要去哪裡才能找到伊登艾？我想見見他本人。」

老闆輕輕搖了搖頭，緊蹙的眉頭讓他看起來更哀怨了。「不可能的，伊登艾跟他率領的魔紋師們住在地下墓穴深處，你找不到他。他神出鬼沒，對墓穴的地形瞭若指掌，要是他不想見你，你就見不到他，更何況大家都曉得他討厭冒險者。我也是透過他人轉手，才得到了這把劍。」

「地下墓穴？」亞倫有點訝異在羅格城中具有一定地位的魔紋師們會住在那裡。就連擅長繪製藍色魔紋的公爵夫人，過去都不會住在死者長眠之地。

「你不知道嗎？」老闆以爲亞倫是不知道地下墓穴的存在，還好心解釋：「羅格城的地下是全國最大的墓穴，規模媲美一座地下城，其中有無名屍，也有百年前的顯赫貴族。你們不就是爲了進入墓穴挖寶才來的嗎？」

「挖寶？」亞倫的神色難得地變得有點詭異。

老闆聳聳肩，滿不在乎地說：「百年前的哥雷姆國是整片大陸上最富裕的國家，有著以財寶陪葬的習俗。不過只有冒險者才敢去地下墓穴挖，在滅國之後，地下墓穴便充斥著惡靈，每晚都會傳出憤恨不甘的哭聲，我們這些小老百姓是能避則避，只要那些惡靈別主動找上我們就謝天謝地了……」

語畢，老闆飄回櫃檯，點亮了燭臺上的蠟燭。

「因爲藍紋魔像沉睡的緣故嗎……」亞倫低聲喃喃。

很久以前，羅格城就是專門安葬死者的城鎮，藍紋魔像可以安撫死者的靈魂，也大大降低了幽靈怪物出現的機率，且陰氣越重的地方，越能誕生出強大的藍紋魔像。

數百年下來，羅格城成爲了打造藍紋魔像的絕佳地點，公爵夫人所創造出最厲害的魔像正是在地下墓穴的最深處完成的。

「更何況，地下墓穴裡還有那位生前就充滿謎團的公爵夫人。謠傳她其實還活著，在哥雷姆國滅亡後，她成了地下墓穴的主人，日日夜夜在深處徘徊哭泣。」

「肯定是變成十分強大的怨靈了。」一位旁聽的冒險者發表看法。「這類事情我們常遇到，心懷恨意的人死後往往會成爲強大的怨靈，危害眾人。」

「喂。」另一名冒險者以整個店裡都聽得到的音量喊了亞倫。「像你這種連劍都拿不動的小毛頭還是早點滾回去吧，我敢打賭在找到公爵夫人的屍體前，你就會被其他惡靈撕個粉碎，信不信？」

說完，他自己哈哈大笑起來，卻發現沒有人跟著他一起笑。

有的冒險者驚恐地瞪著他，有的則乾咳幾聲，假裝什麼也沒聽見，還有一些冒險者是不明白爲何眾人會有這樣的反應，於是不敢跟著笑。

唯一笑出來的就是王子殿下本人，他笑吟吟地摟住加克的手臂，甜甜地說：「不會的，因爲我有可靠的騎士保護我啊。」

加克配合地頷首，已經放棄解釋了。

「出外冒險別老想著依靠隊友，你自己也該努力。」不明所以的老闆忍不住訓斥亞倫。這類冒險者他見多了，就是俗稱的花瓶型隊友，在隊伍中最大的用處是看著療癒人心。

「謝謝你的建議，我會加油的。」亞倫的臉上依舊帶著燦爛笑容，順便把用來仿畫魔紋的那張紙放到櫃檯。「既然不能畫下來，就放在這裡了。我再去找伊登艾交流就好，謝謝你告訴我他在墓穴裡。」

「我不是說過了嗎？伊登艾討厭冒險者，他不可能——」

「他一定會見我的。」亞倫胸有成竹，還軟軟地靠著加克，盡責地扮演一個小鳥依人的花瓶。「就算我找不到，我的騎士也肯定會為了我赴湯蹈火，把他找出來的。你說是吧，加克？」

加克再次點點頭。

聽見這個熟悉的名字，武器店老闆頓時瞇起眼睛。他越看越覺得加克有些眼熟，他小時候似乎在繪本上看過跟加克外型相似的魔像，可惜具體細節想不起來了。

亞倫與加克背對著老闆走向了店鋪大門，盯著那顯眼的紅色披風，老闆的記憶終於被喚醒。

「……騎士加克？哎？等等，魔像騎士加克？」當他失聲喊出這句話時，主僕倆早已踏出武器店走得老遠了。

離開武器店後，亞倫心中已經有了計畫。他的老師公爵夫人是一定要找到的，比起問地面上的居民，詢問生活在墓穴裡的魔紋師顯然更有效率，此外還可以交流魔紋技藝，簡直一石二鳥。

又過了一會，兩人終於逛完街準備與穆恩會合，亞倫透過小白花傳來的斷斷續續聲音得知了穆恩的所在地，不出幾分鐘便和加克抵達他們在羅格城的落腳處。

眼前是一間色調黯淡的旅店，這間旅店坐落在羅格城的中心，建築規模不大，但外觀典雅。兩人一走進去，便看到一名面黃肌瘦的男子站在櫃檯後，男子一語不發瞧了他們一眼，一句歡迎的臺詞也沒有。

亞倫稍微打量了下周遭環境，住在此處的冒險者只有小貓兩三隻。他大概猜得出原因，首先，這裡的內部裝潢比起一般旅店要高檔許多，一看就知道要價不菲，且一樓只有櫃檯，不像其他旅店是熱鬧的酒館。

還有一點就是，這裡的娃娃太多了。

他還記得他的老師充滿了少女心，擁有許多娃娃、人偶之類的收藏品。而與善於替大型魔像繪製魔紋的馬洛尼不同，公爵夫人擅長畫精緻細膩的魔紋，尤其是畫在娃娃、木偶這類體積較小的魔像身上。

這間旅店承襲了他的老師的喜好，光是大廳就擺了好幾個娃娃，有的坐在搖椅上，有的坐在櫃檯上，大廳的樓梯旁也有人偶，所有入住的旅客都會在爬上樓梯時經過擺著人偶小姐的櫥窗。

「你們怎麼現在才來！」穆恩的聲音從二樓傳來，他氣急敗壞地走下樓，一見到兩人就劈里啪啦抱怨：「這裡有夠詭異！到處都是令人不舒服的娃娃，每條走廊的盡頭都有一個人偶，連我們被分配到的房間裡也放了人偶，這間旅店的人有毛病嗎？」

也不管櫃檯人員就在旁邊，穆恩將自己的遭遇一五一十說了出來。稍早他獨自先來辦理入住手續，並忍著不舒服的感覺從樓梯旁的人偶櫥窗走過，結果一打開客房的門，就見到一個人偶盯著他，差點沒把他嚇死。

櫃檯人員給了他們三個房間，於是他手賤地三道房門都開了一遍，結果就被嚇了三次。每間房的娃娃放在不同地方，一個坐在床上、一個待在桌子上、一個直接站在門口，每個娃娃皆面朝著門，這讓穆恩有點後悔幹麼自己先來。

「沒事的，這是羅格城的習俗。」亞倫一臉沒什麼大不了的樣子，笑著說明：「在羅格城，每戶人家都會擺放藍紋魔像避免惡靈侵擾，而人偶就是常見的魔像之一。旅店的人會在房間擺人偶，只是希望能保佑旅客平安罷了，對吧？」

亞倫詢問櫃檯人員，臉色慘白得跟幽靈一樣的男子面無表情地點點頭。

「娃娃會面朝門口是為了嚇阻惡靈，讓惡靈知道這個地方有魔像守護。」

「確定不是嚇阻客人嗎？」穆恩受不了此處的氣氛，神色凝重地說：「我們還是換一間吧，那個女薩滿不是說她的家族經營了好幾間旅店？換一間沒有人偶的。」

「說什麼呢？有人偶才安全啊，惡靈看見這麼多魔像在這，就不敢入侵了。」亞倫覺得穆恩想太多了，神色自若地帶著加克逕自上樓。

「你這白痴！惡靈可以附身在娃娃身上好嗎！我懷疑這裡的娃娃全都有該死的惡靈附在上面，所以這間旅店才這麼讓人不舒服，你清醒一點好不好，沒常識也要有知識！」

「娃娃會動就代表是魔像，怎麼可能是鬼？」王子殿下的認知中全然不存在這種可能性，他認為穆恩太會幻想了。為了讓穆恩安心，他從穆恩手中討來三把鑰匙，將三個房間一一再檢視過一遍。

他抱起房中的人偶，搖了搖人偶的手臂給穆恩看。「你看，這個人偶雖然沒有魔紋，但它是很好的魔像媒介，放在這裡就是為了告訴惡靈，這些人偶隨時可以變成魔像趕跑它們。」

穆恩簡直快被氣死了，這個國家的人果然腦袋都有問題。

亞倫以溫柔似水的嗓音繼續說：「如果你還是感到害怕，那可以考慮跟我睡，包准你一夜好眠。」

穆恩感覺自己又被調戲了。

他早就看穿了亞倫的技倆，滿腦子黃色思想的王子殿下故意說得如此曖昧，就是在等他自己想歪開口吐槽，這樣亞倫就可以反過來調侃。

亞倫的眞正意思肯定是有自己這個會畫藍紋魔像的人在，哪需要怕什麼幽靈？太天眞了，他才不會上當。

「殿下請別說這種話。」然而一旁的加克上鉤了，聽見魔像騎士語帶譴責的回應，亞倫露出微笑，正要開口，穆恩卻搶先說話。

「不要，用不著你畫藍紋魔像我也能睡得很好。」

聞言，亞倫瞬間垂下嘴角，不太開心地瞧了穆恩一眼。穆恩得意地笑了，加克則愣在原地，完全沒意識到自己中了亞倫的招，還以爲自己錯怪王子殿下了。

「算了，我可以勉強先住這裡，但你必須把我房裡的娃娃拿走。」成功識破王子殿下的小花招，穆恩的心情頓時好上許多，也不再那麼計較了。他其實並不怕鬼，只是討厭周遭到處都是這些令人不舒服的東西。

見穆恩妥協，亞倫也決定不計較穆恩沒有中計了，他點點頭，把三個房間的娃娃都拿到自己的房間，然後向另外兩人表示走了一整天的路，他累了想早點休息，便順理成章地自己關在房間裡了。

雖然陪王子殿下逛街的任務已經結束，但魔像騎士的工作可還沒結束，加克立刻看向穆恩。

接收到加克的眼神，穆恩有了不好的預感。

「穆恩閣下，我們走吧，今天還沒有練劍。」既然亞倫認可穆恩，加克認為自己就有義務把穆恩教導成一名優秀的模範騎士，於是不由分說地抓住穆恩把人拖走。

「喂，等等，你認真的嗎？今天才剛到羅格城就要練劍，先休息一天不行嗎！」穆恩激烈地反抗，無奈魔像的力氣太大，他根本掙脫不開。

「人類是健忘的種族，只要一陣子沒溫習，就有很大的機率忘記自己學習過的事物，所以為了你好，一天都不能疏於練習。」

「那你怎麼不叫亞倫練習！」

「……殿下現在不算人類。」

「歪理，你分明是在找我麻煩——」

加克忽略耳邊不斷傳來的抱怨，強行把另一個麻煩精拖下樓教育去了。

第三章

亞倫坐在床上，若有所思地盯著沙發上並排的三個娃娃。

這三個娃娃是不錯的媒介，但放進墓穴裡不夠顯眼，他需要更顯眼一點的媒介以吸引伊登艾上鉤。

從一開始他就打算先獨自去地下墓穴探路，他不是故意要跟加克唱反調，只是若想與伊登艾建立起良好關係，加克和穆恩就不能在場。

穆恩就不用說了，武器店老闆都提到伊登艾討厭冒險者了，有穆恩在的話，伊登艾多半不會現身。再加上穆恩狗嘴裡吐不出象牙，難保不會令伊登艾更加排斥他們。

至於加克也有點尷尬，魔像騎士肯定會引起魔紋師們的好奇，帶著加克其實應該能吸引對方主動找上門，但加克是赫赫有名的魔像英雄，如果和加克一起出現在魔紋師們面前，說不定會動搖伊登艾這個首席魔紋師在團體中的領導地位，要是伊登艾是個在乎權勢的人，恐怕會因此心生嫌隙。

所以，亞倫認為最好的方法就是他一個人去。只要帶著一尊威脅性不大的小型藍紋魔像在墓穴裡晃蕩，應該就能誘使魔紋師們主動現身。

要是有更顯眼一些的媒介就好了，正當他這麼想時，眼角餘光瞄到了一隻陶瓷小鳥。

他將陶瓷小鳥從衣櫃上拿下來，越看越是喜愛，最後決定就是它了。

這裡不是替魔像繪製藍色魔紋的好地方，於是他將小鳥塞進懷裡，打開窗戶，朝外頭東張西望了一會，確認沒看到加克後，便一腳踏出窗外，藉著荊棘順利從二樓攀下去。

他獨自溜到陰暗無聲的街道上，斑駁的灰石路面到處是東一塊西一塊的水窪，藍色魔花漂浮在小小的水窪上，安靜地點亮眼前的道路。亞倫漫無目的地在街上行走，若他沒記錯，老師曾跟他說過，羅格城到處都有通往地下墓穴的入口，於是他停了下來，緩緩閉起雙眼。

帶著魔花的荊棘從他腳下冒出，穿過狹窄的石縫探入地底，他仔細感受著地底的構造，不一會便發現一條通道。荊棘在通道內延伸，猶如蛇一般快速向通道盡頭爬行，很快抵達了通道的入口。

「那裡嗎？」

他順著荊棘生長的方向走，繞了好幾圈，最後回到了旅店門口，頓時無語了。

沒想到通往墓穴的入口之一就藏在旅店裡，尷尬的是，如果他現在從大廳走進去，被加克逮個正著就糟了，偏偏他無法用魔花去感知加克在哪裡。他完全能理解為何那名女獵人的大白狼會沒發現加克是怪物，像加克這種沒有血肉、連氣味都跟周遭融為一體的怪物，眞的很難感應到存在。

所幸此時有個隊友登場神救援，只聽旅店的後院傳來穆恩大呼小叫的聲音：「少用你那套騎士規矩約束我，不是人人都吃你那套！」

原來在後院嗎？

亞倫的嘴角揚起一抹微笑，這才大搖大擺地打開大門走了進去。

他風度翩翩地來到櫃檯前，從容地說：「晚安，我剛剛發現這間旅店好像有個特別大的地下室，介意讓我下去參觀一下嗎？」

櫃檯人員沉默了一會，最後看在亞倫是夏琳介紹的客人的分上，默默從桌底下拿出一盞燭臺，並為他點上燭火，領著他走進地下室。

看似平凡無奇的地下室中堆滿了雜物，直到櫃檯人員推開一個書架，亞倫才發現書架是隱藏式的旋轉門。

「請務必小心。」櫃檯人員將燭臺交給亞倫，語氣慎重地交代完並鞠了一個躬，隨後便像什麼也沒發生似的返回樓上。

亞倫望著沒入黑暗中的墓穴通道，對於如此簡單便來到地下墓穴這件事，他並不特別驚訝。錯綜複雜的墓穴通道宛若蛛網一般延伸至整座城鎮，許多居民會把通道當成捷徑，因此入口容易找也不意外了。

他在通道內走了幾十公尺，很快發現了第一具棺木。這具布滿塵埃的棺木鑲在牆面的凹槽裡，棺蓋上擺了好幾朵早已枯萎的藍色魔花。

亞倫在棺木前停下來，將燭臺放在地上，打開放滿魔紋工具的包包。

「好了……來吧。」他手持畫筆沾了沾藍色顏料，取出懷中的陶瓷小鳥，背靠著棺木開始畫起來。

細密的藍色紋路在純白的陶瓷小鳥身上延展，亞倫哼著不成調的旋律，藉著微弱的燭光恣意描繪魔紋。他向公爵夫人拜師學藝多年，筆下的魔紋自然同樣細膩而精巧，縱使魔像僅有掌心大小，他一樣能畫出精美完整的魔紋。

不過不知是否他的錯覺，在作畫的過程中，他聽見被黑暗吞噬的通道盡頭傳來了有點類似女人哭泣的聲音。

亞倫停下筆，東張西望了一會。

「這裡有這麼通風嗎？」他忍不住喃喃自語，認爲自己應該是聽見外頭的風聲了。在這座到處都有出入口的墓穴裡，有風灌進來也不是完全不可能。

他低頭繼續繪製魔紋，結果才剛畫幾筆，燭火居然搖晃起來。

亞倫有些疑惑，猜想也許是自己畫得太認眞了，所以才沒察覺到有風，畢竟一旦他專注地投入繪製魔像，甚至能廢寢忘食。

正當他思考著風是從哪個方向吹來時，燭火直接在他眼前熄滅了。

「嗯？」

亞倫愣了愣，最後以爲大概是自己這具身體太過遲鈍而沒感受到風，因爲他常常連疼痛都感覺不到。

他從包包裡拿出火柴重新點燃蠟燭，繼續畫他的魔紋。

約莫十分鐘後，身上布滿藍色魔紋的小鳥猛然抬頭，抖了抖翅膀。在亞倫的注視下，小鳥張開了嘴，發出與嬌小身軀不符的尖銳叫聲，刺耳高亢的聲音迴盪在墓穴裡，這一瞬間，原先在無風的墓穴不斷搖曳的燭火停止了晃動。

「太好了，總算沒風了。」亞倫欣喜地拿起燭臺。

「去吧，利用你的鳴叫聲引來這座墓穴中的魔紋師。」他伸直了手，藍紋小鳥立刻振翅從掌心上飛起，向墓穴深處而去。

亞倫不知道的是，有許多正在墓穴探險的冒險者都被這個聲音嚇得以爲有特別強大的惡靈或報喪女妖出現，一群人亂成一團，甚至還有人嚇得逃了出去。沒多久，地下墓穴中有報喪女妖的傳聞迅速成爲冒險者之間的頭條消息。

當然，這都是之後的故事了。

「報、報喪女妖出現了啊啊！」

「剛剛那個聲音一直陰魂不散地追在後面，差點以爲要被追上了……」

另一方面，在地面上練劍的加克與穆恩聽見街上傳來冒險者們的哭喊，兩人面面相覷，最後穆恩率先開口。

「喂，你家王子有辦法製作出能殺死報喪女妖的藍紋魔像嗎？那玩意不好對付。」

「不太清楚。」加克搖搖頭。他聽公爵夫人說過，亞倫在繪製藍紋魔像上沒什麼天賦，不太能創造出強大的藍紋魔像。「穆恩閣下知道要如何繪製出強大的藍紋魔像嗎？」

「我怎麼可能知道。」穆恩沒好氣地回應。

「陰氣要重。」加克自行解答了。「幽靈越多的地方，所誕生的藍紋魔像越強。公爵夫人天生就有容易感應到妖魔鬼怪的體質，因此能夠在墓穴裡找出陰氣最重的地方繪製魔像。但是殿下完全察覺不到哪裡有陰氣，所以他繪製的藍紋魔像強度有限。」

穆恩無語了。他忽然覺得自己都比亞倫有資格畫藍紋魔像。

「該繼續練習了，穆恩。」加克好心提醒，卻換來穆恩彷彿在嘲笑他的眼神。

「要練習直接打過來便是，何必囉囉嗦嗦的。」

在穆恩過去的人生中，隨時隨地都會有人找他練劍，或是以練劍之名行教訓他之實，所以他早就習慣了，這也是爲什麼他總是睡得很淺。

然而加克每次發動攻擊前都會提醒他，且劍尖永遠能正好與他擦身而過，或是在傷及他之前停下，所以他其實一點也不討厭跟加克練劍。

只是他覺得這很沒有意義，因爲他再怎麼練都不會比加克厲害的。

忽然間，加克的身影從他眼前消失，穆恩的嘴角不禁上揚。一陣風掀起他的劉海，穆恩毫不猶豫地舉劍揮向風吹來的方向，正好彈開了加克的劍。

加克的劍時而如潺潺流水，時而如激流飛瀑，那劍身掠過時穆恩甚至能感覺到絲絲涼意，而寶劍所及之處，饒是岩石也承受不住這般強勁的力道，硬生生被砍出些許裂痕。

與加克練劍的次數越多，穆恩越能體會到其中的樂趣和刺激，加克強大得使他感覺自己離死亡只有一線之隔，但他曉得對方不會傷到他。

他大膽地一腳踏進加克的攻擊範圍，往魔像的脖子砍去，他的目標就是把加克的頭盔砍下來，但加克卻一步退開，堪稱柔和地格擋住他的攻擊，將他的劍尖帶往另一個方向。

無論穆恩如何攻擊，不是被避開就是被化解，就算眞的砍到了加克身上，也僅僅是擦過鎧甲，從沒有一次正面砍中。

他就好像身處於深不可測的湖泊，所有攻勢全被湖水包容消解。穆恩心想，任何一位劍士跟加克打鬥，都肯定會爲魔像騎士精湛的劍技驚豔不已。

「你的劍總是太過衝動。」加克甚至有餘裕一邊過招一邊指點穆恩。「且缺乏戰略，招招都必定針對對手的要害。這並非壞事，但久了容易讓人猜出你的劍路。」

穆恩一個側身閃過加克刺來的劍，滿不在乎地笑著說：「這就是爲什麼我要針對要害，在對方猜出來之前趕緊把人殺了。」

雖然穆恩這麼說，加克卻並未相信。劍藝精湛的他同樣讚歎著穆恩的劍術，他認爲穆恩的實力已經頗爲優秀，且依然具有相當程度的潛力。穆恩的劍術底子十分紮實，再加上擁有多年冒險經驗，懂得在戰鬥時靈活變通，學習速度也快，幾次對練下來，穆恩已經漸漸摸出他的劍路，越發地應對自如。

加克訓練過不少人類，他看得出來，如果再給穆恩幾年時間，穆恩說不定能成爲冒險者中頂尖的劍士。

「你要是對練劍再積極一點，肯定大有前途。」加克不禁感嘆。與練劍成痴的賽西羅不同，他很清楚穆恩對劍術半點興趣也沒有。

「這種事有什麼有趣，要不是別人逼我學，我才不想碰。」

「誰逼你學？」

「當然是看上我的人啊。」穆恩往後一彈，與加克拉開約一公尺的距離。他單手插在腰間，洋洋得意地說：「當年我可是貧民窟的孩子王，負責指揮同伴們偷竊搶劫，也負責在前線作戰，那些大人都拿我沒轍。」

加克有些訝異穆恩會坦率地提及過去，他以爲穆恩不會想讓人得知自己出身卑微。

「我的事蹟傳到了那些貴族耳裡，後來有個貴族看上我，破例把我帶走，當成騎士學徒培養長大，不然以我的身分，連踏入貴族街都是被禁止的。」

說到這裡，穆恩還吹捧起自己：「太強就是有這種困擾，想好好待在貧民窟都不行。」

加克無語地停下了動作。他是不介意自家殿下撿了個身世貧寒的騎士回來，只要對方品性好就行。不過現在看來，這個騎士的品性出了很大的問題。

「所以你曾經是別人的騎士？」加克還記得，人類騎士學徒成年後必須向主人宣誓效忠，才算成為獨當一面的騎士。

這次穆恩沒回話了，畢竟任何一個合格的騎士都不該背叛主人，這也是他在同行間的名聲會如此差的原因之一。

他有些煩躁地抓了抓頭，一時不知該怎麼跟加克解釋。人類和魔像不同，並非生來是怎樣的宿命就會心甘情願接受，人類擁有自由意志，也會想掌控自己的命運。

「我從沒說過自己想過那樣的人生，那些都是別人強加於我的，什麼誓言、忠誠，我的字典裡才不會有那種噁心的詞彙，光是想到就令人窒息。」

打從一開始他就沒有選擇，窮人從來沒有選擇的餘地。不管他在那過得多痛苦，也只能把一切視作貴族的恩賜，假裝感激涕零。

「你想得太嚴重了。」加克搖搖頭，耐心地開導。「就像你想與他人結為連理便需要立下誓言，想獲取他人的信任就需要表現自己的忠誠，若要與他人建立任何穩固關係，都得先敞開自己的心扉。」

「那我什麼都不要，這樣自由快活得多。」穆恩故意唱反調。

加克發出長長的嘆息，隊裡的年輕人沒一個聽話的，他心好累。

穆恩好笑地說：「你太不瞭解人類了。我們人類是見錢眼開的生物，只要錢夠多，一切都好談。在這世上，我只相信錢，也只要這個東西，其他就免了。」

加克至今仍不太明白金錢的重要性，畢竟他不必進食，也不要求生活品質，所以他時常無法理解為什麼有人可以為了錢拚命。

「為何這麼想要錢？如果是為了吃飽穿暖，閣下身上的錢應該已經夠用了。」

「當然不只這樣啊，錢能買到的東西可多了。」穆恩臉上帶著笑，以輕鬆無比的語氣說：「就連身為人該有的尊嚴，也能用錢買到。在這個世上，有錢才能讓別人看在眼裡，身無分文的人既沒有選擇命運也沒有被他人放在眼裡的資格。所以想在社會上生存，錢是必不可少的。」

加克有聽沒有懂，他覺得如果穆恩要錢是想買到這些抽象的東西，又何必兜這麼大的圈子？還得先成功拯救哥雷姆國，讓王子殿下付錢，穆恩才能拿錢去買想要的東西。為何不能叫亞倫先給穆恩這些他要的東西呢？說不定還不用錢。

「殿下知道這些事嗎？像是你的過去，還有你想買的東西？」

穆恩瞬間露出彷彿在濃湯裡看見蒼蠅的表情，他躊躇了一會，語氣莫名急躁起來：「我怎麼曉得？再說幹麼跟他講？我跟他只是酒肉朋友，不談這個的。」

「酒肉朋友」這個詞讓加克一時沉默了。

「那傢伙大概知道一些吧，畢竟我沒刻意隱瞞，只是不會特別跟他提，因為很怪。」

「哪裡怪？」

「你自己也明白我跟他平時都在幹麼吧？不就是到處找樂子、趁你不注意時溜出去喝酒找人麻煩之類的，突然跟他說我那些亂七八糟的過去幹麼？我的故事一點也不有趣，說不定還會引來不必要的同情。我只想跟他一起尋歡作樂，講這些只會搞得氣氛尷尬而已。」

亞倫曾經在他面前哭泣，而當時穆恩也感到相當不自在。那個閃亮亮的王子殿下應該一直保持自信的笑容，身邊跟著強大無比且忠心耿耿的騎士，住在華麗的溫暖城堡裡。

而不是像現在這樣，把一個全然談不上忠誠的傢伙當成自己的騎士，有時還必須睡在破爛的馬廄。

把他視為夥伴什麼也得不到的，因為他既沒有魔像強大，又不會安慰人，唯一擁有的只有悲慘的過去。

「感謝穆恩閣下向我坦承你跟殿下私底下到處胡作非為。」加克的聲音難得變得冷峻。「看來，我得找個時間帶你們讀幾本關於禮儀與教養的書了。」

「這是兩回事！我想說的是我跟他不是那種關係！」穆恩急急忙忙辯解。「你有聽懂我的重點嗎！」

「禮儀跟劍術一樣都可以從零學起，穆恩閣下。」

穆恩正想再說些什麼，此時地底驀地傳來一陣刺耳的聲音，聽來就像一個喉嚨被刮破的女人正淒厲地叫喊。他像是找到了救星，提起劍俐落地翻過圍牆，扔下一句：「報喪女妖好像來到這附近了，我去看看！」

他的動作迅速得連加克都反應不過來，只能說不愧曾經是貧民窟的孩子王，溜之大吉的速度比揮劍的速度還快。

魔像鳥淒厲的鳴叫在宛若迷宮的地下墓穴不斷迴盪，注意到的不只冒險者們，還有潛伏在墓穴深處的魔紋師們。

羅格城的魔紋師不單單是魔紋師，他們同時也是墓穴的守護者。

之所以住在地下墓穴，是因爲他們是羅格城最有能力抵抗惡靈的居民。在哥雷姆國滅亡後，活下來的魔紋師便接下了藍紋魔像的工作，繼續守護羅格城地下墓穴。他們必須這麼做，否則羅格城會被惡靈吞噬。

伊登艾自然也是墓穴的守護者之一，他會選擇成爲魔紋師，不是因爲什麼熱血的愛國情操，也不是因爲什麼使命感，單純是因爲研究魔紋挺有趣罷了。

他沒想到自己會莫名其妙成爲羅格城的首席魔紋師，不僅同行仰慕他、冒險者們忌憚他，當地居民更是把他當偶像膜拜。

偶爾他會覺得這樣的人生頗爲無聊，就好像玩了一個遊戲，也沒有特別努力就封頂了，他只能想辦法從名爲人生的遊戲裡挖掘剩餘樂趣。

就在這一天，彷彿是命運的指引，他聽見了魔像鳥的鳴叫。

他的腦內瞬間浮現許多書籍上有關怪物的紀載，最後得出的答案是報喪女妖。但羅格城從未出現過這種怪物，在他的掌控下也不該有這種怪物出現，除非是冒險者帶進來的。

他們總是在給他找麻煩，明明都跟他們說去哪些地方能遇到惡靈了，這些冒險者偏要到處亂闖，有時還會誤觸機關或把惡靈搞得更為強大。

伊登艾抱著收拾麻煩的心情，不疾不徐地往魔像鳥所在的方向走去，本以為會見到面目猙獰的怪物，結果迎面而來的竟是一隻陶瓷小鳥。

魔像鳥在伸手不見五指的黑暗通道裡飛翔，宛若幽靈般留下一抹藍色流光。他的目光深深被小鳥吸引，忍不住伸出一隻手，小鳥立刻乖巧地停到他的手指上。

身為魔紋師，他一眼就看出這是活生生的魔像，而且出自優秀的魔紋師之手。

陶瓷小鳥只有他的掌心大小，身上卻同時具備發聲魔紋與飛翔魔紋，這兩種魔紋皆是不易繪製的高難度魔紋，線條稍有偏差就會無效，能同時將這兩種魔紋畫在陶瓷小鳥身上的魔紋師肯定非等閒之輩。

更何況，百年來有不少魔紋師都挑戰過在魔像上繪製魔紋，但沒有一個人能成功喚醒魔像。厄密斯的能力實在太過強大，無論是原有的魔像還是新製造出的魔像，全都深陷於無盡噩夢中，怎樣也醒不來。

魔像鳥的存在，毫無疑問地代表某個能跟厄密斯抗衡的薩滿出現了。

不過比起這點，伊登艾更在意小鳥身上的魔紋。如此纖細美麗，彷彿一觸就會破碎，他甚至不敢去摸小鳥，就怕不小心一抹便把魔紋給抹掉了。

不知是否聽見他的心聲，小鳥隱藏起滿身魔紋，僅留下胸口處米粒大小的心臟魔紋。伊登艾鬆了一口氣，這才放心伸手摸摸小鳥的頭。

小鳥再度發出驚人的可怕鳴叫，但對他顯然毫無敵意，還蹭了蹭他的手。

伊登艾藏在面具下的嘴角微微勾起，然而下一秒，小鳥從他的手上振翅而起，頭也不回地飛走了。

「等等。」伊登艾忍不住喊出聲，他急忙追上去，轉了幾個彎後，冷不防被絆倒在地。所幸他戴著面具，否則這一摔他的臉肯定留下瘀青。

魔像小鳥停到他的肩上，向前方發出威脅般的低鳴，這時伊登艾才看清楚絆倒他的東西。

那是一名躺在地上奄奄一息的金髮青年。

無數半透明的白色手臂從地面伸出，抓住了青年，就像溺水之人渴求著一線生機般，白色手臂死死抓著青年，彷彿他是洪流中唯一的浮木。

魔像小鳥在伊登艾肩上發出刺耳的叫聲，一條條白色手臂霎時不甘不願地鬆開青年，慢吞吞地縮回地底。

伊登艾坐在一旁，彷彿什麼也沒聽見似的，神色如常地將青年翻過來。青年臉色慘白，不過模樣相當俊美，看起來挺年輕的。

光是站在青年旁邊，他就感覺全身被什麼壓迫著，不太舒服。作爲墓穴守護者，伊登艾明白原因爲何，都怪這附近的鬼魂太多了，影響到了磁場。

在他的印象中，這個地方就算有鬼也頂多兩三隻，數量這麼多不太尋常，這名青年要不是體質特別受鬼青睞，就是跟鬼有仇，才會有這麼多幽靈纏著他不放。

青年呻吟了一聲，緩緩睜開雙眼，他的眼睛十分漂亮，跟小鳥身上的魔紋一樣蔚藍而純粹。

「是你救了我嗎？謝謝你。」躺在地上的自然是王子殿下，他也不清楚自己爲什麼會昏倒，他只知道自己走著走著呼吸莫名越發困難，身體也變得異常沉重，最後便不禁躺倒在地了。

「這裡有點悶，又晒不到太陽，我走到一半身體有些不適，結果就不小心暈倒了。」

亞倫認爲原因應該是這樣，畢竟他可是需要陽光空氣水的魔花怪，會如此不適應也無可厚非。「我是第一次來到地下墓穴，不太習慣此處的環境。」

伊登艾並未作聲，他正認眞思考著亞倫是否在說謊。

「但是我現在感覺好多了。」亞倫在伊登艾的攙扶下站起來，魔像小鳥也飛到亞倫肩上，充滿敵意地東張西望。

伊登艾盯著亞倫肩頭上的小鳥，看樣子這名青年就是小鳥的主人了。

同一時間，亞倫也在打量伊登艾。對方配戴著魔紋師專屬的面具與披風，腰間掛了兩把匕首，分別是藍紋與紅紋，赫然是白天偶然與他擦身而過的那位魔紋師。

對此，亞倫只能讚歎魔像小鳥效率奇佳，這麼快就幫他引來一名有地位的魔紋師。

「請問你是住在這裡的魔紋師嗎？冒昧請教一下你的名字？」

「伊登艾。」伊登艾語氣生硬地回應。

「眞是個好名字呢。」一聽對方正是目標人物，亞倫笑容燦爛地摸了摸魔像鳥的頭。

「我叫亞倫，是百年前流落異鄉的哥雷姆人後代，我想要拯救這個國家，所以目前作爲魔紋師跟隨冒險者同伴旅行至這個城鎮。」

「嗯。」

伊登艾對亞倫來到此地的理由不太在乎，每個冒險者的理由都大同小異。不過看在他是同鄉魔紋師的分上，伊登艾願意多釋出一點善意。

他的反應也令亞倫略感訝異，王子殿下以爲自己可以靠美色與才華吸引羅格城首席魔紋師，結果伊登艾顯然並不感興趣。

比起他本人，伊登艾似乎把注意力都放在魔像小鳥身上，對此他不禁有些失望，但仍是不動聲色地笑問：「你喜歡這隻鳥嗎？」

伊登艾點點頭。

亞倫伸出手，小鳥跳到他的手指上，與魔像心靈相通的他在取得小鳥的同意後，抬頭重新看向伊登艾。

「那就給你吧，要嗎？」亞倫露出自認最迷人的微笑，親切地示好。

伊登艾一語不發，不確定該不該收下。畢竟這隻魔像小鳥應該很珍貴，至少是亞倫筆下獨一無二的魔像。

不等他回答，小鳥便自動飛到他肩上，他偏頭打量了下小鳥待在自己肩上的樣子，終究點了點頭。

「你畫的嗎？」

「你說魔紋嗎？是的。」

伊登艾再度點點頭，沒說什麼。如此省話的態度，再加上戴著面具看不見表情，使得亞倫摸不著頭緒。他猜測伊登艾不是惡人，只是有點難了解。

「作爲交換，希望你能充當一下嚮導，帶我遊覽這座墓穴。我聽說公爵夫人隱藏在墓穴深處，之所以會來到羅格城，也是希望能找到公爵夫人。」

伊登艾同樣沒問原因，幾乎每個冒險者來這裡的目的都相同。雖然替人導覽很麻煩，可是他才剛從對方手中收下貴重的魔像，也不好拒絕，他只好乖乖應下。

想到這裡，伊登艾忽然懷疑自己是否中計了，為什麼就這麼順理成章地答應了呢？

「這裡很無趣，沒什麼好逛。」

——而且也不適合你逛。

伊登艾沒把這句話說出口，他已經在亞倫背後十幾公尺處看見灰白色的詭異身影了。

「這座墓穴裡有許多藍紋魔像吧？怎麼會不好逛？」

「我沒見過夫人，畢竟有些地方連我們魔紋師也去不了。」

「我可以試試，如果你不介意帶我去的話。」亞倫笑容燦爛的模樣讓伊登艾莫名感到壓力。

「你現在準備不齊全，深入墓穴可能會有危險。」這是伊登艾的肺腑之言，連亞倫身後的牆面都冒出好幾張模糊的人臉了。

「我相信你會保護我的。」亞倫誠懇地說，彷彿他才是要保護人的那方。

伊登艾無言以對，他已經想不出勸退的理由了。只見一隻灰白的手從地面緩緩鑽出來，神不知鬼不覺地接近亞倫，但在碰到之前，藍紋小鳥氣憤地發出了刺耳的叫喊。

這瞬間，所有靈異現象又一次消失無蹤。

頭好痛。

伊登艾扶了扶面具，感覺騎虎難下。

不管怎樣，他都不能放亞倫一個人在墓穴亂跑，於是只好無奈地說：「跟我來。」

亞倫喜孜孜地跟了上去，才走幾步，伊登艾突然開口。

「謝謝。」

他說得有些生澀和彆扭，似乎是第一次向人道謝，亞倫愣了下，這才意識到伊登艾是在指贈與魔像鳥的事。

「不用謝，你喜歡就好。」

伊登艾的身子僵硬了一瞬，而後重新邁開步伐，彷彿什麼事也沒發生過。

望著他的背影，亞倫忽然覺得羅格城的首席魔紋師挺可愛的，或許伊登艾不是真的那麼難懂，只是不善交際罷了。

他抱著輕鬆愉快的心情，哼著不成調的旋律跟著伊登艾步入墓穴深處。

稍早之前，在地面上聽見魔像鳥叫聲的穆恩翻過牆後，馬上想到了亞倫。

亞倫從未見過報喪女妖，他猜想對方可能會有興趣，這麼好玩的事可不能漏了王子殿下。於是穆恩繞到旅店另一側，再度翻牆而入，正巧亞倫的客房外有一棵高聳的樹，他三兩下爬上樹來到窗戶前，毫不客氣地推開窗子翻了進去。

「喂，醒醒，我聽見了報喪女妖的聲音，你快準備一下跟我走——」他話說到一半，整個人僵在原地。

房內空無一人，他該對誰說話？

他神情詭異地在房中轉了幾圈，連床底下都找了，就是沒見著王子殿下。

「那個卑鄙小人。」他忍不住喃喃，搞了半天，亞倫說要休息根本是騙人的。這傢伙騙過加克自己去夜遊，留下他一人應付老媽子似的魔像騎士，這讓穆恩不禁有些生氣。

自從他把亞倫從森林帶出來後，他們幾乎都是一起行動，如今亞倫卻獨自跑出去探險。對此，穆恩越想越不開心，但他不會承認自己有種被拋下的感覺。

這時，他聽見了重物踩在外頭枝幹上的聲音，頓時心頭一驚，反射性找了個地方躲起來。

「殿下？」

熟悉的嗓音從窗外傳來，接著，房間裡響起鎧甲移動時特有的鏗鏘聲響，穆恩闔上雙眼，試圖讓自己的呼吸平穩下來。

魔像騎士小心翼翼地移動步伐來到床前，房內十分昏暗，他只能隱約瞧見床鋪上有個全身裹在被子裡的人影，於是安下了心。

方才地底傳來的叫聲在加克聽來有點像魔像同族，所以他決定來確認一下亞倫是否還在房裡。本來發現窗戶是打開的，他還一度擔心長不大的王子殿下溜出去了，現在看來是他誤會了。

加克鬆了一口氣，放輕步伐，跳到窗臺上離開了亞倫的臥室。

明明僅是不到一分鐘的插曲，但躲在被窩裡的穆恩已經嚇出一身冷汗。確認聽不見魔像的腳步聲後，他才從被窩冒出頭來。

一張慘白的小臉陡然出現在他面前，穆恩激動地從床上彈起來，一腳把那張小臉踹下去。

「媽的霍普，什麼鬼東西！」在哥雷姆國旅行了好一段時日的他，不知不覺也開始會將魔像之神加入罵人的用詞裡了。他嚇得把劍都拔了出來，對準目標後，才發現被他踹下床的小臉是稍早亞倫從他房間抱走的人偶娃娃。

娃娃面無表情地躺在地上，還剛好面朝他的方向。

穆恩盯著那張臉，越想越氣。

他早就說這東西很邪門了，亞倫偏偏不信邪，邪教王子不信邪到底是哪招？不是該對這種東西特別敏感嗎？他無法理解為何亞倫沒有察覺異狀。

這個娃娃他怎麼看怎麼不舒服，實在很想扔出窗戶，但亞倫有可能會拿去製作魔像，因此他只能忍住。

現在想想，他幹麼幫亞倫掩護？這傢伙擅自溜出去已經夠過分了，他居然還幫忙騙過加克，簡直腦袋壞掉了。

穆恩煩躁地抓了抓頭，莫名感到焦慮。

他不認為亞倫可以在黎明前回來，畢竟亞倫可是超級大路痴，要是在地底迷了路，只要沒人撿到王子殿下，八成就會一直困在那裡。

萬一不幸碰到雷吉諾一行人就糟了，他們恐怕會發現亞倫並非人類，更別提還有厄密斯了，那人曾說過會再回來找亞倫。

而且還有一件令他介意的事。

自從上次他們把亞倫從厄密斯那裡帶回來後，亞倫便沒再復活過魔像。

王子殿下的理由是，憑他一個人的力量要把所有魔像復活太困難了，等成功拯救了國家，再培養一批魔紋師返回這裡復活魔像比較好。

來到羅格城後也是，亞倫不像之前一到奧爾哈村就立志要讓所有魔像甦醒，他還是會復活魔像，但次數明顯大幅減少。就連凱里要和亞倫決鬥，他也毫不猶豫地拒絕。

穆恩不禁開始懷疑亞倫是不是出了什麼狀況，雖然目前看起來並沒有缺乏魔力的跡象。想到此處，穆恩覺得有必要盡快把亞倫找回來，他跳到窗外的樹上，把窗戶關好後溜下了樹。

他必須在黎明前帶回亞倫，可要在這個地面上跟地底下一樣複雜的城鎮找出路痴王子，簡直是大海撈針。

所以他氣急敗壞地從懷中扯出亞倫給他的傳聲筒魔花，可憐的小白花遇人不淑，整朵花被蹂躪得只剩兩片皺巴巴的花瓣勉強連在上面。

「亞倫、亞爾戴倫，聽得到嗎？你滾去哪了，給我出來！」

小白花沒發出任何聲音。

也不曉得亞倫是假裝沒聽到，還是魔花太過殘破失去了功能，穆恩掐著花莖對花朵激動叫喊：「你是裝死還是聽不到？聽到了就給我回旅店，我這可是在幫你，要是被加克發現你就死定了，他會給你上三天三夜的禮儀教養課程！」

白花依舊垂頭喪氣，一點回應也沒有。

「不准不理我，聽到沒有！快點給我回答，你不回答的話我——」話說到一半，他的眼角餘光瞄到三道熟悉的身影，整個人頓時僵立在原地。

不知何時，他的老冤家泰歐斯與他愉快的隊友們正站在不遠處，神色各異地盯著他。女祭司茉莉表情驚恐，彷彿看到穆恩被鬼附身，弓手蜜安則一副瞧見濃湯裡竄出飛天大蟑螂的樣子，而泰歐斯顯得驚疑不定，只差沒吐槽他在搞什麼鬼。

穆恩生無可戀地在內心咒罵一聲。

有關他的流言蜚語想必又要多一條了。

以後在酒館聽聞有人談論某個對花說話的男人，肯定就是在說他。

與此同時，位於地底深處的兩位魔紋師正在深入黑暗的墓穴通道，兩人走到一半，伊登艾忽然聽見了陌生男子的咒罵聲。

聲音斷斷續續的，在這個到處都是鬼的地方顯得特別詭異，伊登艾只能從支離破碎的話語中感受到對方似乎充滿怨氣。

他停下腳步，轉頭看向聲音來源。

「怎麼了嗎？」亞倫的語氣優雅而親切，在他開口的瞬間，咒罵聲戛然而止。

「你有聽到怪聲嗎？」伊登艾神色詭異。「方才好像有個男人在叫罵。」

「沒有啊，我沒聽到。」亞倫臉不紅氣不喘地回。「你聽錯了吧？」

伊登艾不認爲是自己聽錯，他想亞倫可能是眞的沒聽到。伊登艾懷疑亞倫可能被含恨而死的男性幽靈盯上了，於是決定先把自己肩上的魔像鳥放回亞倫的肩膀上。

「怎麼了？」亞倫語帶笑意詢問。

「沒事。」伊登艾淡定地表示，繼續邁開步伐領路。

亞倫走在他身後，隨手扔掉被他徹底摧殘的小白花。剛才的聲音他當然有聽到，然而眼下實在不好回應穆恩。

只是偷溜進地下墓穴晃晃而已，亞倫不懂穆恩爲何如此生氣。雖然他想找機會回應，但傳聲品質實在太差了，即使他對著白花說話，穆恩也不見得接收得到。

改天他應該提一籃小白花給穆恩，這樣當穆恩想跟他聯繫時隨時可以拿一朵起來說，多好。

想像著穆恩將整籃白花摔在地上踩的樣子，亞倫臉上不禁泛起微笑。

「羅格城的魔紋師是不是都住在地底？這百年來，你們曾看過公爵夫人的身影嗎？我聽說夫人至今仍在墓穴深處遊蕩。」

亞倫接連拋出的兩個問題讓伊登艾有點頭大。他先應了聲「對」，頓了一下後又開口：「不清楚。同伴裡有人看過，你可以問。」

「你們爲何要住在這裡？上面的空氣不好？」

「……如果我們不待在這，惡靈會多到跑去地面上騷擾居民。」凡是向羅格城魔紋師拜師學藝的人，都必須接替老師的工作守護地下墓穴，伊登艾也不例外。「哥雷姆國滅亡後，我們便代替藍紋魔像安撫此地的亡靈。」

亞倫點點頭。「怪不得我一路走來都沒遇到惡靈，看得出來你們很用心地守護這裡。」

伊登艾沉默了一下，最後還是決定稍微提醒。

「看見惡靈需要有點天分。」他語氣古怪地說。「還有對周遭環境要有一定的敏銳度。」

他很想勸亞倫放棄尋找公爵夫人，以亞倫的資質肯定找不到的。不過伊登艾也知道憑自己的嘴皮子說不過亞倫，只能無奈地繼續帶路。

伊登艾打開前方的門，踏入一個擺滿棺木的空間，所有棺木整齊劃一地並排在地上，一尊巨蛇石像則矗立在正中央。亞倫的目光被巨蛇所吸引，當他們經過石像時，他忍不住停下腳步，摸了摸石像的頭。

「這孩子在哭呢。」亞倫蹲下身，細細打量巨蛇石像，一隻手放到收納著魔紋師工具的包包上，但最後還是移開了手。

伊登艾並非薩滿，聽不見魔像的聲音，但他看得見亞倫身邊聚集了許多蒼白的身影。或許是忌憚藍紋小鳥的關係，它們與亞倫保持著一段距離，目光死死黏在亞倫身上。

那些鬼魂在呢喃著什麼，伊登艾聽不太清楚，他只覺得這樣下去不妙，於是面無表情地朝亞倫招招手。「該走了。」

亞倫遺憾地再瞧了巨蛇石像一眼，站起來跟隨伊登艾離去。

「我以爲墓穴裡滿是惡鬼，冒險者們將這裡描述得好像四處都是妖魔鬼怪，結果比想像中的平靜。」亞倫東張西望，他都已經做好心理準備了，可目前爲止連一張嚇人的白臉出現在眼前都沒有，這令他不禁有些失望。

「因爲我們會請本地的店鋪協助。」伊登艾解釋。「我們提供惡鬼出沒的地區，請店主指引冒險者去那裡，而這一帶不是冒險者會來的區域。」

可惜冒險者多半不受控，即使他們都這麼做了，總有人會跑歪。

伊登艾攤開地圖，指向其中一個畫了幾個藍圈的區域。「墓穴中有三大區域，藍圈是有惡靈出沒的危險地帶，這個地方就讓冒險者去探索，偶爾我們也會去那驅趕惡靈。」

接著，他指向畫了白圈的區域。「白圈是我們魔紋師守護的安全地區，這個地方留給我們與本地居民。」

「其他沒畫圈的是未知地帶，百年前魔法師厄密斯的荊棘大肆入侵這座墓穴，許多通道都被碎石與荊棘堵住了。」

亞倫認眞地盯著地圖，如果穆恩在這裡，肯定會吐槽他看了也沒用。

「也就是說，冒險者能前往的地方只有藍圈區域？」這讓他有點傷腦筋，因爲他還想和身爲道地冒險者的穆恩一起去未知地帶。

「冒險者唯一會帶來的，只有破壞死者的安寧。」伊登艾語帶埋怨。「分給他們一塊區域作亂已經很好了。」

亞倫點點頭，表示能理解。許多冒險者是爲了大量的陪葬品而來，在挖掘寶物的過程必定會侵擾到死者。

雖然無論是魔紋師還是冒險者都不乏懂得除靈的，但畢竟兩者的目的不同，也難怪伊登艾不喜歡冒險者。可是想要深入這座錯綜複雜的巨大墓穴，他們就必須取得羅格城魔紋師的幫助。

亞倫沒再多說什麼，他看著伊登艾掀開其中一具棺木，裡頭居然不是白骨，而是出現了一道看不見盡頭的階梯，兩側壁面的火把距離安排得恰到好處，點亮了每一段階梯，在亞倫隨著伊登艾逐漸深入地底時，底下傳來了人聲。

一座寬廣的石造大廳豁然出現在兩人面前，大廳正中間的地面上有一座巨大的藍紋魔法陣，魔法陣的每個角落都放著一盞點燃了蠟燭的燭臺。一名魔紋師坐在法陣中央，聚精會神地在他的木弓上繪製藍色魔紋。

沉睡的魔像整齊劃一地站在兩側的牆壁邊，大廳正前方則有一尊霍普雕像，雕像前的地上供奉著圍成一圈的新鮮藍色魔花，還有一名魔紋師手持書本在霍普面前喃喃。

羅格城的魔紋師們有的在大廳一角鑽研魔紋，有的竟然在練劍，且架式還挺有模有樣，亞倫很快便發現這裡所有魔紋師身上都帶著武器。百年後的魔紋師發展出了全新的路線，相較之下亞倫反而像個異類，肩上停著一隻鳥兒就闖入了魔紋師大本營。

一名魔紋師正要與伊登艾打招呼，但一看到亞倫便愣在原地。

「伊登艾，那個人是誰？」那位魔紋師後退了一步，語氣流露出警戒。

「魔紋師。」伊登艾簡短回應。

此話一出，其他魔紋師紛紛看過來，雖然伊登艾說是魔紋師，但亞倫的穿著打扮完全不像個魔紋師，唯有肩上停了一隻魔像鳥。

魔像鳥在眾目睽睽之下歪了歪頭，令魔紋師們驚嚇不已。

「那什麼東西？」

「是被鬼附身的詛咒品嗎！」

這番言論與穆恩的邏輯異常相似，饒是亞倫也無言了。百年後的魔紋師已經完全不曾見過活生生的魔像。「這孩子是魔像。」

聞言，魔紋師們一窩蜂地湧上來，連待在魔法陣中的魔紋師也放下手上的武器湊近。看著他們既好奇又興奮的模樣，亞倫猶豫地瞄了伊登艾一眼，而伊登艾沒什麼反應。

亞倫來這裡不是爲了融入這個團體，雖然能融入當然很好，不過他主要是來交涉的。

他按照之前跟穆恩商量好的身分設定，向魔紋師們表示自己是流落他鄉的哥雷姆人後代，如今重返哥雷姆國，然後他「莫名的」能夠破除厄密斯的詛咒，目前正跟兩位冒險者夥伴一起旅行中。

「事情就是這樣，我希望能跟各位交涉。」亞倫一副親切和善的模樣，語氣誠懇。「我的夥伴們武器都是劍，我想替他們的劍畫上藍色魔紋，所以想請教你們。此外，我還需要這座墓穴的地圖，我們想探索未知地帶，我能向你們保證不會打擾死者的安寧。」

魔紋師們原本都對亞倫的出現感到相當興奮，可是在亞倫一口氣提出這些要求後，他們頓時安靜下來，猶豫不決地望向伊登艾。

亞倫跟著朝伊登艾投去目光，笑著說：「作爲交換，我可以與你們交流繪製魔像魔紋的技術。」

來自百年前的首都佩爾泰斯，最完整且高深的魔紋繪製技藝全都鮮明地存在於他的腦海，可惜他不能說出來。

「你們希望我復活哪些魔像也可以告訴我，雖然無法全部喚醒，但喚醒少部分是能做到的。」他沒有確切說明數量，畢竟喚醒每尊魔像所需的魔力量都不同。

「夏綠蒂。」伊登艾冷不防吐出這個名字。

亞倫微微一愣，滿廳的魔紋師也跟著騷動起來。

「不會吧？夏綠蒂不是……」

「那個傳說魔像說不定早就在百年前的災難中毀了。」

眾人議論紛紛。

對亞倫來說，這個名字再熟悉不過，夏綠蒂正是公爵夫人最爲心愛、同時也是她所創造的最強大的人偶魔像。

當年哥雷姆公爵爲了討夫人歡心，爲她量身訂製了一個外貌與她相似的人偶，那時這件事在城堡中相當轟動，因爲人偶雕琢得十分精巧美麗，身上的衣服用料與飾品皆是難得一見的上等貨。

公爵夫人自然是愛不釋手，她珍惜地將人偶收藏在自己的臥室裡，直到公爵因病去世。

在公爵下葬的那日，夫人抱著人偶參加了喪禮。由於第三任丈夫去世所帶來的悲傷太過強烈，夫人返回家鄉療癒傷痛了一段時間，當她再度回到城堡時，陪在她身邊的是已經成爲魔像的人偶夏綠蒂。

從那一天開始，首都佩爾泰斯便再也沒聽過有妖魔鬼怪出現，連個幽靈的影子都找不到。

「夏綠蒂是百年難得一見的強大藍紋魔像。」伊登艾說。「她擁有強悍的驅靈能力，只要她醒了，或許就能一次清空墓穴裡的所有惡靈。」

到了那時候，羅格城的魔紋師就能從守護墓穴的責任中解放。

伊登艾雖然不覺得待在墓穴的生活有什麼不好，也不討厭自己的成長環境，羅格城已經很不錯了，即使歷經滅國之災，城鎮中的圖書館並沒有毀損得太嚴重，許多保存在書中的知識仍流傳了下來，但偶爾他還是會感到有點煩悶。

若能給他一個擺脫責任的機會，伊登艾不介意爲亞倫開後門。

「如果你能找到夏綠蒂，並喚醒她，那這個地方你可以當成自己家，我們不會阻止你。」

「可以是可以，可是夏綠蒂確定在這裡嗎？」

伊登艾點點頭。「當年有不少人親眼看見公爵夫人帶著夏綠蒂走進墓穴。」

「我明白了，這個任務就交給我們吧。」亞倫笑容燦爛地回應。

有了伊登艾的許可，其他魔紋師也不再顧忌，紛紛開口詢問亞倫關於魔像的事，亞倫也不厭其煩地一一解答。

雖然亞倫很歡迎這些熱情的魔紋師後輩，不過他還是得找個時間聯絡穆恩，正當他煩惱著要何時才能得空聯繫夥伴時，站在人群外的伊登艾朝他招了招手。

亞倫立刻笑盈盈地向眾人表示他們的首領想找他，這才終於有機會開溜。

伊登艾沒說什麼，他的手上捧著一件黑斗篷，默默遞給了亞倫。

亞倫接過斗篷，將之攤開，斗篷的質料保暖且舒適，下襬繡著精巧的藍紋，亞倫打量著藍紋刺繡，越看越是喜愛。「這是要送我的嗎？」

伊登艾點點頭。再怎麼說他都收下人家的魔像小鳥了，若不回送點什麼，他擔心亞倫走到一半又會被惡靈纏身暈倒。恰好他手上有件裁縫師剛做好的魔紋斗篷，上面的藍紋是他親自設計，驅靈效果自然是一等一的好。

「謝謝你，我很喜歡。」亞倫笑靨如花，當場披上了斗篷。這瞬間，他原先有些沉重的身體忽然輕盈許多，連空氣也似乎跟著清新起來。

「披上去有種神清氣爽的感覺呢，眞是不可思議。」作爲一個王子，亞倫曾穿戴過許多效果優異且質料精緻的藍紋斗篷，但還是第一次感受到如此鮮明的差異。

伊登艾沉默了一會，勉強點點頭，什麼也不想解釋了。

有了斗篷，魔像小鳥安心地飛到了伊登艾的肩頭。伊登艾摸摸小鳥的頭，目光在小鳥的心臟魔紋上流連。

看著伊登艾默默寵溺著魔像，亞倫忍不住微笑。「看來你真的很喜歡他。」

伊登艾點點頭，沒有否認。

他還記得自己剛拜師學藝時，老師送了他一本書，裡面記載著數位知名魔紋師的作品。在所有魔紋師之中，要屬哥雷姆王子的魔紋最令他印象深刻，那線條是如此的纖細美麗，彷彿輕輕一抹就會消逝。

他研究了無數遍，也曾試著模仿，可即使畫得幾乎一模一樣了，伊登艾仍覺得少了些什麼。他畫不出那種感覺。

這隻魔像小鳥的魔紋風格跟哥雷姆王子很像，所以他十分喜歡。

「對了，你能送我回地面上嗎？我的隊友急著找我，我得回去報備一下。」雖然亞倫想直接待到早上，但想到穆恩那一連串的咒罵，他知道自己還是該趕緊回去。反正他已經從其他魔紋師那裡得到了他們自己繪製的墓穴地圖，與幾本近年所撰寫的魔紋書籍，有了這些，他明天就能帶著自家騎士來闖蕩了。來日方長，他之後再慢慢與這群魔紋師交流也不遲。

伊登艾對於亞倫是怎麼得知隊友急著找他感到有點疑惑，不過他沒打算問，他總覺得知道得越多，要擔心的事就越多。

「要再來玩啊！」

「不然告訴我們你住哪間旅店吧，我們可以過去找你。」

當伊登艾帶著亞倫離開時，魔紋師們還不斷朝亞倫揮手，一副依依不捨的樣子。伊登艾也不是很想知道爲何亞倫能在短短幾十分鐘內擄獲眾人的心，他向來感受不到那些善於交際者的魅力，面對這種人他只覺壓力山大。

「你的隊友都跟你一樣嗎？」在送亞倫回地面的路上，伊登艾忍不住問。

「我的隊友？」即使不確定伊登艾所說的「一樣」是指什麼，亞倫還是回答了：「我的隊友都是騎士，其中一個是資深冒險者，雖然嘴上不饒人，但是個好人。另一個隊友則是溫柔善良，雖然有點囉嗦，人也很好。」

伊登艾想問的並不是這個，不過聽起來這兩位隊友大概都會照顧亞倫，這樣他也許不用太擔心亞倫會被惡靈困在墓穴裡……吧？

把亞倫送回地面上後，伊登艾還特地選了個可能比較不會出現幽靈的地方，才跟亞倫道別。

「謝謝你送我到這裡，接下來的路我應該會走。」亞倫莫名自信地表示。

「嗯。」伊登艾依舊沒有多言，自動自發地轉身準備返回地下墓穴。

差不多走了幾十公尺，伊登艾忽然停下腳步。

他剛剛是不是該說聲再見再走會比較好？

現在回去補說再見也很奇怪，況且那個魔紋師早就走遠了。

正當伊登艾糾結著自己是不是表現得太不近人情時，一道宏亮的聲音從街道另一頭傳來。

「喂！魔紋師！」

伊登艾不高興地垂下嘴角，身為一名典型的羅格城居民，他對這種高聲呼喊的行為相當反感，他既不希望引起死人、也不希望引起活人的注意。

他想假裝沒聽到，偏偏那個喊他的人追了上來，還一把抓住他的肩膀。一跟他對上眼，對方立刻連珠炮似的丟出一堆話：「你有沒有看到你的同類？雖然他沒戴面具不過也是個魔紋師，長得特別好看，舉止優雅得像個王子卻是個超級大路痴兼生活白痴，他八成會來搭訕你這樣的魔紋師。」

伊登艾盯著這名腰間佩著一把長劍，神色十分凝重的冒險者，一時之間不知該說什麼。他不用想也知道這個失禮的冒險者在找誰，而這個冒險者當然就是穆恩了。

伊登艾默默指向稍早與亞倫分別的地方，穆恩連聲道謝也沒說便奔過去，然而才跑出幾步，他又回頭對伊登艾說：「對了，有很多危險人物想對那傢伙不利，以後看到他落單幫我把他送到西格旅店，那個路痴不可能自己找到回旅店的路！」

說完，穆恩急急忙忙地跑了，留下無語的伊登艾。想到這兩人日後可能會再來他們的大本營，他忍不住扶了扶面具，拖著疲憊的步伐返家。

另一方面，王子殿下心情輕鬆地走在路上，而後一條荊棘竄出來捲住了他的手，將他拉到附近的屋頂上。他佇立在月光下，深吸了一口氣。

仔細感受著體內魔力的流動，亞倫默默垂下眼簾。

穆恩說的對，他無法拯救所有人。

已經不能像之前一樣隨心所欲了，他必須省著點用。

他伸出手，一枚白色花苞從掌心冒出，不出幾秒便燦爛綻放。亞爾戴倫凝視著白色花朵，正打算開口，一個清冷的嗓音驀地從正前方傳來。

「你不要再復活魔像了。」

亞倫陡然睜大雙眼。他愣愣地抬起頭，果不其然見到了熟悉的身影。

第四章

厄密斯深藍色的法袍在黑夜中隨風飄揚，紅寶石般純粹的眼瞳直直望入王子殿下眼底，亞倫整個人僵在原地，臉色變得有幾分慘白。

加克說的是對的，他不該一個人跑出來。他明知道厄密斯遲早會再度找上他，而他現在根本沒能力獨自從厄密斯手中逃脫。

面對這位奪走他的一切的元凶，他很難不感到恐懼，然而很快，一個嬌小的身影從厄密斯的藍袍後方冒出來，衝過來一把抱住了他的腿。

亞倫低頭瞧去，一見到扒在自己腿上的小木偶，他的恐懼瞬間消散大半。

「艾爾艾特！」他蹲下身，緊緊抱住看起來毫髮無傷的小木偶，語氣激動到有些哽咽：「你沒事眞是太好了……」

艾爾艾特回抱住他，還反過來摸了摸他的背安撫。

可惜有個人就是要在這種時候煞風景，厄密斯冷著一張臉，高高在上地對亞倫說：「沒什麼好高興的，這些哥雷姆魔像是爲了殺死你而誕生，你喚醒的魔像越多，被殺的機率越大。」

聽了這番荒謬的言論，亞倫抱著艾爾艾特站起身，深吸一口氣，試圖讓自己平靜下來。「每個魔像都有自己存在的意義，他們的意義是由魔紋師來決定的。」

語畢，他垂首想與艾爾艾特目光相接，但小木偶竟別開了眼。

「不是的，亞倫。」厄密斯不知該怎麼解釋，他嘖了一聲，顯得焦躁並懊惱不已。「總之你不要再復活魔像了，這對你一點好處也沒有，還只會使你的魔力越來越少。」

小木偶跟著點點頭。亞倫沒想到向來站在他這邊的艾爾艾特會同意厄密斯的話，頓時既震驚又疑惑，接著，他腦中靈光一閃，領悟了什麼。

若厄密斯當眞不想讓魔像復活，那強制使魔像再次陷入沉睡不就好了嗎？爲什麼要特地來跟他說這些？

「你如果眞的不希望魔像們醒來，大可動用薩滿的能力讓他們再度沉睡不是嗎？」

厄密斯眼神有些可怕地瞪著他，不過這次亞倫沒被嚇著，他直視對方的雙眼，斬釘截鐵地問：「你也沒剩多少魔力了，對不對？」

聞言，厄密斯不發一語。

亞倫忽然覺得有些好笑，自己害怕了魔法師這麼久，結果到頭來，厄密斯早就不復當年那般強大。

「你別再阻止其他魔紋師喚醒魔像了，好嗎？」亞倫很清楚魔像們醒不來的原因。有這麼一個強大的薩滿壓制著魔像們，即使魔紋師們辛苦地修復好魔像，若厄密斯仍霸占著指令的主控權不放，這些可憐的魔像還是不會醒來。「這對你一點好處都沒有。」

亞倫試著表現出善意。他明白厄密斯人應該不壞，這位怪物魔法師雖然綁架了他的小木偶，可艾爾艾特不僅毫髮無傷，還變得願意贊同厄密斯的話。艾爾艾特可是他父王的魔像，十分維護他，厄密斯能說服艾爾艾特，肯定是有極爲正當的理由。

「雖然不懂你爲何要這麼做，但我知道你不是壞人。也知道……這個國家根本不存在著什麼詛咒。」

經歷了這麼多冒險，亞倫逐漸發現了一件事，那就是哥雷姆國潛伏著某種怪物，且這些怪物皆是由哥雷姆薩滿演化而來。不管是他或阿德拉惡魔都是，現在亞倫懷疑公爵夫人也是。

想到此處，亞倫悲傷地笑了。

「無論是阿德拉惡魔，還是我，甚至是我的老師……都擁有與你相似的特徵。我們是你的同類，不過會變成這樣子跟你沒關係，這是哥雷姆國本來就存在的問題，對吧？」

厄密斯並未回答。

「你早就曉得這件事，所以才把整個哥雷姆國封鎖起來。如果沒有你，我是不是早就變得跟阿德拉惡魔一樣了？」

說著，一股恐懼感從亞倫的心頭升起，他就是死，也絕不想變成怪物。他有種預感，自己若化為失去理智的怪物，絕不會像阿德拉惡魔那麼好打發。

若真是如此，那厄密斯毀滅哥雷姆國就是正確的決定，這個國家隨時可能誕生出像阿德拉惡魔這般棘手的怪物，若不徹底封鎖，肯定會給整個世界帶來難以想像的災難。

雖然他不清楚同樣身為怪物的厄密斯為何還能維持理智，但肯定不是每隻魔花怪物都能像厄密斯這樣。

「你不會變成那樣，我也不會讓你變成那樣。」厄密斯堅定地回應。「你再等我一些時間，我一定會拯救你。」

「那你別阻止魔像醒來好不好？」亞倫的腦海中浮現加克的身影。這一刻，他驀地理解了厄密斯這麼做的原因。「假如我眞的變成跟阿德拉惡魔一樣，我需要像加克那麼強大的魔像來阻止我。」

見厄密斯面露猶豫，亞倫繼續說：「若不如此，我便無法安心活著，拜託你。」

厄密斯不想答應，但就如同亞倫想要復活所有魔像卻辦不到一樣，他也阻止不了亞倫。現在的他確實如亞倫所說，缺乏足夠的魔力再一次令所有魔像陷入沉眠。

「那你要定期跟我學習如何操控自己的力量。」厄密斯終於妥協。「我會慢慢告訴你關於魔花怪物的事，也會教你如何以怪物的身分活著。」

即使亞倫不太願意，還是點了點頭，他明白這是自己必須做的。

「我不喜歡你的隊友，別給我帶他們來。」厄密斯語帶警告。「否則我不敢保證自己不會失手殺了他們。」

亞倫始終不懂爲何厄密斯如此防備穆恩與加克，不過他也只能答應。

「我知道了，今天可以先讓我回去嗎？穆、穆恩還在找我……」

兩人大眼瞪小眼，最後是亞倫先心虛地別開目光。

「你擁有的一切遲早會被那傢伙奪走。」厄密斯的聲音無比冷漠。「到時候別怪我沒警告你。」

艾爾艾特居然跟著點頭，亞倫不禁懷疑小木偶是不是被洗腦了，可他剛才運用薩滿的能力確認過，艾爾艾特分明沒遭到控制。

此時，艾爾艾特伸出雙手，給了亞倫一個大大的擁抱，隨後便從他身上跳下來，走回了厄密斯身旁。

「艾爾艾特？」亞倫十分錯愕，他從未想過艾爾艾特會主動拋下他。「這是在做什麼？你不打算跟我回去嗎？」

他好不容易盼到父王的魔像回到自己身邊，也想找時間和艾爾艾特好好討論許多事情，可小木偶輕輕搖頭，靈巧地一跳，攀到了厄密斯肩上。

「不必如此驚訝，得知一切的眞相後，選擇站在我這邊是理所當然的。」厄密斯任憑小木偶掛在肩上，神情依舊冷峻。「我們才不屑跟你那些隊友相處，再說，他現在是我的助手了。」

「什麼眞相？你讓他知道了什麼？」亞倫錯愕無比，上前想將艾爾艾特抓回來。「艾爾艾特怎麼可能成爲你的助手？他是我父王的魔像，再怎樣也不會跟一個──」

一個滅了哥雷姆國的兇手爲伍。

這句話他說不出口。

厄密斯在他碰到小木偶前向後退了幾步，從屋頂上跳下去，當亞倫從屋簷探頭往下看時，魔法師與小木偶已不見蹤影。

他呆坐在原地，一時間不知該怎麼消化這個事實。

「亞倫！你在哪裡？聽見的話還不快回我一聲！」

模糊的呼喊喚回了亞倫的神智，他朝聲音來源望去，在街道上瞥見了穆恩的身影。

「該死的，到底能跑到哪去？」穆恩大步走向陰暗的巷弄，眼看天色就要亮了，亞倫仍不見蹤影，這讓他越來越焦躁惱火。但他才剛碎念完，一道黑影便從天而降，輕盈地落在他身前。

「就是你！」一見到王子殿下，穆恩立刻指著對方的鼻子數落起來：「知不知道我找你找了多——」

最後一個字硬生生地卡在喉嚨裡，穆恩整個人僵在原地。

正當他努力思考著在暗巷裡忽然被一位王子抱住是什麼概念時，亞倫放開了他，露出彷彿天塌下來都不會受到動搖的優雅笑顏。

「謝謝你來找我。」

穆恩隨口應了一聲，忽然不曉得該怎麼反應了，責備也不是，放棄追究也不是。

「之前我有聽到你在找我，但當時我旁邊有人，不方便回答你。有什麼事嗎？」

聞言，穆恩一把火又上來了，他氣呼呼地抗議：「你還敢說！就憑你這個大路痴還敢到處亂晃！要瞞著加克倫溜出來也不跟我說一聲！」

亞倫沒想到穆恩氣的居然是這點，他以為是出了什麼事穆恩才急著找他。

他呆愣的樣子讓穆恩覺得這傢伙沒救了，被拋棄的騎士開始滔滔不絕抱怨起來：「我剛剛聽見地底傳來怪物的叫聲，想說這種好玩的事不能漏了你，特地溜進你的房間想找你出去，結果呢？你早就自己跑了。不是說不管悲傷快樂的事都一起分享嗎？我有好康的事會想到你，你呢？翅膀硬了只顧自己玩就對了？」

見亞倫盯著他沒回話，穆恩更不開心了。「更何況外面還有一堆亂七八糟的傢伙！要是你遇到雷吉諾或泰歐斯那群人該怎麼辦？你有自信不被他們發現你的異常嗎？如果地底不只有幽靈，還有類似阿德拉惡魔的怪物，你要怎麼應付？最重要的是，厄密斯隨時可能來找你，要是你——」

聽到厄密斯的名字，亞倫的臉色明顯流露出異樣，穆恩瞇起眼睛，語氣陡然變得謹慎。

「他來過了？」

亞倫依舊沉默。

想到方才自己突然被抱住，穆恩按住亞倫的肩膀，神色凝重：「亞倫，你說實話。他是不是來過？」

「他已經走了。」亞倫避開穆恩的目光，搖了搖頭。他不怎麼想提，卻又想起自己對穆恩的承諾。

無論悲傷或快樂的事都一起分享，因爲他們是夥伴。更何況這件事這麼重要，他應該坦白的。

他垂下頭，緊抿著唇不曉得該從何說起，看著他這副彷彿被欺負的樣子，穆恩也不知該怎麼辦。

過去他從不會在乎誰受了委屈，不嗆人就不錯了，怎麼可能去安慰別人？如今他體會到臨場經驗不足的困擾了，更何況對方還是養尊處優的王子殿下，從小受了委屈肯定有一堆人安撫，他再怎樣都不可能做得比那些人好。

此時晨曦爲王子殿下的金髮鍍上一層金光，提醒穆恩此刻先回旅店要緊。於是他一把抓住亞倫的手，略顯彆扭地表示：「算了，先回去再說，走了。」

亞倫點點頭，乖乖跟著他回到旅店。好不容易會合，兩人卻一路無話，直到他們從窗戶爬進亞倫的客房後，難得安靜的王子殿下終於開口了。

「對不起。」亞倫明白自己不說不行，但他害怕著說出來的後果。「我告訴你今晚發生的所有事情，可是你不要跟加克講好不好？他跟我考慮的重點不同，加克不僅是爲了我，更是爲了整個哥雷姆國的未來著想，他是爲守護哥雷姆國而生的魔像，所以他不會希望我涉險，然而現在的情況已經跟以前不同了。」

如果被加克知道，他就不能單獨跟厄密斯會面了，這意味著他將無法接近眞相。

穆恩不喜歡亞倫這麼說，更討厭無法改變現狀的自己。

「隨便，要講不講隨你。」穆恩滿心煩悶，他哼了一聲，擺出一副不想管的態度，卻偷偷用眼角餘光觀察著王子殿下的反應。

王子殿下將兜帽拉起，藏住一頭金髮與俊美異常的容顏。他忽視了沙發與柔軟的床鋪，靠著床邊坐在地上，這副自閉的模樣成功勾住了穆恩的注意力，跟著坐到他身旁。

大多數時候，這位哥雷姆王子都是風度翩翩、優雅自若的模樣。不過穆恩很清楚，扮演著王子的亞倫只是個會害怕也會沮喪的凡人。

聽著亞倫講述稍早的冒險，穆恩心中那股鬱悶且糾結的情緒逐漸變得強烈，猶如荊棘一般纏繞住他，當聽見亞倫同意定期與厄密斯見面時，他再也按捺不住了。

「你幹麼答應！」

「我只能答應，因爲我——」說到這裡，亞倫遲疑了。

「你怎樣？因爲你身體出了問題，所以只能找他求救嗎？」穆恩咬牙切齒瞪著王子殿下。「自從上次從他那回來之後，你就變得不對勁了，你以爲我沒發現？從那時開始你就很少使用魔力，再怎麼補魔都一副沒什麼精神的樣子，然後你什麼都不說，又給我獨自跑去墓穴裡！你他媽知不知道我……」

穆恩說不下去了，他就是講不出那句很不像自己會說的話，只能悶在心裡把自己氣個半死。

不過他不說，亞倫也明白他想講什麼，王子殿下終於懂了自家騎士到底在氣什麼了。

「讓你擔心了，抱歉。」

「我才沒擔心你，你愛怎麼涉險就自己去，我懶得管你！」

穆恩這番口是心非的怒罵令亞倫終於露出笑容，他往穆恩的方向挪近一點，一隻手緊緊揪住穆恩垂在地面的風衣衣角。

「不要生氣，我跟你說就是了。其實沒發生什麼，上次我只是吃了一片他的花瓣。」

穆恩任憑亞倫抓著自己的衣角，他已經不想追究爲何一個魔花怪要去吃另一個魔花怪的花瓣了。

「就吃了那一口，讓我的力量變得更加強大，對荊棘的操控能力更上一層樓，也不再會因爲睡著而失控了……但這是有代價的。」

「什麼代價？」

「我的魔力上限增加了。」亞倫糾結得眉頭皺成了一團。「就好像食量變成了十倍一樣，以前只要吃一點點就飽了，現在照以前那樣吃根本不會飽。更麻煩的是，只要我的魔力低於一定程度就會想睡覺，我只能憑感覺去節省使用魔力。」

「在水裡泡個三天三夜也補不滿嗎？」情況比穆恩料想的還棘手，羅格城不像之前那些地方隨時有湖泊瀑布之類的給亞倫泡水，現在亞倫居然還告訴他泡水這方法恐怕也不管用了。

亞倫搖搖頭。

「那個混蛋怪物。」穆恩咒罵一句，厄密斯根本是逼亞倫走上絕路。「我要殺了那傢伙。」

「厄密斯不是壞人，穆恩。」雖然一想起厄密斯就感到痛苦，不過亞倫能肯定這點。而厄密斯爲何會魔力不足，同樣身爲魔花怪的他大概能猜出原因。

想補充魔力對厄密斯而言相當簡單，只要吸取其他動物的生命力就行了，但厄密斯沒有這麼做。厄密斯寧可放棄對所有魔像的絕對掌控，也不願犧牲他人成全自己，可是亞倫不確定該不該把厄密斯實力大不如前的事告訴穆恩。

「所以你就該定期和他會面？再怎麼說他都是滅了你全家的罪魁禍首，我要是討厭一個人，管他是好人還壞人，揍下去就是了。你幹麼委屈自己去見一個不喜歡的人？天曉得下次跟他見面，他會不會直接把你變成下一個阿德拉惡魔！」

「因爲我是哥雷姆國的王子，有義務了解眞相並拯救這個國家。」

「沒有人逼你當個王子！」

亞倫愣在原地，一時不知該如何回應。

穆恩抓住他的雙肩，顯得焦躁且惱怒。「你的親人早就死光了，就算成爲國王也喚不回當年的榮景，更何況現在你走在街頭，哪個人把你當王子了？那些人民沒有一個知道你正爲了他們的未來如此拚命，說穿了，他們只把你當成另一個做著英雄夢的冒險者罷了！既然如此，爲什麼你還要這麼努力？就因爲哥雷姆國是你父王的寶物？還是因爲無聊的責任感？你都活下來了，大可以不理會這一切不是嗎？」

想到亞倫要爲了這個國家去見自己最害怕的人，穆恩就無法接受。亞倫明白哥雷姆國王永遠無法要求他什麼了，而若亞倫眞的選擇放棄拯救國家，穆恩相信加克也不會責怪。

亞倫沉默許久，久到穆恩以爲他不會回答時，王子殿下才緩緩開口。

「我……大概只是害怕不知該怎麼在這個世界活下去。當你所擁有的一切全都在這裡時，一旦失去了它，便彷彿被整個世界拋棄，連人生意義也一併消失了。」

不管是閃閃發亮的未來、優渥舒適的生活，甚至是摯愛的親人，全都失去了，即使復興哥雷姆國，也找不回當年的美好，亞倫很清楚自己其實一直沒有準備好面對這點。

然而若連他最後的存在意義也要奪走，他就眞的不曉得自己要怎麼活下去了，他沒那麼堅強。

亞倫露出悲傷的微笑，語氣帶著幾分無可奈何與自嘲：「所以，就算沒有任何人把我當成王子，我也得作爲一個王子活下去，如果不這麼做，我就無路可走了。」

聞言，一個念頭從穆恩心底升起，在他意識到之前，他已經脫口這麼說了——

「你可以跟我走啊。」

超乎預想的回應使得王子殿下像被石化了一般，瞪大眼睛僵在原地。

「你可以跟我一起離開哥雷姆國，作爲冒險者活著。這個世界十分廣大，有許多你沒見識過的人事物，我們可以一邊接任務一邊探險，走遍世界各個角落，這不也是你的願望之一？」

「我的……願望？」不可否認，亞倫從小就希望能踏出城堡，他對外面的世界充滿了好奇。可這終究只是想想而已，他十分清楚自己是個王子，不可能拋下哥雷姆國。

如今穆恩卻告訴他，人生還有另一條路。

「不行的……我不了解哥雷姆國以外的世界，一定會迷失。」這一路走來，要是沒有穆恩處處替他掩護，他說不定早就被當成怪物追殺，過著四處逃亡的生活。連在國內都這樣了，他完全不敢想像去了國外會如何。

穆恩露出自信的笑容。「你怕什麼？不管你迷路多少次，我都會把你找回來。我對外面的世界可熟了，可以帶著你到處跑。」

亞倫躊躇了一會，還是不太確定這是不是個好主意。「這樣做眞的好嗎？如果我們離開哥雷姆國，你要的金銀財寶與名聲地位我全都無法給你了。你不是一直很想要？」

這個問題確實戳到了穆恩的痛處。

名聲財富是他渴求不已的事物，可是若他眞的得到手了，便意味著亞倫成功拯救了哥雷姆國。

到了那時，亞爾戴倫會成爲哥雷姆王，身邊圍繞著一群像加克那樣既忠誠又勇敢、幾乎毫無缺點的優秀騎士，以及飽讀詩書、談吐優雅的上流人士。

他們可能再也無法一起躲在馬廄裡避雨、坐在湖中小船上講故事，更無法像這樣一同分享快樂或悲傷。

他不要亞倫變得那麼遙不可及。

但他說不出口，只能裝作滿不在乎的樣子，吊兒郎當地說：「金銀財寶那種東西，外頭的世界也有。」

見亞倫仍猶豫著，穆恩給了他選擇的餘地。「你可以先努力拯救這個國家，如果眞的行不通再跟我走。至少離開時，你明白自己已經努力過了。這世上總有一些你再努力也無法實現的事，你遲早得接受這個現實。」

在他說完後，王子殿下沒再吭聲。

亞倫垂著頭，依舊緊抓著穆恩的風衣衣襬。穆恩看不清他的表情，明明不是什麼生死關頭，他卻莫名有種提心吊膽的感覺。

就在他按捺不住準備開口時，亞倫終於發話了。

「我可以……相信你嗎？」

他的聲音帶著些許顫抖，當他抬起頭與穆恩四目相接時，穆恩甚至發現他的眼眶微微泛紅。

沒有自信、沒有優雅，亞倫拋開了所有美好的武裝，在穆恩面前展露出他一直極力隱藏的、那個既脆弱又悲傷的自己。

這一刻，所有用來保護自己的謊言都不重要了。

穆恩握住那隻緊抓著自己衣襬的手，張嘴正要回答，此時清脆的敲門聲打斷了他。

「殿下，您醒了嗎？」

兩個青年瞬間僵在原地。

「太陽已經完全升起，您該起來了，殿下。」

直到門外再度傳來加克的呼喚，兩人才回過神。亞倫露出驚慌的神色，趕忙回了一句：「我醒了！」

「是嗎？」加克的聲音異常冷靜，亞倫頓時大感不妙。「方便讓我進去嗎？有件事想跟您確認。」

「你幹麼這麼慌張地回答他！他在懷疑你了！」穆恩氣急敗壞地用氣音指責王子殿下。

「你要確認什麼？」亞倫努力用平穩的語氣回應，一邊脫掉身上的魔紋師斗篷，隨手塞進床底下。

「在這裡不好說，殿下願意讓我進去嗎？」

穆恩對著房門無聲地罵了幾句，隨後轉身準備從窗戶溜走，但他才剛走幾步便被某個東西絆了一下，差點跌倒。

「什麼鬼——」穆恩怒氣沖沖地低頭一瞧，與那個原本放在他房裡的人偶對上了眼。他立刻向後彈了一大步，失控地爆出一連串髒話。

「……穆恩閣下也在？」加克的語氣讓亞倫更加有種山雨欲來的感覺了。「兩位似乎挺清醒的，應該可以討論正事。殿下，懇請您開門。」

亞倫向穆恩投以譴責的目光，小聲地說：「來不及了，你快裝作在我這裡過夜的樣子。」

「我們剛睡醒還睏得很！等一下會死嗎？」穆恩邊脫下外衣與鞋子，邊中氣十足地朝門口喊，亞倫無語地瞪了他一眼。

大約一分鐘後，亞倫終於開門。

「早安。」哥雷姆王子已經重新找回形象，對加克露出完美無缺的笑容。「一早就這麼急著來找我，怎麼了？才一夜不見就想我了嗎？」

「不是的。」加克回得一本正經，目光越過亞倫落到了坐在床邊的穆恩身上。

穆恩被盯得心虛，忍不住擺出凶惡的樣子質問：「看什麼看？我不能來這裡嗎？」

「你不是去追怪物了嗎？」加克納悶地問。他昨天親眼看見穆恩急急忙忙跑去追墓穴裡的怪物了，怎麼這會兒竟出現在王子殿下的房間？

穆恩兩手一攤。「追不到就回來了啊，那地方大得跟迷宮一樣，我只是去探個路而已。」

「什麼怪物？昨天有怪物出現？」亞倫轉過身，背對著加克搖晃穆恩的肩膀。「有怪物你怎麼不跟我講？」

話雖這麼說，王子殿下臉上卻帶著笑，看見他的笑容，穆恩差點忍不住跟著嘴角上揚。他努力壓抑住笑意，硬是擺出嫌棄的樣子高聲說：「你這手無縛雞之力的王子去了能幹麼？扯後腿嗎？」

兩人虛情假意地吵了一架，於是加克稍微放心下來。他還以為昨晚在墓穴尖叫的怪物跟他家長不大的殿下有什麼關聯，看樣子是想太多了。

「對了，加克，你不是有急事要確認嗎？」亞倫故作無辜地眨眨眼，將話題拋回給加克。

加克搖了搖頭，老實地說：「沒事了，殿下。只是昨晚我聽見地底傳來跟魔像相似的怪物叫聲，所以想問問您是否知道些什麼。」

「這個你問穆恩吧，他不是跑去追怪物了？應該比較清楚。」

「我連個鬼影都沒看到怎可能知道什麼！」

加克沒察覺兩人漂亮地把球踢了回來，開始思考起來龍去脈。如果穆恩昨天無功而返，亞倫又對這件事不知情，那穆恩爲什麼會出現在這裡？

眼角餘光瞄到躺在地上的人偶，加克忽然靈光一閃，將一切都串連起來了。

「如果你還是感到害怕，那可以考慮跟我睡，包准你一夜好眠。」

昨晚他家殿下曾經這麼對穆恩說。也就是說，多半是穆恩聽見怪物的聲音後獨自跑去墓穴，結果見到那些面目猙獰的幽靈嚇得半死跑了回來，就眞的跑去找王子殿下一起睡了。

難怪他問穆恩爲何在這裡時，穆恩會擺出凶惡的樣子死不回答，因爲他不想承認自己怕鬼。

加克越想越覺得這個推測十分合理，於是看向穆恩，語氣像哄小孩似的：「沒關係，今晚我們再一起深入墓穴找怪物。我會保護你們的，不用怕。」

穆恩莫名有種不爽的感覺，他總覺得加克的最後一句話是特地對他說的。

「趕緊準備下樓了，今天還有很多事要做。」加克不再追究昨晚的事，轉身下樓去了，穆恩和亞倫面面相覷，這才終於鬆了一口氣。

有些話一旦錯過了時機就難以說出口，對穆恩而言更是如此。他不太自在地左顧右盼，不曉得該怎麼繼續說，而亞倫主動開口了。

「我錯了，剛剛不該問你的。」亞倫豎起一根食指，一臉理所當然。「畢竟你是不良騎士，你自己也坦承過去曾背叛隊友，所以我不能這麼輕易相信你。」

「哦，所以呢？殿下是想說，必須跟我簽訂一紙魔法契約才能安心嗎？」明明是事實，穆恩卻沒來由地不爽。正當他想負氣地想表示自己也只是隨口說說時，亞倫又發話：「不行，我要用更可靠的方法讓你遵守約定。」

亞倫抬起一隻手，對他伸出了小拇指。

「倘若拯救國家失敗，我就跟你走。而倘若成功拯救了這個國家，你就陪我留下來。」王子殿下那對蔚藍的眼睛猶如映著陽光的湖水，閃閃發亮。「你願意跟我約定嗎？」

穆恩沒辦法乾脆地回答，他總算能體會亞倫為何猶豫了。

這對他們彼此來說都是一個賭注。要踏入對方的世界不僅必須具備邁出那一步的勇氣，還得拋棄過去的一切。穆恩不敢想像到了那時候自己會變成什麼樣子，但亞倫又何嘗不是如此？

可是注視著亞倫真誠的眼神，穆恩覺得自己有答案了。

他想要活下去。

不是渾渾噩噩地活著，而是為了期待明天而活。

只要與這個人在一起，哪怕是微不足道的小事，也足以為生活增添色彩，讓人生有了意義。

懷抱這樣的心情，穆恩也伸出小拇指，勾住了亞倫的手指。

亞倫露出燦爛的笑容，晃了晃他們勾在一起的手指。「我已經對你施加約定的魔法了，這樣你就賴不掉了。」

「敢問殿下這是哪門子的契約魔法？我書讀得少沒見識過。」

「沒關係，你只要知道食言會遭受懲罰就好，例如變成一隻吃草山羊。」

「那還行，我還以爲會變成一隻青蛙。」

亞倫忍不住笑出聲，穆恩也忍俊不禁，兩人一邊鬥嘴一邊商討了下面對加克的說詞，很快地重新著裝完畢下樓，待在大廳的魔像騎士看見兩位青年走來，心中不禁感到有些困惑。

怎麼這兩人今天好像特別開心？而且亞倫披在身上的藍紋黑袍是怎麼回事？僅僅一夜過去，怎麼彷彿發生了什麼奇妙的變化？

「亞倫閣下身上的斗篷是從哪裡來的？」

聞言，亞倫笑吟吟地望向穆恩。

穆恩嘖了一聲，硬著頭皮回答：「我買的。」

「什麼？」加克錯愕地喊，以爲自己聽錯了。

「我買的，不行嗎！」穆恩惱羞成怒地以整個大廳都聽得到的音量吼道。「昨天看到覺得挺適合就買了，有意見嗎！」

要不是眞的沒其他說法了，他才不想撒這種謊。畢竟亞倫昨日白天都與加克一起行動，晚上返回旅店後就把自己關在房間裡了，不可能有時間弄到一件斗篷。倒是穆恩昨天早早就與他們分道揚鑣，宣稱自己買了件魔紋師斗篷與地圖也算合理。

「沒有意見，只是……」加克猶豫了下，最終還是說出口：「沒想到穆恩閣下對亞倫閣下如此上心。」

「穆恩一直都有把我放在心上的，對吧？」亞倫朝穆恩眨眨眼，意有所指地勾住了穆恩的手指。

穆恩立即甩開他的手，沒好氣地說：「少往自己臉上貼金了。」

亞倫笑而不語，他現在心中已經踏實許多，也不再不安了。與穆恩的約定帶給了他面對未來的勇氣。

不管成敗，他都有路可走；無論離開或留下來，他都能找到活下去的意義，不會有問題的。

第五章

在羅格城某間頗受冒險者青睞的旅店裡，傳出了憤怒的咆哮與淒厲的叫喊。

雖然冒險者彼此發生衝突是常態，但這次不同以往。在場許多冒險者都目睹了經過，卻沒有人敢說話。

一名劍士抱著肚子蜷縮在地上，渾身上下全是大大小小的瘀青，正發出痛苦的呻吟。

他的身旁站著一名背著斧頭的健壯冒險者，斧頭男握著拳頭居高臨下盯著他，神情彷彿在看路邊的螻蟻一般，無比冷漠。

「阿泰！」女祭司茉莉哭哭啼啼地想衝上前，可她的手被一名女獵人牢牢抓住，法杖也被奪走，只能眼睜睜看著泰歐斯不斷哀號。

她絕望地左顧右盼，她的好隊友蜜安不但早已昏了過去，還被女獵人的大白狼踩在腳底下，身上帶著各種傷痕，而泰歐斯更是悽慘，雖然沒被斧頭砍，也被揍得骨頭都要散了。

事件的起因是雷吉諾小隊想奪走茉莉這個祭司。擁有治療能力的祭司是冒險者中最搶手的職業，所以不少隊伍都覬覦著茉莉，不過畢竟泰歐斯在同行間的人緣不錯，且名聲良好，再加上茉莉對泰歐斯死心塌地，因此始終沒人敢動她。如今眾人見到雷吉諾小隊如此明目張膽地搶人全都嚇傻了，但他們的實力是有目共睹，根本沒任何人敢站出來伸張正義。

「天啊，我還以爲這傢伙至少能逼你拔斧，怎麼這麼弱呀。」少年魔法師凱里站在一旁，懷抱著兩支法杖，神色滿是嘲弄地看著泰歐斯。

雷吉諾沒說什麼，當他發現泰歐斯掙扎著想從地上爬起來時，又朝泰歐斯踢了一腳。

「你會把他踢成殘廢的，雷吉諾。」妮蒂亞不太苟同地提醒一聲。聞言，茉莉哭得更傷心了。

「沒有能力的傢伙被踢成殘廢也只是剛好而已。」凱里笑嘻嘻地跟著補上一腳，還刻意瞥了其他旁觀的人一眼。「誰叫他要反抗雷吉諾，要是一開始乖乖聽話也不會落得這種下場，你們說是吧？」

大多數的冒險者都尷尬地避開他的目光，假裝什麼也沒看見，少部分有意見的人則在出聲之前就被自家隊友摀住嘴。

雷吉諾冷漠地轉過身，一把拉住茉莉的手臂走向旅店大門。「走。」

妮蒂亞呼喚狼王跟上，凱里則哼了一聲，大搖大擺地追隨雷吉諾的腳步。

「不要！放我走！」茉莉拚命掙扎，神情滿是驚懼，她泣不成聲地將手伸向了躺在地上的兩位隊友。「泰歐斯、蜜安！」

泰歐斯顫抖著舉起手，也努力伸向逐漸走遠的茉莉。

但最終他還是垂下了手，整個人暈了過去。

「事情差不多就是這樣，我們的目的地是這幾個未知地帶。」亞倫指向地圖上沒有畫圈的地方。「這些地區不是被荊棘擋住，就是難以通行，你們負責砍斷荊棘，我負責感知周遭地形。不管我的老師當年進入地下墓穴的目的爲何，她應該都會待在自己親人的墓穴附近。」

接著，亞倫開始解說起來。

「墓穴裡的藍紋魔像分爲兩種，一種是爲服務所有死者而存在的魔像，這種魔像通常是以石頭雕刻而成，另一種則是專屬於某位死者的守護者，而老師過世的親人自然都有專屬的守護魔像。」語畢，亞倫翻出一張羊皮紙，上面畫了一個栩栩如生的人偶。

「我們的目標之一是找到這尊魔像，她不僅是老師心愛的魔像，也是墓穴中最強的藍紋魔像，我需要跟她交流一下。」

穆恩嘖嘖稱奇，沒想到王子殿下連素描也畫得挺好的，這個人偶的武器十分特別，應該不難找。

「夏綠蒂也在這嗎？」加克一眼就認出這尊魔像。「她肯定跟夫人待在一起，到時候再仰賴殿下了。」

亞倫點點頭。

「最後呢，你們的劍先交出來吧。」亞倫翻開他的包包，抽出畫筆。「我畫個魔紋，畫完後就可以出發了。」

「不會吧，等你畫完太陽都下山了吧？你想要在惡靈剛好睡醒的時候去探險？」

這番話諷刺意味十足，加克忍不住想開口稍微數落穆恩，卻在看到穆恩與亞倫相視而笑後打消了念頭。這兩人彷彿心靈相通，友誼絲毫不受幾句挖苦影響。

「那到時候就拜託你保護我了。」亞倫語氣輕柔，猶如擅長以美妙歌聲誘人迷失的海妖。

「還不快拿去。」穆恩沒有正面回答，而是拔出長劍遞給亞倫。「趕緊給我畫好。」

不出半個小時亞倫便畫完魔紋，在加克的規劃下，一行人決定從冒險者常用的入口進入。地下墓穴猶如一座複雜的巨大迷宮，嵌在牆上的火把爲昏暗的空間帶來些許微光，不斷延伸而去的通道彷彿看不見盡頭。墓穴裡到處都有被撬開的棺木，沉睡的死者們一根骨頭都沒少，但身上的首飾與放在棺木旁的陪葬品幾乎全被拿走了。

一路上他們與幾位冒險者擦身而過，還看到有人蹲在地上檢查有無卡在地面裂隙中的錢幣。

「喂，確定沒路了嗎？這面牆我怎麼敲都覺得裡面是空心的啊。」一名盜賊敲著牆壁，耳朵貼在牆面上，表情充滿了懷疑。

「旅店老闆給我們的地圖上沒畫啊。」

「這種地方有密室很正常，說不定我們是第一個發現的！」

「怎麼可能？就算眞的有，都經過了百年，肯定早就被發現了。」

加克瞥了眼手上的地圖，這面牆後方確實有條羅格城居民常走的通道。他疑惑地瞄向那些冒險者持有的地圖，發現自己手上的地圖比他們詳細上好幾倍。

「……這份地圖不是偷來的吧？」加克悶悶不樂地開口。

「怎麼可能！我有取得人家的同意。」穆恩立即反駁，還趕緊看向亞倫。「對吧？」

「當然，你肯定是得到人家同意才拿的。」亞倫連忙幫腔。

加克雖然覺得哪裡怪怪的，卻說不上來，只能懷疑地繼續前行。

一路上，一行人都以為自己來到了觀光區，到處可見冒險者的身影，有的隊伍在墓穴裡野餐，有的隊伍到處開棺尋覓財寶，也有人拚命敲牆敲地板試圖找出機關。

加克發現這條專供冒險者使用的路線設計得很巧妙，一開始先通往好幾個牆上嵌滿棺材的空間，途中還會經過數個用途各異的房間，而走到最深處會抵達一座占地寬廣的墓地，裡面放著好幾尊藍紋守護魔像，以及一名倒楣貴族的棺材，看上去還挺氣派的，只是陪葬品當然也早已被拿光。

一無所獲令其他冒險者氣呼呼地抱怨了一番，準備返回地面，加克見狀不禁感嘆。

「羅格城的人可真有心機，刻意設計了一條觀光路線給冒險者們。」

「擋得了門外漢，擋不了內行人。」穆恩鄙夷地望著那些無功而返的同行。「只要隊伍裡有經驗豐富的冒險者，或是盜賊、獵人這類對環境敏感的職業，發現別的通道還是很容易的。」

他一腳踩住地上一塊微凸的石磚，一扇鑲在牆上的旋轉門立刻旋轉了九十度，還留在這裡的冒險者們紛紛驚呼，也不管穆恩是第一個發現者，爭先恐後地闖進通道中。

亞倫等人並不著急，他們一同檢視著魔像騎士手中的地圖，思考著進去這條路的必要性。

「這條通道也是設計給冒險者的。」加克比對了下地圖，訝異地表示：「活動範圍重疊了，前方有幾個房間既是當地居民也是冒險者可行走的地區。」

「啊，忘了跟你們說。」聞言，亞倫的目光從地圖轉移到自家隊友身上。「重疊的地方就代表──」

他話還未說完，通道深處便傳來淒厲的叫喊。

「有鬼啊啊啊啊！」

「那個乾屍太強了，先撤退！」

穆恩與加克面面相覷，最後一齊看向笑吟吟的王子殿下。

「羅格城的魔紋師們會把他們不想處理的妖魔鬼怪引到這裡來。」

穆恩無語了，而加克疑惑地問：「您怎麼知道？」

空氣凝滯了一瞬，而後穆恩趕緊高喊著指向前方，成功奪走了加克的注意力：「喂，那些鬼好像朝我們衝過來了！」

亞倫與加克望向陰暗的通道，然而他們只見到驚恐不已的冒險者們跑來，連個鬼影都沒有。

亞倫失望地垂下嘴角，不滿地抱怨：「你騙人。」

穆恩沒好氣地說：「我哪有騙人？剛剛真的有個沒下半身的鬼東西追在他們後面。」

冒險者們點頭如搗蒜，縮在他們身後指著黑暗的通道哭訴：「就是說！那個鬼可凶了，剛剛瘋狂抱著我們的腳啃，彷彿要將大家生吞活剝一樣！」

「我們一進入某個房間，四面八方的牆面就冒出無數慘白的人手抓住我們的腳，差點被嚇死！那條密道裡到處都是惡靈！」

亞倫半信半疑，最後決定去一探究竟，穆恩與加克拔出長劍，亦步亦趨地跟在後面。他們很快找到了那些冒險者稍早闖入的房間，裡頭漆黑一片，但似乎沒有任何奇怪的現象。

亞倫踏進房間，打量了下四周。「看起來很正常啊，沒什麼——」

砰一聲，他身後的石門猛然關上。

「殿下！」加克立刻大喊，顯然嚇壞了。「您沒事吧！」

「我沒事。」亞倫先安撫門外的魔像騎士，接著研究起這扇石門。石門被設計成以推拉的方式開關，乍看之下很像一面牆。

他試著推了下石門，可惜這具身體沒什麼力氣，石門文風不動。不幸的是，門僅能由內開啟，他的兩位隊友只能站在外頭乾瞪眼。

「你看吧，遇到鬼了！」穆恩大呼小叫地隔著石門嗆他。「這就叫靈異現象懂不懂！」

「說不定只是機關而已，門怎麼可能毫無理由關上？」亞倫不太同意。他開始在房間裡尋找啟動石門的機關，隨即發現幾具骷髏，他拉著骷髏的手，一一把它們從原處移開，可依然沒見到什麼類似機關的裝置。

「行不行啊你，需要幫忙嗎？我們還有一個據說能砍裂岩石的騎士在喔。」

「請別說這種不切實際的話，穆恩閣下。」

門外兩位騎士的聲音莫名越來越遙遠，亞倫站在原地，感到有些束手無策。正當他苦思著該如何是好時，身後忽然響起清晰無比的哭聲。

「嗯？」他回過頭，意外瞧見一個人偶躺在房間角落。雖然疑惑著剛剛怎麼沒發現，但他還是走了過去，在人偶面前蹲下。

那是個精緻的人偶，身上穿著漂亮的洋裝，頭髮編織成麻花辮，唯一的遺憾之處就是人偶膝蓋以下的腳不知所蹤。

亞倫抽出手帕，仔細將人偶布滿塵土的小臉擦乾淨，並拍了拍沾在洋裝上的灰塵。他輕撫著人偶的頭，誠心感到惋惜。

「好可憐，都不能走了。」沒有腳的人偶魔像是無法派上用場的，想到這點亞倫就於心不忍。他握住人偶腿部的斷裂處，露出迷人的微笑對人偶說：「雖然我沒辦法修復妳的小腿，不過可以做一雙替代用的腿給妳，這是祕密，別告訴其他人喔。」

荊棘從人偶的膝蓋冒出，在亞倫的操控下勉強達到支撐的作用，讓人偶重新站了起來。接著，他將花瓣小心翼翼地包覆在荊棘小腳上，並用細繩固定住，當成鞋子。雖然不太滿意，但遠遠看去應該不會發現不對勁。

亞倫站起來，繞著人偶打量了一圈，最後點點頭，滿意地說：「好了，這樣就大功告成了。」

這一刻，石門自行移動了。

穆恩已經在外面等得焦慮起來，一看到石門移開，他便馬上衝進去，差點與亞倫撞個正著。

「嚇我一跳。」亞倫往後彈了一步，趕緊摀住懷中的小東西。「小心一點，你差點撞到她。」

穆恩定睛一瞧，簡直要崩潰了。這個神經特粗的王子殿下居然又抱著一個人偶！

「你幹麼帶著那個鬼東西出來！」

只見人偶不僅被亞倫溫柔地抱在懷中，小手還緊緊抓著王子殿下的衣服，怎麼看都不對勁。

「這個魔像待在這不是被賣掉就是被破壞，我要把她帶去安全的地方。」

如果亞倫不是魔紋師，穆恩肯定會以爲他中邪了。

「她才不是什麼魔像，是百分之百的鬼娃娃！那扇門打不開一定是她搞的，沒看到她的手正緊抓著你嗎！」穆恩氣憤難當地指向人偶的小手。

「應該是不小心勾住吧？」亞倫抓住人偶的手，將其舉起來朝穆恩揮了揮，滿不在乎地笑著說：「你想太多了，她跟你說的白色半透明鬼完全不像啊。」

穆恩爲之氣結，又提出一個問題：「那石門是怎麼打開的！」

「剛剛我在娃娃身旁繞了一圈，應該是正好踩到石門的機關？」亞倫不太確定地回。

「好了好了，總之沒事就好。」見他們又要吵起來，加克拍了拍穆恩的背，把兩人拖走。「我們走吧。」

「那個鬼娃娃遲早會害死我們，你快叫他丟掉。」

「魔像才不會害人，加克你也同意對吧？快幫我說說。」

兩個人都吵著要他選邊站，加克不禁有些苦惱。早上一位羅格城大媽才指導過他該怎麼與年輕人相處，但對方只教了他如何讓年輕人聽話，沒教他如何阻止年輕人吵架。

說也奇怪，在這之後，三人一路暢行無阻地走到了通道盡頭，完全沒遇見妖魔鬼怪，連靈異現象都沒發生。而當他們根據地圖來到一座擺了好幾尊魔像的大廳休息時，已經半個冒險者都看不到了。

這座大廳十分特別，除了他們方才走進來的門，周圍還有六道拱門，每一道拱門都被鐵柵欄封住，旁邊立著一尊魔像。有的是石像、有的是鎧甲，有的則是木雕像。

大廳正中央放了一尊霍普的塑像，這尊霍普加裝了可以旋轉的圓盤底座，四周的地面刻著一圈文字，而霍普手持弓箭，箭尖直指地上的文字。

看到這個機關，亞倫頓時煩惱起來。

「傷腦筋，這是防盜樓層。」類似的設計在首都佩爾泰斯也有，所以亞倫很清楚其用途。「這六道拱門分別代表一個家族，每道拱門都有一組專屬的密碼，只要轉動霍普的雕像使箭尖依序指向正確的密碼文字，就能打開柵欄。可是密碼只有該家族的成員知道。」

「也不盡然吧？這道拱門旁有一段文字。」穆恩仔細端詳由木雕熊守護的拱門旁邊，那段文字看起來像是謎語。

「這裡也有文字。」加克站在由鎧甲魔像看守的拱門前，將拱門旁的字唸出來：「第七代家主最愛的食物。」

「怎麼差這麼多？」穆恩走過去瞧了下加克發現的提示，神色詭異。「這提示爛透了。」

「也許這些文字是以防後代忘記密碼而寫的。」亞倫一一查看過每道拱門旁的文字，有些提示甚至毫無邏輯，這讓他不禁懷疑這幾個家族的後代是否真能理解祖先們的原意。

「可惜沒有人偶，看來老師親人的墳墓應該不在這，不過至少我們已經踏入貴族區了。」

「你的老師既是羅格城領主的女兒，又是公爵的妻子，怎麼可能在這麼好找的地方。」穆恩已經不想再管那些提示了，當他看到某個白痴家族的提示寫著「父親的生日」時，一把火瞬間上來，差點就大罵「誰知道你父親是誰」。

他目光一轉，注意到其中一道拱門的鐵柵欄似乎受外力破壞過，右下角的欄杆歪了。他蹲下身檢視，只見欄杆已經鬆動得厲害。「似乎有人硬闖過這裡。」

聽他這麼說，其他兩人也湊了過來，加克想試試這鐵柵欄有多不牢固，結果一不小心就扯下來了。

一行人無語地盯著加克手中的殘骸。

「咦？這個家族……」亞倫確認了下拱門旁的介紹文字，上面是一個熟悉的姓氏。「是老師第一任丈夫的姓氏。」

「啥？你的老師好歹也是這個城的領主之女，她丈夫的棺木怎麼會放在這麼隨便就能找到的地方？」穆恩愣了，他以爲附近至少該充滿層層機關才對。

「因爲他們結婚不到一年，老師的丈夫就被判刑了。」亞倫的眼神黯淡下來。「原因是意圖殺害老師。」

「我也聽過那樁案件。」加克點點頭。「本來謀害羅格城領主之女是重罪，要在大牢裡關一輩子的，更別提葬在這種有模有樣的地方了。」

「老師應該有幫忙求情。」亞倫穿過拱門，一邊等同伴進來一邊東張西望。「女僕長跟我說過這件事，據說老師的第一任丈夫也是位薩滿，本來薩滿與薩滿的結合是段佳話，他們夫妻也相處和睦，大家完全不明白爲何會發生這種事。」亞倫嘆息一聲，他從未聽老師提及這段往事，全是從旁人口中聽來的。

他們逐漸深入墓穴，在繞過幾個彎後，很快見到幾具嵌在牆壁凹槽內的棺木。這些棺木全被撬開，幾樣沾滿沙土的首飾像毫不値錢的東西般散落在地，穆恩見狀驚呆了。他連忙把首飾一個個撿起來，抹去上面的沙塵，首飾上的寶石在火把的照耀下熠熠生輝，顯然要價不菲。

「這人有毛病嗎？這麼値錢的東西就這樣扔在地上！」穆恩緊緊將所有寶物抱在懷中，只覺不可思議。

「如果他不是人類，那就說得通了。」加克仔細觀察著周遭，有幾具棺木裡的亡者甚至被暴力地扯出來，一半的屍骨垂在棺木外，畫面慘不忍睹。

亞倫又聽見了哭泣聲，這次是從某個棺木內傳來。他上前探看，見到一個身上繪有黃色紋路的小木偶躺在一具嬌小的枯骨上。

亞倫沉思一會，最後下了決定。「我直接入侵這名魔像的內心，確認發生了什麼事，假如我沒順利醒來就拜託你們了。」

語畢，亞倫找了個地方坐下，他的懷中安靜地待著兩個娃娃，木偶死氣沉沉地躺在他的胸膛上，人偶則仰頭望著他。

穆恩隨意揮了揮手。「隨你便，睡太久我們就先去其他地方了。」

「殿下放心，要是有其他冒險者來我們會應付的。」加克點點頭。

有這兩人在，亞倫十分放心。他闔上雙眼，潛入了魔像的夢裡。

當他再度睜開眼睛時，發現自己站在黑暗的長廊上，窗外風雨交加，一道怒雷從遠方劈下，照亮了廊道。

正當他還在思考自己究竟來到了什麼地方時，一道嬌柔的嗓音從身後傳來。

「你是誰？」

他聞聲回頭，見到一名年輕貌美的少女。

少女似乎正值荳蔻年華，手上抱著一個精緻的人偶，表情驚疑不定。

亞倫頓時不知如何解釋，一來他不曉得這裡是哪裡，二來他不曉得該怎麼向眼下比他還年輕的老師——公爵夫人娜塔莉——說明自己的身分。

「不管你是人是鬼，都快離開吧。」娜塔莉將食指放在嘴唇前，示意他壓低音量。「不要讓我丈夫發現你。」

「為什麼不能被發現？」

「我丈夫……是人為製造出來的薩滿。他的家族為了誕下具有薩滿能力的後代，於是向魔花鎮的學者請教了方法，而在魔花鎮學者的指點下，他們真的成功了，卻生出了有缺陷的薩滿，也就是我丈夫。他沒辦法清楚地聽見魔像的聲音，若面對魔紋複雜的高階魔像更是完全聽不見。」娜塔莉神情哀傷，輕柔地撫摸著人偶的長髮。「前陣子參加了城堡舉行的薩滿交流會後，他就對什麼聲音都很敏感，因為他被其他薩滿當眾取笑了。現在只要宅邸裡有一點風吹草動，他都會追根究柢，若得知並非魔像所為便大發雷霆。」

亞倫十分驚訝，因為他聽得見任何魔像的聲音，所以還以為其他薩滿除了霍普以外，也聽得見任何魔像的聲音。

這時，他忽然注意到娜塔莉有好幾根手指包著繃帶。「妳的手怎麼了？」

亞倫執起娜塔莉的手，不自覺地心疼起來。「手指可是魔紋師的生命，妳年紀還很輕，未來大有可爲，怎麼會把自己的手指弄傷了？」

娜塔莉縮回手，眼神竟流露幾分恐懼。她搖搖頭，把亞倫推開。「你快走吧。」

「娜塔莉！」一個氣急敗壞的聲音從少女娜塔莉的後方傳來。

一名身著華服、與娜塔莉年齡相仿的少年氣呼呼地瞪著亞倫，他粗魯地把娜塔莉拉到自己身後，擋住了亞倫的視線。

「你是什麼人？怎麼會在這裡？」

「我是娜塔莉小姐邀請過來的客人。」亞倫急中生智，迅速胡扯起來。他臉上帶著溫文儒雅的微笑，彬彬有禮地說：「我只是偶然聽聞閣下在薩滿交流會發生的事，因此前來幫助閣下，也許我有辦法進一步引出閣下的薩滿能力。」

「哦？你也是薩滿？」少年一手插在腰間，神情充滿鄙視。「不必了，我已經找到了能讓薩滿變強的方法。」

娜塔莉在少年背後搖搖頭，示意亞倫別再多說。

就在此時，亞倫見到長廊另一頭有個嬌小的身影。被他入侵心靈的小木偶正靜靜站在年輕夫婦的後方看著這一切，身影幾乎要融入夜色中。這一刻，小木偶與他四目相接。

「除非你是比娜塔莉更厲害的薩滿，否則我沒有留你下來的理由。」少年牽起娜塔莉纏滿繃帶的手，輕吻少女白皙的指尖。他不顧妻子懼怕的神情，著迷似的說：「娜塔莉比那些交流會的薩滿都厲害多了，她的家族代代都會誕生一個薩滿，而娜塔莉是歷代以來最優秀的，就算是高階魔像，她也能照樣潛入對方的內心修改指令。有多少薩滿能做到這點呢？你說是吧？」

「我可以啊。」亞倫伸出手，對少年做出邀請的動作，嘴角勾著自信的微笑。「沒有我侵入不了心靈的魔像，就連霍普也對我說過話喔？你想知道他對我說了什麼嗎？也許讓我加入你，你就能跟著聽見霍普的聲音了？」

少年瞪大眼睛，原先緊緊握住妻子的手鬆了開來。

「你騙我。從沒有人能聽見魔神霍普的聲音。」話雖這麼說，不過亞倫知道對方已經上鉤了，少年的眼神充滿執著與渴望。「霍普是超脫世俗的存在，別說入侵他的心靈了，就連他的聲音都從來沒有人聽過。如果你眞的能聽見，就證明給我看。」

語畢，他抓住亞倫的手，另一手則從懷中掏出小刀。

出乎意料的發展讓亞倫睜圓了雙眼，他想抽回手，但少年已經將刀尖抵在他的手腕，飢渴地舔了舔嘴唇。「你有多強，我試一試就知道。」

「你別這樣！」娜塔莉抓住少年的手，強硬地把人往後拖，少年卻用力甩開了她。眼看阻止無效，娜塔莉對亞倫大喊：「你快走！」

「不准！」少年凶神惡煞地咆哮，空間隨即像是扭曲了一般，整條走廊逐漸歪曲起來，牆壁與窗戶出現裂痕，狂風暴雨透過窗戶灌入。亞倫猶豫地瞧了娜塔莉一眼，最後還是決定逃跑。他無法在這個世界召喚荊棘，也不知該怎麼與少年抗衡，畢竟唯一的凶器在少年手上。

他跑過幾條長廊，隨意把自己關進一間臥房內，結果一回頭就看見黃紋小木偶坐在床鋪上。

「發生了什麼事？那個少年是你的主人嗎？」亞倫蹲下來與木偶平視，急急忙忙地問。

木偶搖搖頭，指了指床上，亞倫這才發現床角縮著一名用被褥把自己裹得緊緊的孩子。

窗外隱隱聽得到狂風呼嘯而過的聲音，那可憐的孩子發著抖低泣，淒厲與憤怒的叫喊不斷逼近。亞倫想回頭把房門鎖起來，卻意外見到已經有幾張椅子卡在門把上。

這一瞬間，亞倫明白了小木偶內心最大的噩夢是什麼。

縮在床上的孩子想必跟那名瘋狂的少年有血緣關係，所以黃紋魔像才會在這，因爲這位才是他的主人。

「別怕，我會保護你。」亞倫隔著棉被抱住孩子，撫了撫對方的後背。「能不能告訴我，你的家人發生了什麼事？」

被子中冒出一顆頭，小女孩淚眼汪汪，稚嫩的嗓音從被窩裡傳出：「我哥哥是個薩滿，他就在外面，救救我……只要吃掉我們家的人，哥哥就能成爲強大的薩滿……我不想被吃掉……嗚嗚……」

黃紋木偶使勁將小桌子拖到門前，木門砰砰作響，少年執著而癲狂地大喊：「別躲了！把你的血貢獻給我，快點啊！只要殺了你，我就能比娜塔莉更加強大，我不只要聽見魔像的聲音，還要入侵他們的夢境修改指令！只要我成爲最強薩滿就不會再有人輕視我！」

卡在門把上的椅子喀喀作響，彷彿下一秒就會支撐不住。亞倫明白這扇門擋不了太久，下意識地想召喚荊棘，然而徒勞無功。無路可退之下，他隨手拿起一根拐杖，對著小木偶說：「撐不了多久了，直接讓他進來吧！」

黃紋木偶點點頭，一人一魔像聯手將家具移開，才移動到一半，木門便發出一聲巨響，雙眼布滿血絲的少年闖了進來。

他貪婪地上下打量亞倫，舔了舔嘴唇。「給我……我也要聽見霍普的聲音！」

少年隨即撲過來，亞倫急忙揮出拐杖迎擊，無奈他本來就不擅長與人搏鬥，三兩下就被撲倒在地。他將拐杖橫舉在胸前奮力抵抗，卻仍阻止不了少年咬住他的手腕。

鮮血從傷口處汩汩流出，亞倫驚慌地拚命掙扎，無奈少年宛如一頭咬住獵物的獵犬，死都不肯放開。

忽然，窩在被子裡的小女孩跳下床衝了過來，使勁拉著少年的手。

「哥哥，拜託你住手！」縱使被嚇得魂飛魄散，她仍努力地跟木偶各自拉住一隻手，想將少年從亞倫身上拉開。

就在這時，亞倫的眼角餘光瞥見好幾雙纖細的小腳。

幾個精巧的人偶無聲無息地走入房間，手持尺寸不一的刀子，餐刀與菜刀皆有，顯然是從廚房拿來的。

「芮芮，讓開吧。」娜塔莉心灰意冷的聲音從少年身後傳來。聞言，小女孩聽話地跟木偶退到一旁，她緊緊抱著小木偶，瑟瑟發抖地望向少年。

亞倫看見他的老師手裡握著一把菜刀，神情悲傷而憤恨。她高舉起菜刀，顫抖著說：
「他已經不是人了，是怪物！我們必須殺了他，否則大家都會死！」
語畢，菜刀砍向少年，幾乎在同一時間，所有人偶也舉起刀子朝少年刺去。
少年瞪大了眼睛，整個人僵在原地，鮮血猶如煙花從他身上爆開。
少年就這樣睜著眼軟倒在亞倫身上，亞倫掙扎著推開他爬了起來。他發現周遭景象正逐漸碎成千萬片，年輕的娜塔莉與小女孩緊緊抱在一起哭泣，而木偶則站在一旁注視著她們。
亞倫想到了方才安放在棺材裡的骷髏，那具骷髏明顯是孩童的體型。
他猜想，小女孩當時恐怕沒有獲救，而是被少年奪去了性命。雖然後來娜塔莉帶著魔像們把少年殺死，卻為時已晚。
少年畢竟同樣來自貴族人家，殺害至親的劣行大概是被壓下了，只有意圖謀害娜塔莉一事仍被公諸於世。
這件事是在公爵夫人年輕時發生的，也就是說，這名黃紋魔像可能早在滅國之前，就已經陪著他的小主人躺在棺木裡幾十年。
「你……」亞倫既難過又心疼，正當他想說些什麼時，整個世界化為一片白光，帶領他回到了現實。
當亞倫重新睜開雙眼時，一時之間還回不了神。
「殿下？」加克連忙把亞倫扶起來。「您還好嗎？」

亞倫依舊沉浸在魔像的噩夢當中。無論是駭人的夢境內容，還是突如其來的眞相都令他難以置信，這個國家早就有問題了，而且是很大的問題。

他勉強點點頭，在加克的攙扶下虛弱地站起身，看著棺木中的小木偶。

「你要跟我們走嗎？」他知道，小木偶已經醒來了。

小木偶乖巧地躺在主人懷中，搖了搖頭。他請求亞倫將棺木再度闔上。

畢竟陪伴主人是他的使命。

亞倫明白他沒辦法說服這名忠誠的黃紋魔像。若放著不管，小木偶身上的魔紋將逐漸風化脫落，直到心臟魔紋被侵蝕殆盡的那一天，小木偶就會迎來死亡。

他示意隊友們先把棺蓋闔起，而見他如此悲傷，穆恩忍不住開口詢問，語氣有些生澀彆扭：「喂，你還好嗎？」

「嗯。」亞倫勉強露出微笑點點頭，他看了看兩位同伴的臉，心情稍微平復了些。

原來在他出生之前，哥雷姆國就出現過像阿德拉惡魔這樣的怪物了，而且還是人爲造成的。現在他隱約明白厄密斯在與什麼對抗了。

除了人類與魔像，還有第三個物種潛伏在哥雷姆國。他們才是導致哥雷姆國滅亡的關鍵。

第六章

「早就已經有人在研究了。」想到夢中的驚險經歷，亞倫仍心有餘悸。「如何製造出薩滿，以及讓薩滿變強的方法，那就是吸食人血。」

「製造？薩滿不是天生的嗎？」加克不禁疑惑，他一直相信薩滿是魔神霍普贈予的禮物。

「老師的第一任丈夫是人爲製造的薩滿。」亞倫面色凝重地說明。「不知他的家人用了什麼方式誕下具備薩滿資質的孩子，但老師的丈夫能力並不完整，所以備受歧視。後來他迎娶了我的老師，卻深深嫉妒著老師作爲薩滿的天賦。」

「這就是他意圖謀害你老師的原因吧。」穆恩已經猜到接下來的發展了。「他怎麼知道吸食其他人的血液能變強？那這個方法有成功嗎？」

「不清楚。」亞倫悶悶不樂地答。「在小木偶的夢中，他一直執著於吸取血液，但最後被老師和魔像們殺死了。」

聽到這裡，即使再怎麼不想承認，穆恩也明白了，厄密斯滅了哥雷姆國的原因恐怕跟人爲薩滿有關。

如果每個薩滿都可能化身爲阿德拉惡魔，這個世界一定會陷入混亂。

若厄密斯僅是想阻止亞倫，直接把亞倫帶走監禁起來就好了，如此大費周章害死這麼多人，甚至把哥雷姆國直接封印，多半是整個國家都有問題。

穆恩注視著那雙蔚藍的眼睛，他從亞倫略帶不安的眼神讀出了對方的想法。

「一定有辦法解決的。」他將亞倫從地上拉起來，自信地說。「不只是我們，還有其他人也在追尋眞相。厄密斯八成來過這裡了，否則我實在不知道還有哪個人會把財寶扔在地上就走。」

「也許是吧。」亞倫緊握著穆恩的手，思索了起來。「我想找找看老師的第二任丈夫的棺材。」

娜塔莉生前被稱爲帶來死亡的薩滿，但亞倫始終認爲老師這三任丈夫的死亡僅是巧合，如今卻開始擔心事情並沒有這麼單純了。

「這座墓穴簡直堪稱一個巨型迷宮，是要怎麼找？我們可是運氣好才來到這裡。」穆恩沒好氣地說。

「只好問魔像了。」

「我不知道，殿下。」

加克茫然地回答，亞倫頓時稍稍緩下臉色，笑了。他感覺自己總算從那過於眞實的噩夢中清醒。

「當然不是問你，而是問住在這裡的居民。」亞倫用畫筆沾了沾藍色顏料，在地面畫出一個圈，不出幾分鐘，一個簡易的魔法陣便完成。

「待在這個法陣可以增強我作爲薩滿的能力。」亞倫站在法陣中央，鬼娃娃人偶則乖巧地靠在他懷中。他闔上雙眼，試著讓自己陷入類似冥想的狀態。

「現在是怎樣？你要通靈？」穆恩眞心覺得王子殿下花招很多，三不五時就在用邪魔歪道的方式解謎。

亞倫點點頭。「是的，這跟潛入魔像的夢境不同，只是要傾聽他們的聲音而已，很安全。過程中不能隨意呼喚我喔，會打斷我跟魔像的聯繫。」

「就算厄密斯來了我也不會打斷你的，儘管通你的靈。」穆恩決定先去外面探探路，跟邪教王子一起冒險實在太浪費時間了，時不時得停下來等對方跟怪物溝通。

他背對著亞倫，走向這裡唯一的出口，途中聽見亞倫又在唸神祕的咒語，然後——

一陣冷風從背後襲來，世界陷入一片黑暗。

穆恩站在原地朝後看去，神色詭異，他什麼也看不到，伸手不見五指，那陣陰風將他手上的火把吹熄了。但要知道這裡可是墓穴深處，照理說不會有風。

不僅如此，他的皮膚還冒出了雞皮疙瘩，身子莫名有些發冷，明明周遭沒任何人，他卻覺得有什麼東西盯著他。種種跡象讓他越想越不對勁，於是果斷地掉頭走回去，總算看到了一點光源，除了魔法陣的幽暗藍光，加克胸口上的心臟魔紋也散發著紅芒。

穆恩盯著半個身子籠罩在黑暗中的亞倫，湊到加克旁邊悄聲問：「你們的薩滿通靈都這麼誇張嗎？」

加克搖搖頭，舉起食指放在頭盔的嘴巴位置，示意穆恩安靜。

穆恩嘖了一聲，他繞著魔法陣走來走去，最後目光落在亞倫懷中的人偶身上。人偶乖巧地抓著王子殿下的衣角，眼睛眨也不眨，乍看還算正常，可穆恩就是覺得哪裡怪怪的。他一腳踩進陣裡，打算把人偶瞧個仔細，卻被加克拎住後領拉出去。

「請不要干擾殿下。」加克壓低了音量斥責。

「你家殿下似乎跟其他東西通靈了，我不打擾難道要看著他被其他東西抓走嗎？」穆恩氣呼呼地駁斥，才剛把加克的手推開，身後就傳來一陣輕笑。

「喂，你也聽到了吧！」穆恩震驚地搖了搖加克，指著還在與魔像建立連結的亞倫。「那傢伙眞的通到不該通的東西了！」

「也許那是魔像的聲音，穆恩。」加克試圖以和緩的語氣安撫穆恩，他想起了穆恩怕鬼這件事。

「你白痴嗎！我不是薩滿，根本聽不到什麼魔像的聲音好嗎！」

他激動的怒吼成功干擾了王子殿下，亞倫睜開雙眼，不滿地抱怨：「穆恩，你會讓我聽不到那些沉睡魔像的聲音。我好不容易聽見一些……」

「你聽見的根本不是魔像的聲音吧？有怪東西趁機來跟你通靈了，給我醒醒。」穆恩把亞倫拉出法陣，死死瞪著那個礙事的人偶。

「你是想說鬼魂之類的存在嗎？不可能的。」亞倫只覺得又好氣又好笑。「鬼向來不親近我，他們從不在我面前現身。」

「才不是親不親近的問題，而是你神經太大條！」

「你不該打斷我，我剛剛眞的聽到有個細嫩的嗓音在跟我說話。」稍早他一閉上雙眼，就有個微弱的聲音鑽進他的耳裡。對方氣若游絲地稱他爲王子殿下，帶著仰慕怯怯地在他耳邊不斷重複同一句話。

「順著赤色荊棘走。」亞倫略帶遲疑地說出這句話。

「赤色荊棘？」穆恩剛才觀察周遭環境時，確實有看到顏色比較深的荊棘。「是指這個嗎？」

他指向某具棺材，一條顏色接近深褐的荊棘纏在上面，亞倫仔細打量了下，這種顏色挺少見的，不過健康狀況比他的荊棘好多了。隨著魔力量越來越少，他的荊棘顏色也越發蒼白透明起來。

荊棘一路延伸至他們進來的入口，這時他們才發現鐵柵欄鬆脫處正是這條荊棘纏繞在上面。

「我就說厄密斯來過了。」穆恩狐疑地打量這條不單純的荊棘，雖然在他的印象中，厄密斯的荊棘不是這種顏色。「他八成也好奇你的老師的過去。」

「也許吧，畢竟老師很早就得知了薩滿的祕密。」

一行人跟著荊棘走出這座設有關卡的大廳，再度回到錯綜複雜的迷宮長廊，若赤色荊棘鑽入縫隙，他們便把縫隙鑿開，偶爾還會發現不存在於地圖上的通道。

一路上不時仍會經過隱藏著機關的通道，不過這對經驗豐富的穆恩而言不成問題，他總是能找出一條可以避開陷阱的路徑，若前路坍塌無法通行，也能靠加克輕鬆地把石塊移走。

就在他們發現前面有一片水窪時，前方又傳來哭聲，這次三人同時聽見了。

「喂，是不是又有哭聲？」穆恩率先發問，以免某人又把這當成魔像的哭聲。

「既然你也有聽到，代表可能有人遇難了，我們去看看？」亞倫這次乖乖地排除了是魔像的可能性。

「那些被鬼做掉的傢伙都是像你這樣，發現了什麼便想也不想上前查看，結果就掛了。」穆恩連忙抓住亞倫，說什麼都不肯讓亞倫前進。

「我去吧。」加克搖搖頭，決定由自己上陣。他踩著穩健的步伐踏進水窪，與此同時，哭聲忽然停止。

「什麼人？」一個低沉的嗓音從對面傳來，穆恩微微一怔，反射性地把亞倫抓得更緊。

亞倫不太擅長辨認聲音，但也能從穆恩的反應猜出對方並非善類。「怎麼了？」

「你待在這裡。」穆恩語氣凝重地在亞倫耳邊丟下這句話，逕自走過去，迎接那個他一直不想面對的人。

「穆恩，你不該來這裡的。」

當穆恩來到加克身旁時，雷吉諾沉聲開口。

火光照亮了這位戰士冷漠的側臉，穆恩凝視著雷吉諾。這麼多年過去了，這傢伙的眼神仍一如當年那般冷酷。

而凱里一看到他就露出怒容上前。「搞什麼啊？這傢伙為何能來這裡？」

妮蒂亞趕緊拉住想鬧事的少年魔法師，一旁背著行李的大白狼也跟著叼住凱里的衣角。「凱里，不要跟他一般見識。」

「穆恩……」

當少女怯生生地喊出穆恩的名字時，穆恩一時懷疑自己看錯了。泰歐斯小隊的祭司茉莉竟站在雷吉諾小隊旁邊，眼眶泛紅，神情十分憔悴。

顯然剛才的哭聲就是來自茉莉了，穆恩很訝異這次居然眞的是個活人在哭。「妳怎麼在這？」

「因爲我們需要祭司啊。」凱里理所當然地搶過話。「這種到處都有死靈生物的地方，當然需要神聖屬性的職業。」

「所以你們就強迫茉莉小姐入隊了？這可不是紳士該有的行爲。」加克立即給予譴責。

「我們是冒險者，才不是什麼紳士。」凱里不屑地回應。「更何況這傢伙根本沒什麼用，唸個咒語慢死了，魔力三兩下就見底。好不容易挖完一座還沒被挖的墓穴，都離開了才一直嚷嚷著附近有鬼，結果呢？鬼在哪也指不出來。」

聽到這裡，原先態度還算中立的妮蒂亞哼笑一聲，涼涼地拋下一句：「我們隊伍的每個人都有辦法獨自解決問題，沒能力的人被丟下也是遲早的事。」

聞言，茉莉又哭了。要是被單獨拋下，她恐怕凶多吉少。

「我會乖乖聽你們的話，拜託不要把我丟在這裡！我、我重新感應到死靈生物的氣息了，就在那裡！」她含淚伸手一指，正好指著穆恩與加克。

此話一出，在場眾人立刻安靜下來，雙方人馬大眼瞪小眼。

「你們的魔紋師隊友呢？」雷吉諾率先探問。

「這麼關心他做啥？他在哪裡干你們什麼事？」穆恩冷冷說。

他們的唇槍舌戰自然全被後方的亞倫聽在耳裡，此刻王子殿下乖乖待在離他們幾公尺遠的地方，左顧右盼，並沒有找到茉莉所說的死靈生物。

他有種被排擠的感覺，怎麼所有人都看到了，就他沒看到呢？

可是他再度聽見了哭聲，這次與剛才的聲音不同，明顯低沉沙啞許多，且就在前方。

「你覺得呢？」亞倫珍惜地摸了摸人偶少女的長髮，望著前方喃喃自語。「聽起來是妳的同伴。」

在他悄聲說完後，不遠處劍拔弩張的冒險者們手上火把的火光搖曳了一下。

在無風的墓穴裡，所有人都敏銳地注意到了這詭譎的現象。

「有個強大的怨靈在附近。」茉莉摀著嘴，神色痛苦得彷彿下一秒就會吐出來。「你們感覺到了嗎？我們已經被盯上了。」

「那妳把它找出來啊！嘴上說有什麼用！」凱里氣壞了，還忍不住踹了茉莉一腳。

加克語帶警告地斥喝：「請你紳士一點，否則別怪我動手——」

「穆恩、加克。」一個輕飄飄的聲音從兩名騎士身後傳來，時機實在太過恰巧，在場所有人都嚇了一跳。

其中穆恩受到的驚嚇最大，因爲這個聲音的主人還拉了拉他的衣角。他回頭看見王子殿下，立即開口罵道：「幹什麼！我不是叫你待在後面嗎？」

亞倫一手抱著人偶，一手指向雷吉諾小隊裡的白色大狼，平靜地開口。

「我們要找的魔像，就在那裡。」

「你確定？」

穆恩懷疑自己聽錯了，他看了看大白狼，再看了看亞倫，雖然他不太相信亞倫的通靈能力，但那頭大白狼背上確實載了許多行李，再加上凱里方才提到他們挖了一個還沒被挖過的墓穴，因此亞倫的話似乎有幾分可信度。

亞倫點點頭。「他在呼喚我，哭著求我把他帶走。」

關於薩滿的事，雷吉諾也聽說過一些。據說哥雷姆薩滿可以聽見魔像的聲音，且資質優秀的薩滿甚至能夠修改魔像的指令，而亞倫正是這樣的薩滿。許多冒險者甚至認為亞倫的能力僅次於魔法師厄密斯，這也是冒險者們不敢輕忽他的原因。

但在雷吉諾看來，亞倫再怎麼優秀，依舊跟那個滅國魔法師有天壤之別，這名青年臉色略顯蒼白，舉手投足間都帶著虛弱無力感，一副病懨懨的樣子，再加上穆恩護著亞倫的態度太過明顯，這讓雷吉諾不禁產生懷疑。

他想要進一步了解這支隊伍的關係與實力，於是他緩步走到大白狼身旁，從行李堆裡掏出一個人偶。

「你是說這個嗎？」這是他們稍早從一具棺木裡翻出來的，人偶身上穿戴了繡著花紋的披風，嘴角揚著淺淺的笑，詭異得令人反感。但他知道這東西肯定特別值錢，所以還是帶出來了。

見亞倫雙眼發直盯著他手中的娃娃，雷吉諾的唇角忍不住微微一勾。

「要做個交易嗎？」

「什麼交易？」果不其然，亞倫馬上回應了。

「你加入我們的隊伍。」他一邊說，一邊注意穆恩的反應。「如何？」

在他拋出這句話時，穆恩的眼神變了。

騎士握緊了拳頭，眼神活像要把他生吞活剝一般陰暗而恐怖，就連當年他們決裂時，穆恩也不曾露出這般神情。

「想都別想。」不等亞倫回答，穆恩率先開口，語氣凶狠得彷彿雷吉諾再多說一個字，他就要上前砍人。

「你瘋了嗎雷吉諾！怎麼可以讓那傢伙入隊！」凱里也暴跳如雷地抗議。

亞倫拉了拉穆恩，搖搖頭並用目光示意，穆恩讀懂了他的意思，強忍住怒氣讓亞倫發言。

「什麼交易，說來聽聽？」亞倫維持著禮貌的笑，平靜地問。

「這要等你加入才能知道了。」

「那眞是可惜，交易只能告吹了。」亞倫低頭瞧著懷中的人偶少女，刻意放輕了嗓音：「我呢，只是想要那個魔像而已。我可以用一些好處跟你換，不過如果雷吉諾先生還是堅持要那個魔像，我們就只好比一比哪邊隊伍的實力比較強了。」

亞倫仰起頭，對他淡淡一笑。「您應該不希望發展成這樣的局面吧？」

「你這是在威脅我？」雷吉諾瞇起雙眼，有如一頭被激怒的獅子，語氣流露出濃濃的警告意味。

「我並沒有那個意思，若您要誤會我也沒辦法。」

「像你這種天眞又自視甚高的人，我見過很多。」雷吉諾緩緩拔起背後的斧頭，火光照亮了銳利的鋒刃，而他的口吻同樣尖銳。「你想知道他們最後怎麼了嗎？」

亞倫搖搖頭，笑著說：「比起這個，我現在比較想知道……不交出魔像的人會有什麼下場。」

起。

話音落下，雷吉諾神色一凜，霎時寒光一閃，清脆的金屬撞擊聲在空曠的墓穴中響起。

只見魔像騎士的劍硬生生彈開了戰士的斧頭，那股力道大得差點令雷吉諾握不住武器。

「請下達命令，我主。」加克的聲音失去了抑揚頓挫，變得毫無感情。

亞倫慢悠悠地退居後方。「把那個魔像奪過來。」

「遵命。」加克領命朝大白狼直衝而去。

「妮蒂亞！」雷吉諾大喝出聲，妮蒂亞立即跳到大白狼背上與加克展開戰鬥，凱里則當機立斷對加克施展魔法。

雷吉諾的目標只有一個，就是躲在後方對兩名騎士發號施令的魔紋師，可惜穆恩不給他這個機會。

與加克不同，穆恩雖然力量略遜於雷吉諾，但他善用長劍攻速比斧頭快這點，專挑雷吉諾的空隙劈砍，且招招直指要害，彷彿鐵了心要殺死對方。雷吉諾逼不得已，只能專心應付穆恩，眼看亞倫消失在黑暗中，他忍不住嘖了一聲。

「閒著幹麼！還不快去追那個魔紋師！」凱里暴跳如雷地推了茉莉一把，他高舉法杖，法杖頂端的水晶發出刺眼白光，捕捉到遠在幾公尺之外的魔紋師身影。

茉莉哭哭啼啼地追上去，她既不敢也不想與亞倫為敵，但為了保命，她必須聽話。她狼狽地踩著水坑，丟下戰成一團的兩隊人馬追著亞倫跑了一段路。

在轉彎之際，她猛然被抓住手臂，頓時嚇得驚聲尖叫。

「噓。」亞倫舉起食指示意噤聲，哭笑不得地注視著心力交瘁的少女祭司。一見是亞倫，茉莉閉上嘴巴，淚眼婆娑盯著他。

亞倫柔聲問：「妳知道怎麼走出去嗎？」

茉莉無力地搖搖頭。

「沒關係，那妳跟著他走。」亞倫指了指在自己身旁盤旋的木雕小鳥。

「你的手怎麼了……」茉莉瞪大眼睛瞧著他滿是刀痕的掌心。

「沒什麼，用了點小魔法。」亞倫迅速收回手，又指向前方。「這隻鳥會帶妳去找這座墓穴裡的魔紋師，妳跟那些魔紋師說妳是我的朋友，請他們帶妳走到出口。」見亞倫轉身要回去，茉莉連忙拉住他。「你跟我一起走吧？你的臉色好蒼白，是不是魔力不足了？如果眞是這樣，你現在回去很危險。」

「我沒事。」亞倫輕輕推開她的手。「就算我不出手，我家騎士也能收拾他們。妳快走吧，我們還得繼續深入探索墓穴。」

都到這個地步了，還有心情探索墓穴，茉莉也是服了。她還想再勸亞倫，可是她很怕凱里他們會追過來，此刻說不定是她唯一的逃跑機會。最後，恐懼戰勝了對亞倫的擔憂，茉莉點點頭，頭也不回地跟著魔像鳥跑走了。

另一方面，穆恩與加克以二挑四，雖然面對的是最高等級的冒險者隊伍，他們仍未落於下風。

所有人都看得出來是因爲那名魔像騎士。

擁有堅硬的鎧甲與遠超人類的怪力，而且還具備精湛的劍術，哥雷姆國最強的魔像騎士戰鬥起來猶如死神，對手稍有閃失就會命喪黃泉。

雷吉諾小隊很快就看出來，這個怪物需要好幾支菁英冒險者隊伍組成一團才有可能拿下，再不然就是需要一個劍技同樣出神入化的劍士。

只有這樣的劍士，才能抓住魔像騎士劍招的空隙，將劍尖刺進心臟。

「這種人沒必要放過，殺掉他們。」穆恩在與雷吉諾的戰鬥中抽空對加克喊道。

「不行，殿下只下令奪回魔像。」加克堅定地駁回。要不是凱里一直使用魔法干擾，他早就得手了，於是他決定先除掉礙事的魔法師。他步伐一轉，衝向凱里。

「還不快救我啊啊啊！怪物朝我衝來了！」凱里登時嚇得魂飛魄散，一邊胡亂揮杖一邊哇哇大叫。他試圖用結冰術困住魔像騎士的步伐，無奈加克的速度太快了，魔法捕捉不到他。

雷吉諾嘖了一聲，丟下穆恩向凱里跑去。

穆恩嘴角微微上揚，此刻三人的注意力都放在凱里身上，他壓低身子，鎖定了女獵人，以最快的速度來到對方身旁，一步躍起揮劍斬下。

凜冽的殺意讓妮蒂亞及時注意到敵襲，她當機立斷舉起短刀格擋，但仍敵不過強勁的衝力，從大白狼身上摔落。大白狼感受到有外人坐到了自己背上，立刻發出狂暴的吼叫，拚命扭動身子。

「給我乖一點，不然殺了你！」穆恩反身坐在白狼背上，兩腳緊緊夾著狼身，一隻手揪住最大件的行李，一舉割破。可憐的布袋吐出許多財寶，穆恩伸手一撈，將人偶魔像拽進懷裡，接著靈巧地從大白狼身上跳下。

「哈哈哈，東西到手了！」穆恩狂妄的笑聲迴盪在長廊，見穆恩達成了目的，加克隨即一腳將雷吉諾踹個老遠，接著用劍柄敲昏凱里。

「我不想殺人。」加克收起劍，平靜地對想衝過來的女獵人說。「不要逼我。」

「實力低人一等的傢伙乖乖躺在地上投降就好。」穆恩毫不客氣地嘲笑。「妳是個聰明的女人，應該明白這時候該怎麼做吧？在隊友暈了一個的情況下還要挑戰我們，妳確定嗎？」

妮蒂亞咬牙切齒瞪著他，看著她不甘的眼神，穆恩感覺很好，頓時也不介意不能殺死這些人了。

他踏著輕快的步伐與加克一同離開，不久便重新與王子殿下會合。從穆恩手中接過人偶魔像時，亞倫眉開眼笑的，馬上將人偶緊緊抱在懷裡。「我就知道你們沒問題。」

「方才那位祭司呢？記得她跑來追殿下了。」加克左顧右盼，內心還惦記著可憐的茉莉。

「我趁機放她逃了。」亞倫的語氣略顯得意。

「我們快走，免得他們不死心地追上來。」穆恩催促兩人，卻很快發現亞倫走得有點慢。

「喂。」穆恩停下腳步，一把握住亞倫的手，明顯比平時粗糙的觸感讓穆恩驚覺不太對勁。「行不行啊你？」

「當然行，現在只需要找個安全的地方讓我潛入魔像的夢境……」

「好，那我們回旅店去。」

「什麼？」亞倫愣了下，懷疑自己聽錯了。「穆恩，我們都走到這裡了。」

「這個墓穴錯綜複雜，要再返回這個地方很難，你確定嗎？」加克也忍不住質疑穆恩。

亞倫猶豫不決，他想縮回手，但穆恩緊緊抓著他，就好像在告訴他，他隱瞞的事已經被看穿了，不要再掙扎。

穆恩注視著亞倫那澄澈的雙眼。「這種規模的墓穴很少有人能一次攻略完，大部分的冒險者都是分好幾次慢慢探索的，先回地面上很正常。」

「真的嗎？」亞倫的聲音弱了下來。

「我騙你幹麼。」穆恩沒好氣地說。

「……那我們回去吧。」於是，亞倫屈服了。他握住那隻溫暖的手，因被揭穿而露出無可奈何的微笑。

兩人都這麼決定了，加克也不好再說什麼，他不像穆恩可以敏銳地觀察到亞倫身體的異狀。

當他們走出墓穴時，月亮已經升起，三人在月光的指引下回到了旅店。

亞倫才剛踏進自己的房間，便發現穆恩也自動自發地跟著他進了房，一關上門便板起臉孔。

「你是不是浪費魔力了？」

亞倫曉得他在指什麼，穆恩先前摸到他掌心的刀痕了。「我只是做了件有意義的事。」

「你這傢伙真的是——」穆恩氣得想罵人，他的心中有千百種咒罵的詞彙，但看著亞倫蒼白的臉色，忽然又什麼都罵不出來了。「你等著，這筆帳我之後再跟你算！現在魔力還剩多少？」

見穆恩這副想罵又罵不出來的樣子，亞倫忍不住笑了。「還有一點，放心。」

「看起來根本不像還有一點的樣子！」穆恩抓住亞倫的雙肩，凶神惡煞地威脅虛弱的王子殿下：「這三天你什麼也別做，給我泡水睡覺。要是被我發現你再亂用魔力就死定了！」

亞倫舉起雙手作勢投降，笑吟吟地說：「我發誓這三天什麼也不會做。」

「這可是你說的，我會盯著你。」直到離開之前，穆恩仍不停碎念。「加克那邊我會處理，要是你不安分我就出賣你。」

雖然被威脅了，亞倫卻覺得十分開心，他明白自己該聽穆恩的話。

然而比起自身狀況，他更介意哥雷姆國面臨的問題。

他仔細感受了一下體內的魔力，然後端詳著穆恩搶來的魔像。如果只是隨手重描魔紋，應該不會消耗太多魔力，至少不會被穆恩看出來。

抱著這般僥倖的心態，他拿起筆，打算先修復魔紋，再慢慢入侵魔像的心靈。

然而──

一道黑影落在灑著月光的地板上。

亞倫的視線順著黑影飄向窗戶，只來得及看見來者凜冽的目光，接著他腦袋一暈，身子不受控地倒在地上，什麼都來不及思考便徹底暈了過去。

第七章

他坐在王座上，門外不斷傳來哭喊與尖叫，而他什麼也做不到，只能無助地待在這裡等死。

不該這樣的，他身爲哥雷姆國的王子，本來即將接手管理這個幸福快樂的國家，可一夕之間全變了樣，他深愛的國家被一個怪物摧毀，而他除了將自己作爲祭品獻給怪物，什麼也做不到。

最終，他只能在王座上掩面哭泣。

「誰來都好，救救我們……」

多麼渴望，能有個勇者來拯救這個國家。

多麼渴望，能有那麼一個可以打敗怪物的人出現。

一陣刺骨的寒意襲來，把亞倫從令人心碎的夢境中喚醒。他發現自己躺在地上，不僅渾身溼透，兩手還被鐵鍊捆綁在胸前，雙腳也是。他想大聲呼救，但一條白色布條緊緊蒙住他的嘴巴，使他僅能發出無意義的聲音。

「終於醒了？」一個冰冷的嗓音從他上方傳來，亞倫的視線往上移，見到雷吉諾、凱里、妮蒂亞還有大白狼都站在他身旁。

他似乎待在一間廢棄小屋裡，唯一的夥伴只有女獵人手上那個穆恩他們奪來的魔像。

「之前不是還很囂張？現在呢？誰才是三流魔法師啊？」凱里蹲了下來，欣賞亞倫錯愕的神情。「還以為你有多強，結果妮蒂亞三兩下就把你打得暈過去。太弱了吧？」

「不費吹灰之力呢。」妮蒂亞把玩著人偶魔像，語氣充滿對弱者的嘲弄。「我都靠到他面前了，他還沒反應過來。」

「看他的表情就曉得了，這傢伙跟那些貴族一樣。」雷吉諾扯住亞倫的頭髮，強迫他抬頭。「從小被伺候著長大，從未受過不人道的待遇。這種人一旦落入艱困的境地，多半會比正常人還要恐懼。」

「不過是個狐假虎威的懦夫，哈哈哈！原本不是很囂張嗎？說話啊！」凱里一腳踹在亞倫的腹部，見亞倫沒什麼反應，他焦躁地高喊：「要不要我告訴你那個不服從我們的泰歐斯被揍成什麼樣子？還是你要聽聽那些不幸被我們殺死的貴族的故事？我們的隊長什麼任務都接，殺的人也不在少數。」

「你想知道我爲何命令妮蒂亞把你綁過來嗎？」雷吉諾舉起火把，火光照亮了亞倫的臉龐。

亞倫瞄了火把一眼，勉強點點頭，他感覺自己有點喘不過氣。他能清晰地感受到火焰帶來的炙熱，明明沒碰觸到，卻有種要燒起來的感覺。

「之所以邀你入隊，是想讓你找出一個人。」雷吉諾沉聲說。「伊登艾，聽過吧？他是羅格城最優秀的魔紋師，許多強力的魔紋武器都出自他之手。那傢伙製作了許多令冒險者們趨之若鶩的魔紋武器，但他本人十分討厭冒險者，平時都躲在地下墓穴裡。不過如果是你，他應該會願意見你一面。」

亞倫睜大雙眼。

「帶我們找到他，我可以放你一條生路。」

亞倫嗚嗚叫著，似乎有話想說。雷吉諾一揮手，示意隊友替他鬆開布條。

「你想對他做什麼？」亞倫深吸幾口氣，故作冷靜地詢問。

雷吉諾沒說錯，他眞的嚇到了。就連當年被厄密斯監禁時，厄密斯也不曾像這樣把他綁起來。他是第一次感受到如此鮮明的惡意，畢竟穆恩從不讓他跟其他冒險者獨處。

「只是希望他能爲我們打造更多武器罷了。」雷吉諾一副理所當然的樣子。「與其到處挖死人財寶，還不如抓一個現成的謀財工具，這也是我們來這座城鎮的目的。」

「那個魔紋師戴著面具，對墓穴內部瞭若指掌，即使是我也逮不到他，所以我們需要一個誘餌。」妮蒂亞將匕首抵在亞倫的頸側，輕柔地說：「這也是你還活著的原因。若不找出來，你明白自己會有什麼下場吧？」

「如果只是要一個生財工具，我可以代替伊登艾。」

聽見這番話，凱里捧腹大笑。「算了吧你！你要是會畫魔紋武器，那兩個騎士手上拿的早就是你的作品了！而且我們根本不屑用你，跟穆恩混在一起的魔紋師能用？那個乞丐沒見過世面，挑的東西才不會好到哪去。」

「他不是乞丐。」此刻，亞倫終於眞正找回了冷靜，他嚴肅糾正：「他是我的騎士，見過的世面也不會比你們少。」

雷吉諾哼笑一聲，緩緩站了起來。

「像你這種天眞又自視甚高的人，我見過很多。」雷吉諾再度重複了在墓穴裡說過的話，不同的是，這一次他是以愉快的語調說。「你想知道他們最後怎麼了嗎？」

亞倫沒有作聲。

「這裡有個東西剛好可以示範，他們最後成了什麼樣子。」雷吉諾抓起被妮蒂亞丟到一旁的人偶魔像，這個舉動成功動搖了亞倫。

「你放開他！」亞倫掙扎著坐起身，驚恐地喊：「不干魔像的事！」

「他們被我折斷了雙手。」雷吉諾置若罔聞，一把扯掉人偶魔像的手臂。「還有打斷雙腿。」

他捏碎魔像纖細的雙腳，在崩潰的亞倫眼前握住整個魔像。「最後粉身碎骨，被我們揍得連渣都不剩。」

脆弱的人偶被那隻大手捏得四分五裂，連同心臟魔紋也碎成好幾片。

亞倫痛苦地哀鳴，魔像淒厲的尖叫在他的腦海迴盪，聲音清晰得猶如一座大鐘在耳邊敲響。

心臟損毀的魔像是不會留下遺骸的，人偶粉碎成千萬片，化爲沙塵飄落在地。

「不要……不……」這是亞倫第一次目睹魔像死去，他顫抖著身軀，不敢置信地盯著那片沙塵。

雷吉諾一腳踩在沙塵上，揪住了亞倫的衣領，在亞倫害怕的注視下，微微揚起嘴角。

「你想跟他一樣嗎？」

亞倫深吸一口氣，搖了搖頭。「我不會協助你，絕不。」

然後，他感覺一股恐怖的力量朝自己的臉頰襲來，迫使他重重摔在地上。

王子殿下的視線逐漸模糊，恐懼揪住了他的心臟，這種感覺似曾相識，很久以前，他也曾如此的害怕無助。

雷吉諾不疾不徐地說：「聽說哥雷姆人很怕火，即使是在嚴寒的冬天，也是能不生火就盡量不生火。而在你之前，我們早就對幾個哥雷姆居民試驗過了。」

「與其把那些人的頭壓進水裡，還不如拿火燒他們來得管用。只是被燒掉一截頭髮就嚇得屁滾尿流，哈哈哈！」想起當時的場景，凱里忍不住捧腹大笑。

雷吉諾解開束縛住亞倫雙手的鐵鍊，抓起一條手臂，語氣平靜地說：「你應該也不希望遇到這種事吧，魔紋師？要是你的手不能用了多可惜？」

「你要做什麼！」亞倫感覺到火把在朝他的手接近，這次他沒法冷靜了，他驚懼地拚命掙扎。「把它拿開！拿開——啊啊啊啊！」

火焰灼燒他的手指，逐漸攀爬上他的掌心，劇烈的痛苦令亞倫淒厲地大叫，可雷吉諾緊抓著他的手臂，不准他逃。

他的五臟六腑彷彿要被焚燒殆盡，然而下一秒，冰冷的水澆熄了手上的火焰。

亞倫終於受不了了，從未這樣被凌虐的王子殿下哭了出來。他既恐懼又無助，想要說服自己一切只是一場噩夢，然而手上傳來的疼痛清晰地提醒他這是現實，他只能緊閉著雙眼，不敢去看自己的手發生了什麼事。

「真是可惜，這是你的慣用手吧？」像是要測試這隻手是否還完好，雷吉諾捏了捏嚴重燒傷的手，使得亞倫再次發出悲鳴。「沒辦法再畫魔紋的魔紋師，在隊伍裡還有什麼用處呢？」

亞倫沒有回應，他顫抖著身子，像個孩子般低泣。

「何必呢？只要你帶我們找到伊登艾，就不用承受這些痛苦。」雷吉諾放輕了聲音，亞倫只覺毛骨悚然。

無論如何他都不能答應，因爲他是王子，絕不會出賣自己的子民。他必須代替父王保護他們。

雷吉諾再度用力捏住亞倫燒傷的手。「哪怕粉身碎骨也不願意嗎？」

強烈的危機感刺痛了亞倫的心，他感覺自己又開始喘不過氣，許多以爲遺失的記憶都伴隨著這份恐懼被喚醒。

他想要呼救，可一來他魔力不足，二來他動不了。他試圖讓自己冷靜下來，畢竟他死不了的，但在雷吉諾鮮明的惡意下，他依舊抵擋不了生命被威脅的驚懼。

「這種倔強倒是跟穆恩挺像的，當年他也是被我折磨得不成人形仍不願意殺人。」

「你……你叫他……殺人？」

「啊，就他跟我們拆夥的事嘛。」凱里笑得開心極了，他心情很好地一五一十道來：「那傢伙就是手腳不乾淨，那時我們剛完成一位貴族交付的任務，結果在前往貴族宅邸領賞的路上，看見一個年幼的小偷闖進宅邸被抓到，被僕人們打得體無完膚，偷的還是銀湯匙那種不值錢的東西。結果你知道嗎？在我們跟貴族領賞時，穆恩居然偷跑進人家廚房，把那支湯匙摸走給了那個小偷，有夠白痴！後來當然被人家發現了，我們的雇主非常生氣，還把我們的賞金收回。」

「當時雷吉諾難得發火。」妮蒂亞坐在木箱上，漫不經心地摸著大白狼。「賞金還挺高的呢，結果因爲一支銀湯匙化爲烏有，總得有人負責。所以雷吉諾逮住那個小偷，要求穆恩殺了那個小孩，否則就換他殺了穆恩。」

「結果穆恩居然選擇與雷吉諾爲敵，哈哈哈！他怎麼打得過雷吉諾？他當時可是被修理得比你還慘呢。」想到那一幕，凱里流露出嗜血的神情。「後來我們拆夥後打聽到了原因，原來穆恩跟那個小孩一樣是到處偷竊行乞長大的，怪不得他要幫人家，物以類聚嘛！」

「人是不會變的。」雷吉諾幽幽地說。「我呢，以前幹過傭兵，就算現在變成了冒險者，依舊最喜歡看到……別人懼怕我的眼神。而那傢伙從小就偷東西，長大後依舊狗改不了吃屎，你也是。」

雷吉諾像是要捏碎亞倫的手一般，收緊了五指，亞倫甚至能聽見駭人的喀喀聲，他只能緊閉著雙眼，一動也不敢動。

那隻總是被穆恩輕柔地握在掌心的手，此刻連一根指頭都動不了，幸好此刻他的魔力相當低落，傷口復原的速度極慢，否則雷吉諾很快就會察覺不對勁。

「你是被伺候著長大的吧？就連穆恩也對你十分保護。要是他看到你這副樣子，表情應該很精彩。」雷吉諾遺憾地表示。「你有注意到嗎？他特別提防我們，連靠近你都不行……他是眞的在乎你。可惜把他一起綁來的風險太大了，不然眞想讓他瞧瞧你現在的模樣。」

雷吉諾想了想，把人從地上拉起來。「你不答應，沒關係。」

他緊抓著亞倫，強行把他拖到廢棄小屋的後院。

亞倫驚疑不定地四下張望，這座後院看得出來也荒廢已久，只有一個布滿灰塵的水井佇立在一角。

「妮蒂亞。」

「早就準備好了。」女獵人懶洋洋地指了指角落，那裡有一堆收集起來的木柴與樹枝。

亞倫一看就明白他們想幹麼，他拚命掙扎，但還是被雷吉諾扔到了柴堆上。

他驚恐萬分地爬起身，雷吉諾卻將他踩在地上。眼看火把點燃了旁邊的木柴，亞倫忍不住了，強烈的求生欲逼得他不得不把底牌掀開。

數條荊棘從土裡竄出，直接捲住了雷吉諾。

「什——」饒是經驗豐富的戰士，面對這個情況也反應不過來，雷吉諾一時被荊棘纏得脫不了身。

亞倫趁機站起來，他左顧右盼，最後在三人驚愕的目光下，以最快的速度奔向水井跳了進去。

冰冷的井水包圍了王子殿下全身，他在水面之上織了一層又一層的荊棘網防止敵人追來，過度消耗魔力讓他漸漸失去意識，陷入深沉的夢境中。

「真是可憐啊，我親愛的殿下。」

不知何時，王座旁忽然傳來一個聲音。

他淚眼婆娑地抬頭，看見一名戴著面具的魔紋師站在他身旁。

「您一定很恨那個怪物，他奪走了您的國家，迫使您只能待在這等死。」魔紋師在他面前單膝跪下，溫柔地執起他的手。「要是能殺死他就好了，對吧？」

亞倫含淚點點頭。

「別哭，殿下。您可以成爲那個打敗怪物的人，只要您願意。」

「不可能的，他太強了……」

「不，您可以變得比他更強，相信我。」魔紋師的聲音溫柔得令他害怕。「殿下，只有您能殺死怪物。時間不多了，如果您想拯救這個國家，就照我說的做吧。」

魔紋師舉起一個裝著鮮紅液體的銀杯，遞到王子殿下面前。

「親愛的殿下，請您在厄密斯來之前喝了這杯酒。唯有如此，您才有辦法打敗他。」

亞倫接過酒杯，猶豫不決地盯著顏色怪異的酒。

當他再度抬起頭時，魔紋師已經消失了。如魔紋師所料，厄密斯推開了大門，神色陰沉地朝他走來。

恐懼緊緊攫住了他的心臟。

他想要拯救哥雷姆國。

怎樣都好，他要打敗這個怪物，拯救他的國家。

於是他舉起酒杯，不顧厄密斯幾近崩潰的呼喊，將液體灌入了口中——

「亞倫！」

朦朧中，亞倫聽見了熟悉的呼喚。

「醒醒，亞倫……該死，怎麼變得這麼虛弱……」

尖銳的觸感扎入他的皮膚，亞倫感覺自己的手臂被荊棘緊緊纏住，一股溫暖的力量從被扎破的傷口傳來。

他緩緩睜開雙眼，隨即看見一對赤紅的眼瞳。

但是他已經不會再感到懼怕了，亞倫咳了幾聲，抓住厄密斯的手。

「我想起來了。」他掙扎著從厄密斯懷中坐起身，拚了命地把那段被遺忘的記憶說出來。「當年滅國時，有另一個人在你之前找上我。」

強烈的恐懼讓他重新想起那詭異的回憶，他明白厄密斯爲何會把他的眞身囚禁在棺木裡了。

「那個人給了我一杯鮮紅的液體，要我喝下它獲得殺死你的力量。」

厄密斯瞇起眼，近乎凶狠地問：「那個人是誰？」

「我不知道，他戴著魔紋師的面具。當年我坐在王座上等你時，整個宮廷大廳的門窗已經封死，不可能有人闖入，但他卻莫名其妙地出現又消失。」

厄密斯神情十分凝重，似乎在思索什麼。

「厄密斯，哥雷姆人早在百年前就發現了薩滿的祕密！有人研究出了人爲製造薩滿的方法，且有人爲誕生的薩滿知道，鮮血能使他的力量變強……」

「然後那個始作俑者將歪腦筋動到了你身上。」厄密斯也把整件事串連起來了。「他在我毀滅哥雷姆國的同時，趁機慫恿你。如果不是那杯酒，我根本不必把你封進棺材裡。」

亞倫點點頭，他與厄密斯面面相覷，越想越覺得不妙。現在不是他們算舊帳的時候，眼前顯然有一個共同的敵人在背後操縱一切。

「我猜始作俑者就是意圖燒了你的人？」當厄密斯陰沉地問出這句話時，亞倫才想起稍早的慘劇。

他慌張地環顧四周，此刻他們還是待在廢棄小屋的後院裡，只是雷吉諾一行人早就不見了，附近殘留著被砍斷的荊棘、燒焦的木柴，與被破壞的水井。

「你……你有看見他們嗎？」

「沒有，我來到這裡後只看見被封死的水井。」厄密斯的語氣像是下一秒就要發火。「亞倫，怎麼回事？」

「我……沒事，只是和冒險者起了點衝突。」亞倫很快注意到自己燒傷的手復原了，他試著動了動手指，雖然反應有些遲鈍，但還算堪用。「我們先離開這裡再說吧？」

雖然目前依然是夜晚，但亞倫不清楚自己在水井裡待了多久。他只想趕快返回旅店，要是離開太久，穆恩他們一定會擔心。「我得回去……」

「你還想回去？」聞言，厄密斯的嗓音忍不住提高八度。「要是你此刻用的是眞身早就死了！那些人類這樣對你，你還想再回去？」

「我……」

「你別傻了，現在回去只會被他們發現你是怪物。要是得知你沒死，他們絕對會想辦法取你性命！」

「我總得跟加克他們報備一下。」亞倫無奈地反駁，他掙扎著想站起身，卻發現自己的手腳沒什麼力氣，他的身體又擅作主張動用魔力修復軀殼了。

「讓那兩個混蛋認為你死了也好。」厄密斯完全不同意，他雙手一伸，把王子殿下從地上撈起來。「反正他們遲早會殺掉你。」

亞倫愣愣地仰頭注視厄密斯的側臉，這隻魔花怪不但輕易地把他橫抱起來，態度還如此堅決，他明白自己反抗不了。

至少這個人絕不會傷害他。這麼一想，亞倫頓時安心了，這是他第一次在厄密斯面前感到如此放心。

「我必須回去……我跟他約定好了……」無論成功失敗，他們都要一起。

見亞倫靠在自己懷中逐漸闔上雙眼，厄密斯曉得亞倫是強撐著意識在跟他說話，所以並未再以尖銳的言語回擊。

「你睡吧，剩下的我來。」厄密斯凝視著遠方，語氣堅定，彷彿犧牲自己也在所不惜。「這一次，我一定會找到害你變成怪物的兇手。」

厄密斯不知道的是，他的決定將為穆恩帶來多大的影響。

在亞倫消失的隔天晚上，茉莉重新與隊友們團聚了。三人躲在旅店房間裡委屈地痛哭了一陣，決定離開這個城鎮。

「沒問題，沒看到雷吉諾他們在樓下！」蜜安率先下樓查看大廳，確認安全後便連忙把兩個隊友叫下來。

「我們走。」泰歐斯緊緊牽著茉莉的手，三人鬼鬼祟祟地打算稍後從後門離開，但才剛向旅店老闆辦理完退房手續，大廳門口便傳來一聲響亮的碰撞，三人猶如驚弓之鳥一般，縮著身子投去目光。

一名騎士大步走進來，看起來怒不可遏，眼神瘋狂，氣勢恐怖得彷彿下一秒就會砍人，還一腳踹翻了桌子。

「雷吉諾在哪，給我滾出來！」他的聲音大到連二樓都聽得清清楚楚，冒險者們呆愣地瞧著他，從沒有人見過穆恩如此憤怒。

加克跟在後面進來，一手按在他的肩膀上。「穆恩，冷靜。」

「你要我怎麼冷靜？我可是警告過他的，所以他不可能平白無故失蹤！一定是雷吉諾那混帳搞的！」

聽到這裡，茉莉臉色瞬間發白，她不顧隊友的阻止站了出來，跌跌撞撞地來到兩人身旁，抓住加克的手。「亞倫失蹤了？」

「是的，我們昨晚回到了旅店，結果今早發現亞倫失蹤了，已經找一整天了。」加克悲傷地解釋。

「怎麼會……」茉莉不敢置信，顫抖著聲音問：「是因爲我的關係嗎？他救了我……」

「不關妳的事，我們早就跟他們結下了數不清的仇怨。」穆恩掃視著大廳，神情越發難看。

他們唯一能確定的只有亞倫沒死，畢竟除了他以外的人類都不知道亞倫的眞身在城堡裡。問題是，亞倫到底被帶去哪了？穆恩很清楚多半是被雷吉諾他們帶走的，因爲亞倫房間內的桌子不但歪了一邊，人偶們也東倒西歪摔在地上，地上還遺留著白狼的毛與沾著泥沙的腳印。

要是被抓去墓穴探險倒還好，最怕的是亞倫被報復了。想到這點，穆恩就快瘋掉。亞倫不能離開他，因爲只有他才能守住亞倫的祕密，也只有他才清楚亞倫現在情況有多糟。

「在場看過雷吉諾的人都給我滾出來！」

「穆恩，別這樣！」泰歐斯看不下去了，他將崩潰的穆恩拉到角落，認眞地警告：「我懂你的心情，但對象可是雷吉諾啊，他們全隊都是最高等級的冒險者！」

「很厲害嗎？我也是最高等級，隊友還是全哥雷姆國最強的魔像騎士。」穆恩冷冷回應。

「你鬥不過他的！正面對決他們或許贏不了你們，可他們是一個完整的團隊啊！他的隊伍有擅長大範圍魔法的魔法師，還有潛行匿蹤一把罩的獵人，他絕對會選擇對自己最有利的戰術摧毀你。」

「那不然你說該怎麼辦？」

「放棄吧。」

下一秒，泰歐斯被狠狠揪住領子壓在牆上，他震驚地看著滿臉憤怒的穆恩。

「開什麼玩笑？我不可能放棄！要麼給我有建設性的建議，要麼給我滾！」

「你嚇到人家了，穆恩！」加克連忙把他拉開。

「你不要對阿泰動手，他的傷才剛痊癒！」蜜安跟茉莉一人抱著泰歐斯的一隻手想保護他。

「不好意思，他只是太心急了。」加克連連道歉，最後決定先把穆恩拖出旅店。他當然也非常焦急，但他畢竟歷經過無數沙場征戰，明白自己該臨危不亂。加克開口分析現況，試圖安撫穆恩：「穆恩，泰歐斯說的其實很有道理，那個戰士自知無法正面擊敗我們，所以採取了別的方法。眼下我們已經處於劣勢，必須跟其他人合作才能找到殿下，生氣解決不了問題，你必須冷靜。」

「發生這種事我怎麼可能冷靜！」穆恩激烈地反駁。

他渾渾噩噩活了二十幾年，每天都覺得自己與這世界格格不入，就連結束漫長的騎士訓練，在典禮上正式受封爲騎士時，他也是心不在焉的，一刻也不想待在那裡。冗長的誓言被他輕易捨棄，身上的劍壓不住他渴望自由的念頭，唯獨與亞倫之間看似隨意的約定，像是荊棘般緊緊纏縛了他的心。

他一直以爲自己是個可以輕易背棄誓言的人，但如今他才知道，他不是什麼誓言都可以捨棄。想到那個與他約定的人恐怕再也無法遵守承諾，他便快要被逼瘋，那是唯一一個可以讓他感受到歸屬感的約定。

「我的字典裡沒有合作兩個字。」穆恩撇開目光，絲毫不領情。

加克聽不下去了，他按住穆恩的肩膀，難得地用較爲激動的語氣訓斥：「你到底要執迷不悟到何時！在阿德拉鎮，如果你一開始對泰歐斯閣下釋出善意，他根本不會與你爲敵，殿下也不用躲進地下室。雷吉諾也是，如果你們當初好聚好散，說不定殿下就能順利跟他們交易換到魔像！你跟同行的差勁關係遲早會害死殿下，他們對你的敵意只會令殿下一次又一次陷入險境！」

穆恩愣住了，他從未意識到這點。

「你要是有心保護他，就不要再做出會樹敵的行爲了。」

這下穆恩說不出反駁的話了。

一直以來他只爲自己而活，所有行爲的後果都由他自己承擔，從未想過有一天會因此令他在乎的人遭受傷害。

見他終於把話聽進去，加克放開了他，溫和而堅定地說：「穆恩，我們還有機會挽回一切。」

聞言，穆恩感覺心臟彷彿被揪了一下，悲傷和焦躁的情感在心底逐漸滋長。

「什麼挽回一切？我根本沒有什麼可以挽回的。凡是我想要的東西，打從我出生開始就不曾屬於我。如果不去偷拐搶騙便無法得到，就連騎士的身分也是我以虛假的誓言換來的，我只懂得用這種到處樹敵的方法活下去！所以我才說，要改變我比登天還難！」說著說著，他的語氣越發激動，其實他不想這麼誠實的，只是如果不說清楚，他認爲這個魔像不會懂。畢竟魔像生來無欲無求，只爲指令而活，怎麼可能懂得他的困境。

「如果你不知道該要怎麼以其他方式活下去，我會幫你。」加克不假思索地表示。

他看穿了穆恩憤怒之下的徬徨，想要瓦解穆恩的防備，卻不明白該怎麼做，但想像了一下亞倫會如何回應後，他的內心忽然有了答案。

他伸出那雙冰冷堅硬的鎧甲手臂，將穆恩抱進懷裡。「不管是你還是殿下，我都會幫忙，誰也不會遺棄的。我知道你們都對目前的局面感到不安，可是不要緊，我會一路陪在你們身邊，保護你們兩個。」

穆恩睜大眼睛，整個人僵在原地，什麼話都說不出來。

「不要害怕改變，去挽回你本應得到的一切吧。」加克拍拍穆恩的背，嗓音溫柔得令人想哭。「好嗎？」

穆恩僵硬地站在那裡，理智告訴他，這世上哪有人會這般無私地給予他關愛和溫暖，可偏偏對方不是人。無論他多想說服自己，加克真誠的情感仍宛如一把利劍，戳破無數個他用以防備的謊言。

他掙扎了一番，最後只能悶悶吐出一句無力的反駁：「你沒道理對我跟亞倫一視同仁。」

「殿下相信你，所以我也相信你。何況我自己會觀察，不合適的人我不會讓他待在殿下身邊。」

聽了這句話，穆恩沉默了。此時旅店門口出現一陣騷動，數道腳步聲逐漸接近，穆恩一把推開加克，不太自在地看向來人。

「穆恩！我、我們要留下來一起找亞倫！」茉莉氣喘吁吁地跑到他面前，表情十分認真。「就算對手是雷吉諾也沒關係！只要我們協力合作，多少有點勝算的！」

「茉莉，算了吧，他可是穆恩。」泰歐斯把茉莉拉走。「這傢伙才不需要我們幫忙——」

「合作吧。」穆恩語氣生硬地開口，泰歐斯小隊的成員瞬間全怔住了。

「看什麼看？既然目標是將那夥人一網打盡，也只能合作了不是嗎？不這麼做還有其他辦法找到那個白痴魔紋師嗎！」

看著莫名惱羞成怒的穆恩，三人面面相覷，泰歐斯與蜜安的神色都有些古怪，唯獨茉莉握住了穆恩的手，堅決地說：「就這麼辦！趕快行動吧。」

穆恩尷尬地應了一聲，而後不小心與加克對上目光。雖然魔像沒有表情，他依然感覺加克彷彿在用關愛的目光注視他，盯得他渾身起雞皮疙瘩。他忍不住惱怒地對加克咆哮：「愣著做什麼？還不快點動作，那個白痴魔紋師可不能沒有我們！」

在穆恩他們做出決定的同時，亞倫仍在沉睡中。當他再度醒來已經是幾天後的事了。他被厄密斯放在一個水池裡，而游出水面時，他感覺整個人精神多了。雖然泡水所補充的魔力對他而言不過是杯水車薪，但有補總比沒補好。

這個地方是一座洞窟，唯一的裝飾是大量的書籍與藍色魔花，除此之外還有一些類似實驗儀器的東西。

他離開水池，才剛踩到地面上，便瞧見小木偶蹦蹦跳跳地從轉角跑出來，帶著毛巾撲向他。

「謝謝你，艾爾艾特，不過我不需要，我只要你就好。」亞倫笑著婉拒了毛巾，並將小木偶抱起來。「厄密斯呢？」

他東張西望了下，最後決定出去看看，但艾爾艾特用力搖搖頭，示意他別亂走。

「你是不是被他修改了指令啊？不然怎麼這麼聽話……」亞倫發出無奈的嘆息。若他不是薩滿，肯定會認爲艾爾艾特被洗腦了。

他現在已經不再害怕厄密斯，一來他知道厄密斯不是壞人，二來跟雷吉諾那種人相比，厄密斯待他簡直如天使般溫柔。

既然主人不在，他乾脆趁這個機會看看厄密斯平時都在幹麼，於是翻了下攤開在木桌上的書籍。書中記載的皆是艱澀的醫學與植物學知識，上面做了密密麻麻的筆記。

「他是眞的想拯救我。」亞倫忍不住喃喃。「對吧？」

艾爾艾特點點頭。

亞倫不明白爲何厄密斯這麼想救他，他跟厄密斯原本並不相識，沒道理從出生起就如此被放在心上。

「他到底是誰？你知道嗎，艾爾艾特？」

「不用猜了，你不可能認識我。」一個冷漠的嗓音在他身後響起。

亞倫沒被嚇到，他背對著聲音的主人反問：「那你爲什麼要這麼拚命？」

厄密斯不答，轉移了話題：「比起這個，你應該更詳細描述一下那個讓你喝下不明液體的人。」

「假如我說了，你會讓我回去嗎？」

「不會，你放棄吧，我不可能讓你回去。」

「那我就不說了。」

厄密斯氣得瞪著亞倫，卻絲毫沒有動手的意思，見狀，亞倫放下心來。

雖然換了個人綁架他，不過至少他可以確定這次自己會平安無事，只是需要另尋機會逃走而已。

可惜穆恩早就把他的魔花丟了，不然就可以聯絡上了。雖然不清楚厄密斯還剩多少魔力，但他可以賭賭看。身爲一個魔紋師，他最強的武器就是魔像，如果有個強大的魔像幫手，他應該還是有可能逃走，正好他有個非常正當的理由可以找到那樣的魔像。

「厄密斯，我必須去找魔像夏綠蒂。」他回頭看向厄密斯，認眞地說。「若我沒猜錯，夏綠蒂身上應該也有關於魔花怪的線索。我的老師是個相當優秀的薩滿，她的第一任丈夫曾覬覦她的能力，一度想要殺死她並吸她的血。」

想到那個被雷吉諾害死的魔像，亞倫就十分自責。「第二任丈夫持有的魔像被把我綁走的人殺死了……可是我得了解後來又發生了什麼，老師當年已經接觸到薩滿的祕密了，那些同樣知曉薩滿祕密的人恐怕不會輕易放過她。所以我必須找到夏綠蒂，夏綠蒂在滅國時跟老師待在一起。」

見厄密斯陷入沉思，亞倫再度明白了一些事。

「你一開始就知道我會變成很強大的怪物，對不對？」亞倫緩緩說出自己的推測。「你一直在阻止這個悲劇發生，因此在我年幼時救了我之後，才會要求等我成年就必須跟你走。不過當下我沒答應，而父王也拒絕了，你一氣之下乾脆封鎖整個哥雷姆國。反正……」

亞倫苦澀地笑了。「反正我們哥雷姆人全都擁有怪物的基因。若放任我們繼續發展，這個世界遲早會完蛋。這就是你滅國的原因，你想拯救世界。」

「我不是想拯救世界，我只想拯救你。」厄密斯悶悶不樂地否認。

「可你把哥雷姆國滅了也是爲了外界好，對不對？也許只差一步，我們就要培育出像你一樣強大的魔花怪物了。」

厄密斯沒有同意，亦沒有反駁。

「你不懂想阻止這一切，也不斷在找解決的辦法。」亞倫很清楚，若不解決魔花怪的問題，總有一天這個世界會淪爲人間煉獄，而哥雷姆國將是第一個受害的國家。

若要拯救哥雷姆國，他們就必須合作，所以他認眞地看著厄密斯，伸出了手。「厄密斯，不要孤軍奮戰了，讓我加入你吧。」

厄密斯微微蹙眉，他盯著亞倫的手，神情充滿猶豫。

「已經沒有時間了，就這麼做。」亞倫不等他回答，直接握住他的手當作是同意了。

「厄密斯，我沒剩多少魔力能維持這具身體的運作了，得趕緊找到夏綠蒂。」亞倫低下頭，小聲說出自己的狀況。

「你不會有事的，我一定會找出辦法。」厄密斯回握住他的手，無數荊棘竄土而出包圍住兩人，將他們拉入看不見底的深淵。「我們走，去找你說的魔像。」

僅僅過了幾秒，他們便來到地下墓穴。亞倫將先前在墓穴的所見所聞都告訴了厄密斯，同時提出自己的另一個計畫。

「我得去找羅格城的首席魔紋師，他那裡有詳盡的地圖。」其實他最主要的目的是去警告伊登艾，可是他需要一個冠冕堂皇的理由。畢竟雖然跟厄密斯合作了，但他姑且算是被綁架中，厄密斯可是巴不得人人都認爲他死了，不可能放任他在一堆人面前晃。

不過，他消失了這麼久，穆恩肯定會懷疑到雷吉諾頭上，而有加克在，穆恩應該有辦法解決對方。

他現在不僅抽不開身去對付雷吉諾，事實上也暫時不敢再面對那群人。雷吉諾小隊戰鬥經驗豐富，恐怕唯有同樣是冒險者的穆恩才有辦法拿下，因此亞倫決定請伊登艾轉告穆恩他們處理掉雷吉諾一行人，此外也順道警告伊登艾務必小心。

「地圖上不會記載那個魔像的位置吧？而且你去找他的話，他遲早會把你的行蹤說出去，不行。」果不其然，厄密斯冷冷回絕。

「就算是你，也不想浪費太多魔力搜索這座墓穴吧？有地圖可以少走很多冤枉路。」亞倫小心翼翼地試圖說服。「越快找到越好，要是動作太慢，到時候我說不定連入侵魔像心靈的力氣都沒了。」

厄密斯明顯有些動搖，於是亞倫乘勝追擊。「夏綠蒂是我的老師的魔像，應該也會比較願意對我敞開心扉。」

「……五分鐘。」

「半小時吧？說不定能打聽到什麼情報。」

「半小時都足夠你畫完一個魔像了。」厄密斯沉聲駁斥。「最多給你八分鐘。」

「對方很固執的，我需要花十分鐘說服他再給我一張珍貴的地圖，二十分鐘跟他討論該往哪走……」

「十分鐘，不能再多了！」

眼看厄密斯要被惹火了，亞倫只能遺憾地暗自嘆息。「好吧，就十分鐘。」

「他們的大本營離這裡不遠，我們走。」厄密斯不甘不願地催促。

「你怎麼知道？」

「你要是再強一點，就能跟我一樣用荊棘搜索墓穴。」厄密斯解釋。「只要魔力足夠，我們的荊棘能穿過整座墓穴。」

亞倫吞了口口水，他一點也不想變成那樣。

「你是怎麼保持理智的？你那麼強，照理說應該會跟阿德拉惡魔一樣，變成爲殺戮而生的怪物……」

「你不會想知道的。」厄密斯一如往常地拒絕回答。

「哪有人像你這樣的？要拯救別人又什麼都不肯說。」

「說了也沒用，你不會相信。」

「你怎麼知道我不會相信？」

厄密斯意味深長地盯著他。「我就是知道。」

「沒關係，就算你不說，我也快猜出來了，不管是你認識我的原因，還是你從哪裡來。」亞倫輕聲對厄密斯表示。「厄密斯，你瞞不了我的。」

厄密斯深深盯著那雙蔚藍的眼眸，最後別開目光。

「隨便你，你絕不會想得知眞相的。」

與此同時，位在不遠處的伊登艾並不曉得許多人都急著找他，此刻他全身冒著冷汗，心臟狂跳，整個人連連退了好幾步，警戒地盯著前方的不速之客。

「妳怎麼會在這裡？」他幾乎是咬牙切齒地吐出這句話。

荊棘塑造而成的小巧雙腿懸在床沿，一對毫無神采的玻璃眼珠直直瞧著他，少女人偶端莊地坐在伊登艾素雅的床鋪上，微微歪頭。

伊登艾剛剛聽見自己的房裡似乎傳來微弱的哭聲，狐疑地打開門後，就與這個邪門的人偶對上眼。

他掏出繪有藍紋的短刀，語帶威脅：「我已經跟妳說過，要索命去找其他冒險者了吧？少來煩我。」

這個人偶是某次羅格城的魔紋師們在驅逐惡靈時發現的，當時好幾位魔紋師的腿都被她抓傷，最後還是伊登艾親自出馬才制伏這名惡靈。

無奈的是，就連伊登艾也未能將這個窮凶惡極的人偶解決，每當他以爲消滅掉人偶了，隔天人偶又會出現在他的房間。他被弄得心力交瘁，最後乾脆將人偶扔到有冒險者出沒的密室，讓這些討人厭的傢伙折磨彼此。

這招倒是有用，從那之後，人偶就不曾出現在他的房間了，沒想到現在又回來了。

伊登艾瞪著她，隨即注意到了不對勁。「妳有腳了？既然有腳了還來煩我幹麼？」

他記得這個人偶最深的怨念就是雙腳殘廢，因此她才總是刻意攻擊其他人的腿。

砰一聲，人偶猝不及防地表演何謂斷了線的人偶，驀地倒在地上。

伊登艾驚疑不定，正當他思索著是否該搬救兵時，一個輕柔的嗓音冷不防在耳邊響起，同時一隻手輕輕拍在他的肩膀上。

「找到你了。」

饒是除魔專家伊登艾也忍不住嚇得往旁邊一彈，還差點大叫出聲，但一看到來者，他頓時僵在原地。

只見亞倫神情錯愕，一手抱著黃紋魔像木偶，一手凝滯在半空中。

「你怎麼會來這裡？」伊登艾忽然覺得心臟無力，看樣子今天大家都很喜歡當鬼嚇他。

「我是來警告你的……咦？妳怎麼會在這？」亞倫的眼角餘光注意到了躺在地上的惡靈人偶。他走過去把人偶抱起來，溫柔地用另一隻手摟在懷中。「躺在地上會把這身漂亮的衣服弄髒的，艾爾艾特，替我幫她拍一下身上的灰塵。」

艾爾艾特渾身僵硬得像個普通木偶，他感覺人偶在狠狠瞪他。

伊登艾驚疑不定地盯著一手抱著鬼娃娃、一手抱著魔像的王子殿下，搞不懂這是在演哪齣。「那是鬼，不要碰她。」

「她不是鬼喔，還記得嗎？人偶也是魔像的一種。所謂的鬼應該是那些半透明的靈體吧？」亞倫無可奈何地笑著糾正。

伊登艾傻眼了。

「現在沒時間說這個，我只有十分鐘的時間跟你會面。」亞倫斂起笑容，開始認真地向伊登艾交代事情。「有一支菁英冒險者隊伍想強迫你入隊，你一定要小心，他們心狠手辣，可能會用偏激的手段逼你就範。」

亞倫仔細描述了雷吉諾小隊三名成員的長相，見伊登艾沒什麼反應，他心急地說：「我目前沒辦法幫你！你一定要保護好自己，不然我的犧牲就沒——」

意識到自己透露太多，亞倫硬生生打住了話。

「犧牲？你犧牲了什麼？」

「沒事，只是口誤。我跟你說，現在所有魔紋師都能夠復活魔像了，只要將他們的魔紋重新描繪一遍就行，這點我可以保證。」

「怎麼可能！」

這個消息成功轉移了伊登艾的注意力，亞倫嘴角一勾，繼續說下去。「魔像可以為你們驅逐冒險者，所以盡快開始喚醒他們。我擔心雷吉諾那些人如果得不到你，會將目標轉向其他魔紋師。另外，最好將這件事告訴我的夥伴，他們一定會協助你。」

伊登艾注意到哪裡不太對勁了。「發生了什麼事?你的其他隊友去哪了?」

亞倫搖搖頭，湊到他耳邊悄聲說：「幫我告訴穆恩他們，我平安無事，只是暫時回不去。等時機到了我就會歸隊，請他們別擔心。」

「你——」

「還有，跟他們說解決雷吉諾。」亞倫強硬地打斷他的話。「他們對哥雷姆的居民是一大威脅，必須解決他們。」

伊登艾僵在原地。他有很多話想問，卻不知從何問起。

「需要幫忙嗎?」最後，他只能生硬地吐出這句話。

「有，幫我保護好你自己。」亞倫與他拉開距離，微微一笑。「還有，再給我一張地圖吧。」

伊登艾悶悶地摸出一張地圖，交到亞倫手上。

「真的不需要幫忙?」他知道亞倫肯定遇到了麻煩，不然怎麼會連隊友都不能見?

「如果你真的想幫我忙，就在保護好自己的情況下打倒雷吉諾那群人。」亞倫說完，又低頭瞧了下手上的鬼娃娃，然後塞進伊登艾手裡。

「替我保管她，她是我在墓穴撿到的魔像媒介。」

不等伊登艾回答，亞倫便匆忙道別，打開房門逕自離去。

「等等——」伊登艾追了出去，卻錯愕地發現亞倫不見了。不過慢了幾秒，亞倫就從長廊上憑空消失了。

他震驚地站在原地，而後下意識低頭看向懷中的人偶。鬼娃娃正仰望著他，發出了令人發毛的啼哭聲。

伊登艾沉默了。

他眞的心好累。

一踏出房門，亞倫便被厄密斯抓個正著。

「你不用這麼緊張，我不會偷偷逃跑的。」

「……我沒有緊張。」

但厄密斯似乎確實很怕他被其他人發現，立刻就帶著他瞬移離開。

亞倫剛才正是擔心厄密斯隨時會破門而入，才趕緊交代完事情就出來。看厄密斯這個態度，他成功逃走的機率相當小。

已經失蹤好幾天了，穆恩與加克想必十分擔心他，事實上，這一連串的波折同樣讓亞倫心力交瘁，他自己也很希望能回到熟悉的隊友身邊，可惜無法。

「我的老師應該帶著夏綠蒂待在墓穴最深處，可是我看不出哪裡是深處。」亞倫攤開地圖，示意厄密斯一起看。

厄密斯瞇起雙眼，盯著地圖沉思。艾爾艾特攀在他的肩上，指向地圖其中一區。

「先去那裡探查嗎？」同爲薩滿的厄密斯聽得見艾爾艾特內心的聲音。「我也認爲那個地方比較有可能，所有通往那個區域的通道全都無法通行，肯定有問題。」

亞倫完全聽不懂他們的討論，在他看來每個地方都有可能，路痴天賦優異的他只能跟著厄密斯。走到一半，他們聽見前方長廊傳來了交談聲，仔細一聽似乎是一群冒險者在討論該怎麼走。

厄密斯嘖了一聲，彈了下手指，霎時整條長廊像是遭遇地震一樣晃了晃，天花板震落許多沙塵。

「你做了什——」亞倫還未說完，前方便傳來一陣慘叫。

「魔像動了啊啊啊！」

「他走過來了！快拔武器！」

亞倫無語地望向厄密斯。「你復活了魔像？」

「哪個人類膽敢擋在我前面，就揍飛他。」厄密斯毫不掩飾自己對人類的厭惡。

「別這樣。」亞倫拉住他的手。「你讓魔像們驅逐入侵者就好。」

但聽著前方慌亂無比的叫喊怒罵，亞倫猶豫了一會，又小心翼翼詢問：「你有辦法讓整座墓穴的魔像都醒來嗎？」

「太消耗魔力了，不行。」厄密斯果斷否決。

對此亞倫並不意外，在有未知敵人存在的情況下，還是別濫用魔力比較好。

作爲哥雷姆國的王子，他現在有兩件事要做，一是保護人民，二是挖掘滅國的眞相，目前他只能做到後者，前者只能將希望放在其他人身上了。

雖然保護他人不是穆恩擅長的事，不過至少加克擅長，亞倫相信在加克的帶領下，穆恩一定能做好這件事。

第八章

亞倫的失蹤，對大部分的冒險者來說只是件微不足道的小事，事實上他們甚至挺開心的，畢竟亞倫不見了，就代表他們少了一個競爭者。所以對於穆恩的怒火，他們都抱著看好戲的心態。

可是在亞倫失蹤超過一週後，再也沒有人能這樣想了。

「嗚嗚……」

人聲鼎沸的旅店大廳裡，好幾名冒險者躺在地上哀號，他們身上帶著大大小小的傷，模樣慘不忍睹。此刻羅格城唯一的冒險者祭司正忙進忙出地為大家治療，然而受傷的人太多了，光靠她一人應付不過來。

「那個魔紋師不是死了嗎？爲什麼魔像們突然復活了！」

「該不會是他的冤魂在作怪吧？」

「我們昨天差點就被魔像殺死，搞什麼啊，墓穴裡的那些藍色魔像比阿德拉鎮的紅色魔像還凶！沒辦法讓他們再次陷入沉睡嗎？」

冒險者們人心惶惶，以前他們在墓穴中只需要對付幽靈惡鬼，如今卻多了魔像要應付。更令他們害怕的是，藍紋魔像幾乎全是石像，在狹窄的通道撞見手持石劍的石像，簡直沒有比這更糟糕的噩夢了。

因此，冒險者們無法再肆意闖蕩墓穴，所幸只要他們不犯賤刻意破壞墓穴，魔像便不會發動襲擊。許多冒險者都在阿德拉鎮領教過魔像對指令的執著，深明這個道理，於是他們小心翼翼地探索墓穴，想辦法避開魔像的耳目搜刮財物。

但兩天前，一切全變了。

當時所有待在墓穴的人都感覺到更深的地底傳來輕微晃動，接著，所有魔像宛如失去了理智，只要遇到人就不分青紅皀白衝上前攻擊，絲毫不留情面。

若亞倫在這裡，一定會去調查魔像們發生了什麼事，或者是與魔像們協調溝通，然而此刻唯一的魔紋師冒險者不在，沒人能控制魔像。

就連魔像騎士加克也無能爲力，那些藍紋魔像根本不聽這個紅紋魔像的話。

「穆恩，趕快把你的魔紋師隊友救出來好不好？」一位冒險者忍不住向穆恩哭訴，此話一出，其他冒險者也不顧原本和穆恩關係不佳，紛紛跑過來求救。

「對對，不管是死是活都快把他挖出來！」

「那個魔紋師肯定還活著，八成是雷吉諾命令他喚醒魔像，好讓他們除掉競爭對手挖寶！」

「卑鄙小人！穆恩都沒他這麼無恥！」

穆恩狠狠瞪了那個說無恥的人一眼，對方悻悻然地縮回隊友身邊，而穆恩看向自己的同桌夥伴。

「探查得如何？」

泰歐斯搖搖頭。「還是沒找到，現在深入墓穴越來越困難了，那些魔像根本不聽人話。」

加克跟著嘆息。「太奇怪了，那些魔像不願與我溝通，見到人類就砍。」

穆恩嘖了一聲，狀況越來越棘手了。

在他們決定和泰歐斯小隊聯手之後，過去幾天兩隊人馬都曾分別深入墓穴尋找亞倫，可是皆無功而返，如今又有魔像擋住他們的去路，令搜索的進展陷入膠著。照理說魔像只有亞倫能喚醒，但現在墓穴裡到處都是醒來的魔像，亞倫分明沒這麼多魔力。

他也不認為是厄密斯做的，那個魔法師吃飽沒事復活魔像幹麼？

就在這時，門口傳來一陣騷動，穆恩投去目光，隨即被來者吸引了注意。

對方的裝扮實在太熟悉了，不僅戴著素色面具，還披著飾以魔紋花邊的斗篷，唯有魔紋師才會這樣穿。

羅格城的魔紋師跟冒險者向來關係不太好，像這種聚集了滿滿冒險者的旅店，照理說不可能出現魔紋師的身影。

「喂，那身裝扮應該是魔紋師吧？」

「是亞倫嗎！」

冒險者們像是看見了希望，一個個興奮地湊過去，但穆恩馬上潑了他們一桶冷水。

「他不是。」穆恩緩緩站起身，內心對這些分不清亞倫與其他魔紋師的同行感到不齒。亞倫哪會背著十字弓到處走？何況這傢伙腰間還掛著好幾把短刀，挺拔的站姿跟哥雷姆王子柔弱的姿態全然不同，更別提對方的手比亞倫要粗糙得多。

不過魔紋師肩上的陶瓷小鳥倒很像亞倫的作品。師承娜塔莉的哥雷姆王子也喜歡製作和人偶一樣體積嬌小的魔像。

「眞是稀奇，羅格城的魔紋師居然會主動找上門。」他大搖大擺地來到魔紋師面前，雙手插腰，以近乎冒犯的目光打量對方。「想找我的魔紋師隊友嗎？他可不在這。」

「我知道。」伊登艾悶悶不樂地回。見這麼多人盯著自己，伊登艾後退一步，有種想轉身走出去的衝動，但他仍是壓下這個念頭，硬著頭皮開口：「你們是穆恩跟加克嗎？」

魔像騎士點點頭，一手放在胸口，客氣有禮地說：「正是，請問魔紋師閣下有什麼需要協助的地方嗎？」

「你怎麼知道我們的名字？亞倫告訴你的？」

面對穆恩的質問，伊登艾很不開心，他冷淡地回應：「對。他叫我來找你們，說你們會幫忙解決礙事的老鼠們，老鼠的老大名叫雷吉諾。」

聞言，穆恩頓時掐住伊登艾的肩膀，激動地喊：「果然！那個混帳抓了他！快告訴我亞倫在哪裡！」

「放開！」伊登艾嚇到了，他用力掙脫穆恩的手，閃到魔像騎士背後，驚恐地說：「叫這傢伙冷靜一點！」

「不好意思，他只是太焦急了，沒有傷害您的意思。」加克立刻致上歉意。他拍拍穆恩的肩示意他冷靜，並對伊登艾表示：「您繼續說，我會保護您的。」

有了最強魔像騎士的承諾，伊登艾這才稍微放心，雖然內心還是忿忿不平。

要不是眞的沒辦法了，他才不想來找這些人。自從亞倫告訴他只要重新描繪魔紋就可以復活魔像後，他便率領同伴們去嘗試，本來一切都好好的，醒來的魔像們十分尊敬他們，因此所有人都歡欣鼓舞，不分晝夜快樂地展開了修復魔像大業。然而就在前兩天，地底一陣晃動後，魔像們突然失控了。原先的強力幫手瞬間變成惡魔，連面對魔紋師也大開殺戒。

要是有薩滿在就好了，薩滿可以充當人類與魔像之間的橋樑進行溝通，能力較強的薩滿甚至可以讓暴怒的魔像平靜下來。偏偏那位羅格城土生土長的薩滿前陣子離開了，亞倫也不見蹤影。

所有待在墓穴裡的人全被捲入這場混亂，實力較差又不幸遇到失控魔像的冒險者便被困在了墓穴中。魔紋師們忙著救援，偏偏有人趁機添亂，那就是雷吉諾小隊。

他們刻意煽動受困冒險者的情緒，甚至告訴眾人只要挾持魔紋師就能平安走出墓穴。走投無路的冒險者們因此加入了雷吉諾的隊伍，將矛頭指向魔紋師們。

於是，腹背受敵的伊登艾終於受不了，獨自跑到地面上求援。

「救我們。」伊登艾艱難地表示，他的口吻彆扭生澀無比，彷彿說的是陌生的語言。「亞倫說可以找你們幫忙。」

他開始說明事件的始末，包括亞倫來找他講了些什麼，以及在那之後的一切。中間他停頓了好幾次，因爲所有人都盯著他，讓他壓力很大，再加上穆恩又急得不得了，數度打斷他的話。

說到最後，他的臉色臭到不行，整個人躲在加克背後，語氣不善地下了結論：「所以拜託你們幫忙，我們快掛了。」

周遭響起竊竊私語，冒險者們都覺得伊登艾完蛋了，他拜託的對象可是穆恩，即使哭著抱大腿穆恩都還不一定會答應，更何況伊登艾的態度還這麼差。

但穆恩無暇計較對方的態度，而是陷入了沉思。

現在可以確定亞倫平安無事，這讓他放下了心中的大石，只是他搞不懂亞倫爲何回不來。有兩種可能，一是亞倫太過虛弱，只能暫時在雷吉諾身邊等待時機；二是亞倫其實被厄密斯帶走了，那自然回不來。

事情都到這個地步了，亞倫交代給他的任務卻是保護哥雷姆國的居民。

「就算沒有任何人把我當成王子，我也得作爲一個王子活下去。」

他回想起亞倫說這句話時，脆弱而悲傷的笑容，以及緊緊抓著他衣角的手。說實話，他不希望亞倫走向那遙不可及的高處，可是……

穆恩看向加克。

「穆恩，我們必須協助他們。」魔像騎士義正詞嚴地表示。

注視著加克正氣凜然的模樣，穆恩又想到了自己與亞倫的約定。

當時他握住王子殿下的手，還來不及回應就被加克打斷，然而如今他更加清楚自己眞正想說什麼了。

他想告訴亞倫，無論是離開或留下來，自己都會待在他身邊，與他一同承擔。

「相信我」。

這是他最想說的話。

他明白自己來不及說了，不過沒關係，他可以用行動證明。

穆恩握緊劍柄，果斷地給予答案：「就這麼辦。」

在場所有冒險者呆滯地看著他們，懷疑自己聽錯了。

「完了，穆恩終於也中邪了……」

「小心！那個魔紋師八成會使用控制人心的黑魔法，大家不要跟他對上眼，也不要聽他講話！」

「這種素質還敢來這冒險。」眼看冒險者們紛紛像是見到洪水猛獸似的避開他，伊登艾沒好氣地碎念。「這麼怕就回家吃自己吧。」

「你說什麼？不要以爲我們這樣說就是怕你！」

見狀，穆恩不耐煩地開罵：「煩死了，現在是吵架的時候嗎？既然你們都想要讓魔像平靜下來，那除了合作沒其他辦法了！」

「你。」穆恩指著伊登艾的臉。「你先給我等著，我們會去墓穴裡把雷吉諾他們挖出來，如果幸運地一併挖到我們家的哥雷姆薩滿，那些失控的魔像就有辦法解決。」

「等著？」伊登艾語帶不屑。「不必，除老鼠是我的責任。」

「那你可不能出意外。」穆恩將威脅人的惡霸扮演得非常到位。「亞倫最掛心的就是你，因爲如果你被拿下，其他魔紋師也逃不過被冒險者蹂躪。」

伊登艾僵硬地點點頭。

「等我們把墓穴裡的冒險者都抓出來後，找到亞倫也是遲早的事，他一定還在裡面，時機到了他就會現身。」既然亞倫都這麼說了，穆恩就相信他會回來。「在找到他之前，所有人都必須撤出墓穴，聽見沒有？」

這話不僅是對伊登艾說，也是對冒險者們說。他環顧大廳一圈，這次終於沒人有意見了，畢竟亞倫不在，穆恩就是冒險者與魔紋師之間的橋樑。

「現在只能靠我們自己了。」穆恩望向與他站在同一陣線的隊友們，語氣堅定：「我們走。」

十

位在墓穴深處的哥雷姆王子彷彿感應到了什麼，停下腳步。那對蔚藍的眼睛注視著天花板，神情變得略顯迷惘。

「怎麼了？」他的現任隊友厄密斯皺眉詢問。

「我聽見了魔像的聲音……」雖然距離遙遠了些，亞倫仍可以隱隱聽見。他閉上雙眼，靜靜聆聽那些此起彼落的聲音。「有點混亂、憤怒……還有不安。發生了什麼事？」

那些聲音厄密斯早就聽見了，即使無法再控制那麼多魔像，他作為薩滿的能力依然比亞倫更加優秀。

自從前兩天帶著亞倫穿越一個擺滿巨大魔像的房間後，他便感覺到魔像們的情緒不穩定起來。那些還被他控制著的魔像還好，可擺脫他掌控的魔像們就不好說了。但這不關他們的事，厄密斯只希望他們離人類社會越遠越好，於是他輕描淡寫地回：「你聽錯了吧？」

所幸他有個跟他立場一致的幫手，厄密斯瞥了艾爾艾特一眼，小木偶便很聰明地主動拉了拉亞倫的手，無辜地仰頭看著亞倫，示意他前進。

亞倫躊躇了一會，最終還是再度邁開步伐。

哥雷姆王子就這樣跟著他們越走越深，來到無人涉足的墓穴深處，此時地圖已派不上用場，他們必須靠自己。

「爲什麼你不能用瞬間移動直接抵達老師身邊？」亞倫疲憊地跟在後頭，嘆了口氣。「這樣找好花時間。」

「我又沒有設座標在你的老師身上。」厄密斯沒好氣地駁斥。

「座標？什麼座標？」

「想要準確地瞬間移動到定點，就要設下明確的座標，例如我設的座標是你，所以不管你跑到哪，我都有辦法出現在你身邊。」厄密斯說著，指向亞倫牽著的艾爾艾特。「而那個木偶是你的座標，因此你當初才能離開哥雷姆國找到他。在沒有座標的情況下使用瞬移，只會出現在不可預測的地點。」

「怪不得我瞬移回來時會跑到奧爾哈村……」亞倫微微愣了愣，總算明白了。他猶豫了一會，小心翼翼詢問：「座標該不會能更改吧？」

厄密斯瞪了他一眼。「你想幹麼？」

「我只是問問。」亞倫露出無辜的笑容。「我現在也沒辦法用，記得嗎？」

他只要一用，魔力就會低於臨界值陷入沉睡。

「別再想這些不重要的問題。這個國家的居民對你而言如同致命的毒素，只要你內心還有牽掛，他們遲早會害死你。」厄密斯語氣不善，儘管如此，亞倫仍是笑著回應：「幹麼這樣？你老是這麼說，也不拿出證據，這叫我怎麼信你。」

經過一個多禮拜，亞倫越來越習慣與厄密斯相處了。要放下過去的恩怨和畏懼不容易，但亞倫知道厄密斯肯定幫他避開了更糟糕的未來，一想到這點，他就無法去恨厄密斯。

「與其說這個，你還不如——」厄密斯話說到一半，亞倫忽然驚呼出聲，接著是一陣碎裂的聲響，當厄密斯回過頭時，正好目睹亞倫驚慌地抱緊了艾爾艾特，從塌陷的地板墜落。「亞倫！」

「我沒事……」底下傳來亞倫虛弱的回應。

幸好千鈞一髮之際，艾爾艾特拉住旁邊的荊棘減緩了下墜的速度，否則從這高度摔下去，亞倫的身體肯定又會動用魔力修復傷勢。

亞倫坐起身東張西望，發現自己摔進了一座寬廣的大廳，高至天花板的巨石魔像手持長劍，並排佇立在大廳兩側。

有道黑影站在其中一尊魔像的腳邊，亞倫一瞥見便整個人愣在了原地。

「……老師？」那個身影對亞倫而言太過熟悉了，雖然形貌模糊，但那優雅的站姿與飄逸的裙襬，他不可能認不出來。

然而在他喊出聲後，黑影卻朝牆壁走去。

「等等！」亞倫連忙爬起身，此時厄密斯也下來了。

「怎麼了？」厄密斯攙扶住站不太穩的亞倫，順著他的目光望過去。

「我好像看見老師了，她剛剛在那裡。」亞倫指著黑影移動的方向，可是當他們靠近時，黑影早已失去蹤跡。

亞倫徹底呆住了，他第一次有種自己看到了鬼魂的感覺。這時，艾爾艾特揮舞著雙手，拚命指著一扇門。

那扇門特別小，只有艾爾艾特這種體型的魔像能穿越，在亞倫與厄密斯的注視下，小木偶乖乖打開門鑽了進去。

不一會，一個木雕鳥頭突然從門內冒出，亞倫頓時驚喜地奔上前。

「不會錯的，是老師的烏鴉！」他將烏鴉魔像拉出來，珍惜地捧在懷中。

艾爾艾特手腳並用爬出小門，扯了扯厄密斯的法袍。

「是呢，這個魔像肯定曉得老師在哪。」亞倫跟著對厄密斯笑盈盈地說：「拜託你了，厄密斯。」

讓魔像沉睡的始作俑者不甘不願地彈了個指，將魔像的指令修正回來。

烏鴉輕輕抖動身軀，疑惑地左顧右盼，很快便注意到自己被熟悉的哥雷姆王子抱著，於是對亞倫蹭了蹭。

「乖孩子。」亞倫溫柔地輕撫烏鴉的頭。「娜塔莉老師去哪了，你知道嗎？」

烏鴉看了看厄密斯，又看了看亞倫。

「沒事的，這個人可以信任。」亞倫苦笑著為厄密斯說話。

烏鴉歪了歪頭，最後還是聽從亞倫的話，振翅往上飛去，而後盤旋了幾圈，飛向右前方的通道。兩人跟上烏鴉，在行經好幾條長廊後，來到一道精緻的巨門前。

門上畫著巨大的魔法陣，法陣一路延伸至巨門前方的桌子，桌上同樣畫著繁複的法陣以及許多符文。

兩位薩滿都是解讀法陣的好手，他們很快注意到了空無一物的陣眼，並根據法陣中的符文推測出了情況。

「必須在陣眼上安放一個蘊含強大魔力的媒介。」亞倫的手指落到陣眼處，這個陣眼只有硬幣大小。「只要媒介超出陣眼就無法驅動法陣。」

厄密斯的眉頭越皺越深。「魔力所需門檻高得不合理，是一般媒介的幾十倍。」能儲存魔力的媒介本身就相當珍貴，更何況還是比一般媒介多上幾十倍容量的物品。要是有其他魔法師在場，多半會認爲這樣的東西不存在。

但這種媒介其實存在的，而且亞倫對它再熟悉不過，他已經明白了這個法陣的用意。

「哥雷姆王戒能達到這個門檻。」當亞倫斬釘截鐵地說出這個答案時，厄密斯的神色更加難看了。「這是個只有哥雷姆國王能解開的法陣。」

見厄密斯盯著陣眼不語，亞倫急忙表示：「厄密斯，我知道王戒在哪，我之前把它丟給了穆恩，我們可以去找他拿回——」

「你別想！」厄密斯惡狠狠地打斷他的話。

「那這樣我們要怎麼進去？」亞倫無奈地反問。

厄密斯沒有回答，於是亞倫乘勝追擊。「總不能在這裡前功盡棄吧？就差最後一步了。你不用想得太嚴重，只要先去找穆恩——」

「不需要，就算沒有他也能開啟這道門！」

「什麼？」

亞倫呆愣在原地。他想不出除了哥雷姆王戒外，還有哪個東西能符合法陣的要求。

厄密斯瞪著陣眼，躊躇了一會，最後萬般不情願似的在亞倫的注視下，將手伸向自己懷中。

當他抽出手時，亞倫瞪大了雙眼。

無數星點在圓潤的月光石內閃爍，精緻的金色指環上牢牢鑲著這枚稀世珍寶——與哥雷姆王戒一模一樣的戒指此刻被厄密斯握在手中。

亞倫的腦袋一片空白。他記得自己明明把王戒交給穆恩了，可厄密斯持手上的戒指分明是哥雷姆王戒沒錯。

厄密斯刻意不與亞倫對上眼，默默地將戒指放到了陣眼上。

以戒指爲中心，法陣中的符文依序散發湛藍光芒，光芒一路延伸至巨門上，最後，整道巨門都染上藍色光暈。

很快，耀眼的強光大放，一陣塵土飛揚後，巨門緩緩往內開啟，歡迎哥雷姆王戒持有者的到來。

然而亞倫完全無心顧及巨門，他呆呆地盯著厄密斯收回戒指。

「所以我才說不需要去找那傢伙，我有。」厄密斯不打算解釋，默默拋下這句話便走向巨門。「我們走吧。」

「爲什麼你會有？」亞倫喊住了厄密斯。他顫抖著身子，藏在心底的答案越發清晰。「我……曾經認識你，對不對？」

「別這麼輕易下定論，說不定這是我從穆恩那裡搶來的。」

亞倫壓根不相信這個說法，他跟上去抓住了厄密斯的手。「我一定認識你，才會把戒指交給你。要是哥雷姆國沒有滅亡，我也可能把戒指交給別人。」

他緊緊抓住那隻彷彿毫無溫度的手，越想越是難過。

「厄密斯，我們其實彼此認識，只不過這一切對你而言都是過去的事了。對嗎？」

亞倫幾乎能確定厄密斯囚禁他的原因了，厄密斯肯定看過他變成怪物，所以想要藉此阻止悲劇。若非如此，厄密斯不可能總是一口咬定未來會發生什麼事。

「你看過我變成怪物的樣子，也看過穆恩與加克殺死我的未來。而為了阻止這一切，你穿越時空回到了這裡。」亞倫凝視著厄密斯，一字一句緩緩說。

「拜託你回答我。難道你從沒有過告訴我真相的念頭？我們不僅認識，可能還一起度過了許多愉快的時光，然而面對這個什麼都不知道的我……你就沒有想過提醒我，在某個或許已經不存在的未來裡，我們曾有過深刻的羈絆嗎？」

聽到最後一句，厄密斯終於壓抑不住情緒，他猛然轉過身，雙眼布滿血絲。「並不是不存在！我跟你共處的時空真實存在，這個戒指就是證明！」

面對全然不解的王子殿下，厄密斯痛苦地一手摀住臉，不知該從何說起。

「沒有不存在……不管是他還是你，都是真實存在的……」

「那個他是誰？」亞倫小心翼翼提問。

「另一個世界的你。」

「什麼？」出乎意料的答案讓亞倫呆愣在原地。

「我不是來自未來，而是從另一個平行時空來的。」厄密斯明白自己再也瞞不下去，只好投降。「宇宙中存在著無數個時空，每個時空可以說是無限相近的，對你我而言，唯一的差別在於未來的走向可能不同。在我原本的世界裡，我們彼此認識，然而你卻……」

說到這裡，厄密斯像是被掐住了脖子，語氣沉痛而糾結。他靜默了一會，才艱難地繼續說下去：「總之……那個世界的你已經死了。所以我才會來到這個悲劇尚未發生的世界，試圖拯救你。」

亞倫是第一次聽說所謂的平行時空，這個概念完全超出了他的想像。也就是說，在其他的無數時空裡，同樣存在著哥雷姆國與名為亞倫的王子，只是在厄密斯最初所在的那個時空，「他」早已死去？

突如其來的眞相讓亞倫一時難以接受，不過他認爲要是能早點得知，他當年就會果斷拋棄王位跟厄密斯走了。

「爲什麼你一直不說呢？如果你早點說，我一定會跟你走——」

「我當然想過要說！但你有可能相信嗎？要是我在你生日當天告訴你，你未來會變成怪物，在場哪個人會相信我？沒有人！就連現在也是，你既不相信穆恩會殺死你，也不相信那些魔像會傷害你！」

這點亞倫無法反駁，事實上，此刻他依然無法相信眞相是如此。

厄密斯深吸幾口氣讓自己冷靜下來，嚴肅地說：「亞倫，我見過霍普甦醒。」

亞倫整個人僵在原地。霍普沉睡不醒一直是哥雷姆國最大的謎團。

「我知道霍普跟你說過話，那你知道他爲何唯獨跟你說話嗎？」

亞倫緩慢地搖搖頭。

「因爲他是爲了你而存在的。」厄密斯語重心長地宣布答案。「只要世界末日來臨，霍普就會從沉睡中甦醒。換句話說，你就是那個末日。在我經歷過的無數時空裡，你都變成了怪物，且強大到足以毀滅世界，而每一次都是霍普率領所有魔像想辦法對抗你。可是你太強大了，魔像們殺不死你，只好把你困在哥雷姆國，直到百年後穆恩出現，那個男人跟霍普與加克組隊討伐你，這才將你成功殺死。」

他握住亞倫的雙肩，神色凝重。「是穆恩將燃燒的長劍刺進你的心臟，終結了你的性命。」

厄密斯停頓了下，不太甘願地表示：「我知道你很信任穆恩，但那個騎士命中注定會殺死你，無論我如何努力，都無法改變這個結果，所以我才要你離開他們。若你變成怪物，穆恩與加克一定會聯手取你性命。」

亞倫一時說不出話。

「不可能的……他……我確實跟他說過，如果我變成怪物就殺了我……但、但是，難道就沒有……」亞倫吐了口氣，緩緩接著說：「就沒有其他可能嗎？」

穆恩跟他約好了，倘若他拯救國家失敗，他們可以一起離開哥雷姆國。然而他現在卻得知自己就是霍普口中的末日。

換句話說，想要拯救哥雷姆國，就必須殺死哥雷姆王子。只要殺了他，最大的威脅就會解除。

他不可能讓隨時可能招來末日的自己跟穆恩離開哥雷姆國，這個國家是爲他量身打造的牢籠，只有難以被徹底消滅的魔像才能困住魔花怪物。

厄密斯鬆開了手，垮下肩膀，神色黯淡下來。他揉了揉眉心，彷彿在思索什麼似的，而後痛苦地闔上雙眼。

「我就是爲了尋找其他可能，才會出現在這裡。可是不管我多麼努力都沒有用……每一次……每一次就算穿越到新的平行時空，還是只能眼睜睜看著你變成怪物，最後被他們殺死。我已經不想再看到你死去了。」

厄密斯顫抖著伸出手，將王子擁進懷裡。他的頭埋在亞倫的肩窩，聲音虛弱無力得宛如下一秒就會崩潰：「我知道你很難原諒我，但就算你變成怪物，我也不會殺掉你。無論是我還是艾爾艾特都不可能傷害你，跟著我們不好嗎？」

亞倫臉色慘白，只能僵著身子不語。在他理想的未來裡，他成爲了國王，而穆恩與加克都陪伴在他身邊，可厄密斯從未見過這樣的未來。

「你不懂，那傢伙會毀了所有你珍惜的事物，不僅是哥雷姆國，連你熟悉的魔像們都會因他而死，他就是個泯滅人性的混蛋！除了親手殺了曾經的隊友，還取代你成爲哥雷姆國王，把魔像當成侵略其他國家的武器，讓整個世界風聲鶴唳！所以……我不但是在拯救你，也在拯救你的國家。哥雷姆國確實因爲我的關係沒落了許多，不過至少還保有你熟悉的模樣，假如落到穆恩手裡就完全不同了。」

亞倫想到那對明亮的琥珀色瞳眸。他壓根不覺得穆恩會做出這種事，可他實在不知道該如何是好了。

「厄密斯，我該怎麼做？」他輕輕回摟住厄密斯，神情脆弱。「即使我留在你身邊，哥雷姆國也不會因此得救。不只有我一個怪物，你懂吧？所有哥雷姆人都是潛在的怪物。」

在許多的其他平行時空裡，亞倫先殺光了所有具備怪物基因的哥雷姆居民，才被困在哥雷姆國。因此當穆恩殺死他後，魔花怪自然就消失在這個世界上了。

「一旦我變成怪物，哥雷姆國就沒時間了對不對？所有人都會死在我手下。」亞倫沉痛地抱緊厄密斯，嗓音微微哽咽：「我快撐不下去了，我的身體無法再用普通方式補充魔力了……若不去喝血，我就必須花數百數千倍的時間以睡覺的方法補充魔力。我耗費百年所累積的魔力已經用得差不多了。」

他很害怕，儘管他渴望能親自拯救自己的國家，但他可能無法再繼續這趟旅程了。他必須在漫長的沉睡與變成怪物之間選一個。

想到這裡，亞倫不禁悲從中來。他是那麼希望能跟穆恩一起活下去。

「我不會讓你去喝血的。」厄密斯拍拍他的背。「我一定會盡全力救你。我們先趕快去找你的老師，看看有沒有別的辦法。」

亞倫艱難地點點頭，他必須趁還清醒時趕緊收集線索。

兩人鬆開彼此，一同望向敞開的巨門，隨後踏著沉重的步伐向前邁進。門後是一條看不見盡頭的長廊，亞倫走在長廊上，感覺時間好像過了一世紀之久。

最終他們還是來到了盡頭，進入一座塵封已久的大廳。

整個大廳空蕩蕩的，沒有華麗的裝飾、沒有各式各樣精緻的魔像，唯有一具石棺擺放在中央，還有一尊守在石棺前方的魔像。

那是一個跟艾爾艾特差不多大小的人偶，白皙的小臉雕刻得十分精緻，衣著更是繁複華麗。

而最顯眼的，莫過於人偶手中那把遍布藍色魔紋的銳利鐮刀。

鐮刀刀柄鑲著一顆月光石，刀身布滿灰塵，不過仍能隱約看出其鋒利的程度。整把鐮刀比人偶還高，刀身長到可以輕易將成人攔腰砍斷。

只有哥雷姆人清楚，這尊魔像比外面任何一尊藍紋魔像都來得強大，她只消輕輕一揮鐮刀，就能將數以百計的怨靈斬殺。

「夏綠蒂。」亞倫喃喃著來到魔像面前。「妳在守護老師嗎？」

他的目光飄向人偶身後那具沉重的棺材，眼前的場景似曾相識，他剛從漫長的沉睡中甦醒時，也看見了一具棺木。

他走到石棺旁邊，很快發現棺身加了好幾道鎖，這具石棺的主人把自己死死封印在裡頭，恐怕只有破壞石棺才能見到死者。

亞倫跪坐在石棺前，雙手抵在棺身上，緊緊握住了拳頭。

「老師……」即使不揭開棺蓋，他也明白公爵夫人這麼做的用意。

娜塔莉早有預感自己會成為像阿德拉惡魔那樣的怪物，所以把自己封印在了此處。若沒有哥雷姆王戒，任何人都無法踏足此地，她的祕密只給哥雷姆國王知曉。

「娜塔莉老師肯定比任何人都還早得知眞相，所以她才說，總有一天，所有人都會嚐到跟她一樣的痛苦……她知道每個哥雷姆居民體內都潛藏怪物的因子……我眞的比不過老師。」亞倫悲傷地自嘲。「老師願意封印自己，我卻不甘於待在那具棺材裡。」

「你不待在那裡面是對的，若非如此，我也不會發現有人意圖使你變成怪物。」厄密斯如今是眞心這麼想，多虧亞倫找回了記憶，否則他還眞不曉得有其他人在作怪。

亞倫搖搖頭。他的老師都有把自己鎖在棺材中的覺悟了，他也必須拿出覺悟才對。

他看向那對鮮紅的雙眼，嘴角露出一絲苦笑。「厄密斯，跟我一起潛入夏綠蒂的夢境吧，我們一起去夏綠蒂的夢裡尋找真相。」

厄密斯愣了一下，畢竟過去從未有過兩名薩滿同時入侵魔像夢境的案例。

「應該是可行的。」想了想，他帶著亞倫返回夏綠蒂面前，兩人盤腿坐在地上，一隻手握住彼此的手，另一隻手放到了夏綠蒂肩上。

「雖然這次肯定不會迷失在魔像的夢裡……」亞倫瞥了眼厄密斯，而後目光落在小木偶身上。「但還是拜託你看顧一下了，艾爾艾特。」

小木偶點點頭。

「準備好了嗎？如果進入的時機不同，我們可能會落在不同地點或時空，別忘了魔像的內心世界毫無規則可循。」厄密斯嚴肅地喚回亞倫的注意力。

亞倫點點頭，兩人一同望向人偶那張美麗的臉龐。

「三、二、一——」

亞倫闔上雙眼，意識在這瞬間潛入了魔像深不見底的夢裡。

✢

當亞倫再度睜眼時，發現自己獨自站在陰暗潮溼的長廊上。他終究還是與厄密斯失散了，不過他並不擔心，因為他對這個場景很熟悉，許多年前，他就是在這裡迷了路，因而和公爵夫人相遇。

如他所料，一隻手溫柔地放到了他的肩上。

這熟悉的動作使亞倫頓時有種熱淚盈眶的衝動，他忍了下來，努力讓自己看似稀鬆平常地回頭。

「老師。」

公爵夫人一如亞倫記憶中那樣，顯得年輕而美麗。她穿著他們初次見面時所穿的純黑禮服，肩上停著守墓烏鴉。

「我親愛的殿下，這裡不是您該來的地方。」公爵夫人說出熟悉的臺詞，正當亞倫以爲又陷入了回憶時，娜塔莉露出難過的微笑，再度開口：「但其實，我一直希望您能來這裡。」

「老師？」

「亞倫，我的孩子，我當年應該帶你一起走的。」夫人含著淚水，牽起亞倫的手。「可是我也害怕讓你陷入危險。他們一直在關注你……若你跟我走，他們肯定會把你帶走的……」

「誰？誰要帶我走？」

「我不知道。」夫人顫抖著肩膀，淚涔涔地搖頭。「是我丈夫先發現的。他持續地調查著這件事，但他最後也死了。我好害怕……連在哥雷姆國滅亡後，他們都不肯放過我，不斷在這座墓穴裡搜索，試圖找到我。我都處心積慮地把自己關在這個地方了，可是爲什麼……」

整條長廊震動起來，周遭的牆壁開始碎裂瓦解，公爵夫人抱著頭崩潰吶喊：「爲什麼會有陌生人闖入？那個人是誰？他爲什麼在夏綠蒂的世界？出去！我什麼也不會告訴你的！給我滾！」

亞倫嚇了一跳，他知道娜塔莉在指誰，於是連忙握住夫人的雙手，緊張地說：「老師，沒事的！那個人是我的夥伴，他可以信任的！」

整個世界陷入混沌的黑暗，四周掀起狂風暴雨，亞倫有些驚慌失措。他以爲厄密斯已經解除施加在夏綠蒂身上的詛咒，可這個世界仍像噩夢一樣失控了。

「亞倫！」

厄密斯的聲音從亞倫身後傳來，亞倫聞聲回頭，錯愕地見到厄密斯狼狽的模樣。厄密斯的法袍被割了幾刀，懷中緊緊抱著被荊棘捆住、正在掙扎個不停的夏綠蒂。

厄密斯指向娜塔莉，用盡力氣大吼：「阻止她！魔像的內心世界被那個薩滿占據了！現在她才是這個世界的主人！」

亞倫怔了怔，他不知所措地盯著哭得梨花帶雨的公爵夫人，完全不明白早該死去的老師爲何會在這。

幾乎是同一時間，上方的墓穴傳來魔像們此起彼落的怒號，猶如被石頭粗暴打磨過的沙啞吼聲令所有待在墓穴中的人不禁打了個寒顫。

「搞什麼！」穆恩身上都起雞皮疙瘩了，他進了墓穴才發覺情況比想像中嚴重許多，魔像們發瘋了似的見人就砍，剛剛還忽然一致發出低沉的咆哮，彷彿連鎖效應般，那些原本還算安分的魔像也失去了冷靜，舉起武器攻擊人類。「這厄密斯下的令是不是？他想把墓穴裡的所有人殺死！」

此刻在他身邊的有自家隊友加克，以及泰歐斯小隊和伊登艾。當一尊揮舞著斧頭的藍紋石像朝他們衝過來時，加克率先跨步一躍，一個迴旋踢把斧頭踢得偏向一邊，接著一劍砍在魔像的心臟魔紋邊緣，斬斷了部分紋路。

魔紋受損的魔像登時失去平衡，搖搖晃晃地倒在地上，然而加克也一個重心不穩，單膝跪地。

穆恩一看就知道不對，他連忙跑到加克身旁，把魔像騎士攙扶起來。「怎麼了？」

加克扶著額頭處，嗓音顯得迷惑又痛苦：「有個力量……在試圖修改我的指令……」

穆恩焦躁地追問：「什麼指令？」

「驅逐所有入侵者。」腦內瘋狂迴盪著這個指令，加克感覺天旋地轉，得一手放在穆恩肩上才能站穩。「誰也不准過來，驅逐……驅逐……」

放在穆恩肩膀上的手逐漸收攏手指，緊緊掐住穆恩，加克的聲音慢慢失去抑揚頓挫，失了魂似的喃喃重複同一句話。

「媽的你給我振作一點！」穆恩用力地一巴掌搧在加克堅實的頭盔上，氣憤難當地罵：「還想不想救那傢伙還有這個國家了？不要這麼輕易就被影響！」

這個舉動有效地拉回加克的神智，加克立刻鬆開穆恩的肩膀。「抱歉，一時大意了。謝謝你提醒我。」

穆恩哼了一聲，看他這副樣子，加克內心卻感到十分欣慰。

「喂，這裡的魔像是、是不是有點太強了……」泰歐斯望著那些刀槍不入的魔像，嚇得有些腿軟。「我看我們還是採取別的計——」

「沒有別的計畫！」穆恩氣急敗壞地否決。「我們只能深入墓穴，把所有薩滿統統挖出來！」

「什麼？薩滿？」當伊登艾小聲地說出這句話時，穆恩還以為對方是在跟他說話，當他瞄向那個不合群魔紋師頭頭後，卻差點沒爆粗口。

只見伊登艾抱著亞倫撿到的鬼娃娃人偶，他的面具幾乎與人偶的小臉貼在一起，嘴裡不斷喃喃自語。

「你們魔紋師都會養小鬼是不是？那不是亞倫撿到的娃娃嗎？」穆恩崩潰了，怎麼這個人偶就是陰魂不散！

伊登艾豎起食指示意穆恩安靜，他聽了一會，把人偶粗魯地塞回布袋裡，悶悶不樂地說：「有個帶著強烈執念死去的亡魂正在影響所有魔像，那名亡魂生前是位強大的薩滿，且屍身尚未完全毀壞，所以縱使我們解除了魔法師厄密斯的指令，那名亡魂仍會不斷地試圖重新修改魔像的指令。她的指令比那個滅國魔法師更加狂暴，只要是長得像人的一率驅逐。」

「不是厄密斯幹的嗎？」

「不是。本來只要不去接近那名亡魂就不會有事，顯然是有人打擾到她了，她才發了瘋似的要把所有人都趕出去，這些是當地居民告訴我的。」伊登艾瞄了眼不知何時從布袋裡伸出的小手。「可信度很高。」

「那名亡魂絕對是公爵夫人，她生前正是能修改魔像指令的優秀薩滿。」加克一口咬定。「我們必須把打擾她安眠的人抓出來。」

「那是之後的事，我們得先把墓穴裡的人全部救出去。」穆恩嚴肅地否決加克的提議，他內心謹記著亞倫的交代。穆恩相信亞倫會想辦法處理公爵夫人，他們的任務是援救困在墓穴中的人。

「沒錯，救人要緊！」茉莉用力點點頭，她高舉法杖，水晶球綻放的白光照亮了整條通道。

「阿泰，我們走！」蜜安一把抓住泰歐斯的手臂，豪氣萬分地拖著隊長向前，只有穆恩他們看見泰歐斯投來了求救的眼神。

他們理所當然地無視了他，在伊登艾的引路下，一行人往羅格城魔紋師的大本營奔去，一路上還聽見好幾個求救聲。

「救命啊！」一具石造棺材在他們經過時傳出淒厲的叫喊，旁邊有好幾名人偶魔像正試圖扒開棺蓋。

一看見居然有這麼小的魔像，泰歐斯頓時充滿了勇氣，他拔出長劍，炙熱的火光轉瞬包覆整個劍身，助他一劍掃開那些人偶。

「邪惡的魔像，納命來！」當他兇狠地喊出這句話時，他的兩位隊友仰慕地發出小小聲的歡呼。

「果然是阿泰！太厲害了，一劍打飛好幾個魔像！」

「我們阿泰果然是最強的！」

如果伊登艾有摘下面具，所有人就會見到他鄙視到不行的表情，可惜他沒有。大家只見到他默默地撬開石棺，把他的魔紋師同伴拉出來。

那位魔紋師哭哭啼啼地抱住自家首領。「伊登艾噢嗚嗚嗚還好你來了！我差點就掛了！」

伊登艾僵硬地站在原地，他艱難地把同伴拉開，什麼也沒說便繼續走自己的，他的同伴則揪著他的魔紋斗篷，畏畏縮縮地躲在他身後。

「阿泰果然跟這些只會撿功勞的魔紋師不一樣。」眼看獲救的魔紋師瞧都沒瞧泰歐斯一眼，蜜安氣呼呼地走在隊伍後方為隊長打抱不平。

「別這樣，人家只是嚇到了。」泰歐斯心中雖然也這麼想，還是裝出好心的樣子為對方緩頰。

「怎麼可能，我們阿泰──」

「嗚啊啊啊又有一尊魔像！」被救出來的魔紋師再度尖叫，並哭著抽出畫滿魔紋的匕首使勁朝前方冒出的石造魔像扔去。匕首準確地插進石像的心臟魔紋，魔像發出淒厲的慘叫，以心臟魔紋為中心化為千萬碎片散落在地。

一行人驚呆了，由於某人的關係，他們早已對魔紋師產生了柔弱的刻板印象，驀地目睹這震撼的一幕都有些反應不過來。

「你做什麼？這可是前人留下來的珍貴魔像。」伊登艾惱怒地斥責。

「嗚嗚抱歉！剛剛太害怕了，一時忍不住！」魔紋師惶恐不已地抱頭哀鳴。

穆恩用手肘撞了一下加克的手臂，悄聲詢問魔像騎士：「喂，這群人是不是也是快變成怪物的危險分子？」

「是他們的魔紋武器太強了，那把魔紋匕首附加了力之魔紋。」

聽完加克的回答，穆恩莫名有種心酸的感覺。他跟一個魔紋師組隊這麼久，怎麼從沒有這種好康武器可用？

「嗯？」忽然，伊登艾感覺自己踢到了一個東西，低頭一瞧，是一根點燃的蠟燭被他踢倒了。他皺起眉頭蹲下身查看，蠟燭不但沒插在燭臺上，還放在這種地方，他們哥雷姆人才不會在通道的地上放蠟燭，萬一不小心燒到其他人的魔紋斗篷就不好了。

「喂，走了。」穆恩不耐煩的催促聲從前方傳來。

伊登艾頭也不抬，手指仔細地拂過蠟燭旁的粉筆痕跡，心不在焉地說：「你們先走。」

「伊登艾！你在說什麼啊？據點裡還有許多受困的民眾跟魔紋師等著你呢！」他的魔紋師同伴大驚失色，連忙想把他從地上拉起，卻被伊登艾拍開了手。

「你幫他們帶路，我等等過去。」伊登艾不顧其他人錯愕的表情，腳步輕盈地往另一條通道走去。

「不會死吧你？」穆恩已經習慣魔紋師難以理解的行為模式了，他相信這些人做事自有一套邏輯，但想到亞倫最掛心伊登艾的安危，他又覺得如果任由對方走掉，會無法對亞倫交代。

「才不會。」伊登艾不滿地回應。「這裡我熟得很，只是去清理一下環境而已，怎麼可能會死。」

聞言，穆恩稍微放下心，於是他點點頭，一把抓住另一個魔紋師的手臂，無視對方的大呼小叫把人拖走了。

在他們離開後，伊登艾垂下眼簾邁開步伐，拐了幾個彎，果不其然又發現另一根蠟燭。

與亞倫不同，伊登艾的方向感非常好，長年在迷宮般複雜的地下墓穴裡生活，伊登艾對能夠通行的路徑十分熟悉，尤其是自家據點附近，他閉著眼睛都能走。

到後來，他還眞的閉上雙眼，隨著發現的蠟燭越來越多，伊登艾逐漸在心中勾勒出一個巨大的魔法陣，每根蠟燭都代表著一個點。法陣的基本架構大同小異，因此他很快就推測出陣眼落在哪裡。

他們魔紋師的據點就位在這個法陣裡，只要成功發動法陣，就能對他們的據點施展極大範圍的法術。

區區一隻老鼠竟敢在他的地盤畫法陣，簡直不想活了。

伊登艾來到魔法陣的陣眼所在處，雖然沒見到任何人，但他知道對方遲早會來，所以他取下自己的十字弓，靜默地站在原地，等著捕捉老鼠。

當始作俑者終於把所有蠟燭點燃，來到陣眼準備發動魔法時，卻發現伊登艾站在那裡，頓時整個人傻住了。

「你誰啊？」布陣者正是凱里，他爲了配合雷吉諾的計畫而畫了一個法陣，打算逼魔紋師們就範。不是他自誇，這種巨大的魔法陣只有優秀的魔法師才有辦法駕馭，但這會有個像魔紋師的傢伙不偏不倚站在陣眼中央，怎麼看都不像巧合。

伊登艾不發一語，只是一個勁地盯著他，讓凱里有種毛骨悚然的感覺，不過他很快想到了亞倫。在他看來，亞倫就是個手無縛雞之力的傢伙，沒了魔像什麼都不是，魔紋師八成全是這副德性。

於是，他擺出惡狠狠的表情高聲說：「別逼我出手，給我從那地方滾開！」

伊登艾不為所動，凱里以為對方被嚇到了，得意地高舉法杖打算再說個幾句，但下一秒，伊登艾毫不猶豫地迅速舉起十字弓，什麼話都沒說便射出箭矢，箭矢以凌厲的速度插進了凱里的大腿。

劇烈的疼痛襲來，凱里身邊向來都是強大的隊友，哪曾受過這種傷害？他慘叫出聲，摀著腿跌坐在地，當看到手上跟大腿上全都是血時，他更是叫得比報喪女妖還淒厲。

「吵死了。」伊登艾不高興地要他閉嘴。「在這裡大呼小叫的會引來亡靈。」

「你對我做了什麼！你竟敢！我要殺了你！啊啊啊！」凱里崩潰地痛哭著將法杖舉向伊登艾，還來不及說什麼，法杖就被伊登艾奪走。魔紋師首領收拾老鼠毫不客氣，他用法杖將凱里壓在地上，接著一腳踩在對方大腿處的箭矢上。

「再叫我就殺了你。」伊登艾摀著額頭，不高興地警告，他被這叫聲搞得頭很痛。

凱里的音量果然減弱了許多，但還是哭哭啼啼地發出微弱的抗議：「你這混蛋……我……我只是說別逼我出手……你居然就直接動手……簡直不是人……」

面對凱里的指控，伊登艾十分納悶。「你都這樣說了，我不先出手難道要等著被你攻擊？」

「是魔紋師就給我使喚魔像啊！當什麼弓手啊你！啊啊啊！」

伊登艾鬱悶到無言以對。他也不是刻意要用十字弓，只是出門前隨手抓了件武器而已，事實上他還射歪了，他本來是想射凱里持杖的手。

要解釋的部分太多了，他反而不知該怎麼說，只好語氣生硬地問：「你想做什麼？」

「這句話是我要問你的才對吧！你怎麼會發現這裡！區區一個魔紋師也能發現這個魔

法陣的陣眼！」

「很難找嗎？」伊登艾覺得這個少年實在莫名其妙，怎麼一個出來當冒險者的人這麼容易大驚小怪。「你的手法相當粗糙，陣形又不複雜，而且動作很慢，我都在這等你一段時間了。我很忙，特地抽空來抓你，你還拖了這麼久。」

凱里聽得目瞪口呆。

從小到大，他的表現哪一次不是名列前茅，接收到的掌聲與誇讚不計其數，可如今不只亞倫說他是三流魔法師，連這個魔紋師都嗆他手法粗糙，簡直一個比一個目中無人。想到此處，凱里什麼痛苦全拋到腦後了，他勃然大怒地抓住法杖，使盡全力拉扯，伊登艾想不到他還有這麼大的力氣，一時沒站穩被拉了過去。

「誰手法粗糙啊！你們這些哥雷姆魔紋師只能慘兮兮地待在陰暗的地底求生存，哪比得上我這個魔法學院的畢業代表！我當年可是第一名畢業！第一名！你有嗎你！」凱里憤恨地抓住伊登艾的面具。「連臉都不敢露出來的傢伙有什麼資格說我！你這井底之蛙！」

砰一聲，伊登艾的面具猛然被扯落，這不僅讓魔紋師僵在原地，凱里也愣了。

他萬萬沒料到，藏在面具下的竟是一張相當年輕的臉孔，對方年紀似乎比他還小，看起來不超過十五歲，一副稚氣未脫的樣子，那張清俊的臉正陰沉地瞪著他。

「很驚訝嗎？就是這樣我才從不拿下面具。」伊登艾不高興地把凱里甩到一旁，重新把面具撿起戴好。「第一名有這麼值得驕傲？這種東西隨便就能得到，至少在羅格城，我沒做什麼就成爲了這裡的首席魔紋師。」

「……伊登艾？」聽到首席這個詞，凱里立刻反應過來。他難以相信這名青澀的少年便是羅格城人人崇拜的首席魔紋師。

伊登艾不予理會，臭著臉掏出麻繩試圖把凱里綁起來，但凱里不僅死命反抗還對他大聲叫罵，令他心情更差了。此時，他的眼角餘光瞄到一本內容密密麻麻的咒語書，似乎是剛剛凱里掙扎時遺落的。

「你幹什麼！那是我的咒語書，把它還給我！」

伊登艾將書撿起來，對凱里的叫囂充耳不聞。上頭全是他從未看過的咒語，而畢竟是隨身攜帶的書籍，上頭記載了許多挺實用的咒語。

他打量了下手裡的法杖，又瞧了瞧咒語筆記，最後將法杖對準凱里。

「你幹什麼？區區一個魔紋師還敢用我的法杖？好大的膽子——」凱里火冒三丈地吼到一半，伊登艾直接現學現賣，唸出了麻痺術的咒語。法杖頂端的水晶球發出一陣刺眼的亮光，當光芒退去，凱里已經用驚恐瞪大雙眼的模樣倒在了地上，動彈不得。

伊登艾滿意地點點頭，耳根子總算清靜了。這咒語簡直是跨世紀的偉大發明，他決定之後要求所有羅格城的魔紋師都要學會。

他將十字弓與法杖背在後頭，一手抓住凱里的腳，一手拿著咒語書，以一貫輕盈的步伐拖著戰利品往自家據點邁進。

不多時，伊登艾便回到他在墓穴的家，他以爲會見到混亂的場景，結果場面比想像中有秩序。那兩個與亞倫組隊的騎士相當努力地在指揮眾人，不過情況依舊相當嚴峻。

與雷吉諾一夥的冒險者們形成了包圍網四散在據點各處，有些人甚至試圖硬闖，因爲失控的魔像們已經追上來了。然而魔紋師們也不是省油的燈，他們直接在門板上繪製了魔紋，有的門變成足足有千斤重，有的門一靠近就會噴火，再加上魔紋師自己也會使用武器，使得冒險者無比頭痛。

「你們不要掙扎了！這些魔像是你們自己搞出來的，識相的話就給我滾出來處理！只會龜縮在自己的據點像什麼話！」

「你還敢說！我們老大說，你們裡面有個傳說級冒險者想脅迫我們加入，所以我們才會這麼拚命地復活魔像。」

「沒錯！事實證明你們就是想脅迫我們，想否認的話就給我待在外面！」

雙方互不相讓，有的甚至已經打了起來，場面劍拔弩張，令伊登艾很是頭疼。一直以來，他們與冒險者之間都維持著微妙的和平，關係從不曾像現在這樣如此緊張。

可是他隨即發現，雖然場面看似岌岌可危，但每個出入口都有魔紋師據守，一人負責擊退入侵者，一人負責補強魔紋，還有一些魔紋師負責機動性地支援戰況較緊繃的入口。於是，戰鬥經驗豐富的冒險者們竟屈居劣勢，一個也攻不進來。

伊登艾很快明白了原因——那個魔像騎士。

作為最強戰力的加克並沒有親上前線，而是站在據點中心，指揮著所有魔紋師與避難的民眾。他不浪費任何人力，根據個人能力將大家分為了後勤組、機動組跟前線組，所有人在指揮之下像軍人一般嚴謹地行動。

穆恩也沒閒著，他站在聚集最多強大冒險者的入口，與率領那些冒險者的雷吉諾對峙。

穆恩並不意外沒在雷吉諾身邊看到亞倫，他直覺認為魔像失控的原因跟亞倫有關，而他要做的就是利用這點擊倒這個男人。

「喲，終於見面了。」穆恩一手插在腰間，一手持著長劍，嘴角揚起危險的微笑。「在墓穴玩得開心嗎？怎麼這段時間都不見你來地面上透透氣？心虛嗎？」

「我聽不懂你在說什麼。」雷吉諾平靜地回應。

「你當然不心虛了，你連殺小孩都沒在猶豫，怎麼可能心虛。」穆恩打量了下周遭，毫不客氣地嘲諷：「我看你是被困在這裡了對不對？有沒有後悔自己太早下殺手？雷吉諾。」

雷吉諾沒回話。

如穆恩所說，他們確實被困在墓穴裡了。

那一天，亞倫跳進水井裡後，他們也沒法再做些什麼，誰都不想下去一探究竟，最後只能把水井封死，期望對方已死去。

從那之後開始，他們在墓穴裡不管做什麼都不順利，無論走到哪，雷吉諾都感覺有人盯著他。且每晚睡覺時，他都會夢見那個曾被亞倫抱在手上的少女人偶抓住他的腿，哭著問他王子殿下在哪裡。

偏偏祭司被亞倫放走了，他們隊上沒有任何能對付亡靈的職業，根本無可奈何。地圖不再管用，即使他們在每條經過的岔路都做了記號，過沒多久還是會走回原地。

那個亡靈十分難纏，死都不在他們面前現身，不是把他們關進密室，就是讓他們無限鬼打牆，爲的就是要一個答案。他們一開始回答王子在城堡裡，但人偶壓根不接受，最後他們不得不推測人偶口中的王子就是指亞倫，於是只好表示對方投井自殺了。

結果人偶的反應出乎他們的預料，雷吉諾本以爲這下亡靈總該願意現身了，人偶卻哭著說不在井裡。就在差不多的時間點，墓穴裡的魔像們突然莫名其妙復活，羅格城的魔紋師們也知曉了他的目標是伊登艾。

至此他們才終於驚覺，亞倫很可能並沒有死。

在那個情況下投入水井毫無生還的可能，他們還在水井旁等了一段時間，確認亞倫沒動靜才離去。

可如今種種跡象都顯示亞倫恐怕還活著，再加上人偶口口聲聲喊亞倫王子，這讓他們不得不懷疑，亞倫難道眞的就是分明早該死去的哥雷姆王子。

若眞是這樣……那麼那傢伙肯定已經不是人類了。

然而他們不曉得死裡逃生的亞倫跑去哪了，又怎麼可能回答人偶的問題？於是，爲了從險惡的無盡迷宮逃出，他們只能集結起同樣困在墓穴裡的冒險者們，並將希望放在當地的魔紋師身上。

「亞倫在哪裡，穆恩？」雷吉諾也對亞倫的失蹤感到十分焦慮。「他到底是什麼東西？」

「亞倫在哪裡？我才想問你他在哪裡！這你不是應該最清楚嗎？」穆恩雙眼一瞇，幾近憤恨地回答。「我也想知道他在哪裡啊！要是我知道早帶他過來了，哪用得著大費周章地守住這裡！」

穆恩環顧在場的冒險者們，雖然有點訝異沒見到妮蒂亞跟凱里，但他相信據點不會被攻破。他指著雷吉諾，以宏亮的聲音對所有人說：「你們想清楚要站在誰那邊啊？這傢伙可是心狠手辣的傭兵，爲了達到目的不僅把泰歐斯揍了一頓，連我的隊友也被他痛下殺手！你們以為他真的會帶領你們逃出去？別傻了。」

「說得好像你就能帶他們逃出去。」雷吉諾反擊。「所有人都知道你是個背棄誓言的騎士，最愛幹些偷拐搶騙的勾當。我跟你不同，我只會跟強者建立互信的合作，你曾經待在我的隊伍一段時間，在那段期間我有過欺瞞你的行為嗎？」

穆恩一時沒能駁斥。

「沒有，對吧？純粹是你跟不上我的腳步，也不肯為你自己犯下的錯負責。我們之所以分道揚鑣，全是因為你太過軟弱。」雷吉諾冷笑著說。「這樣的你有什麼資格說服他們信任你？跟著我活命機率當然高一點。是你們要服從我們才對，我已經命令凱里對這個據點施加一個大型魔法，若你們不肯投降，我就把裡面變成人間煉獄。」

「你說他嗎？」伊登艾忽然從穆恩身後出聲。他一手持著咒語書，一手抓著一個表情凝滯在驚懼模樣的魔法師，語氣稀鬆平常得宛如剛好路過，見狀，饒是雷吉諾也說不出話了。

他瞪著大腿插著一支箭的凱里，有些難以想像這個不可一世的少年魔法師怎會落得這種地步。

「就算你們阻止了凱里又如何？只要我們攻進去，你們就會為了活命不得不逃出來，到時候妮蒂亞的陷阱會將你們一網打盡。」

「你說這個混蛋女人嗎！」泰歐斯氣喘吁吁地在雷吉諾後頭大吼。

眾人聞聲望去，只見泰歐斯一行人站在雷吉諾背後怒瞪著他，妮蒂亞身上有著大大小小的燒傷，癱軟地被泰歐斯攔腰抱在手中，而泰歐斯本人也渾身全是傷口，顯得異常狼狽。儘管如此，他仍手持炎劍站得筆直，以厲鬼般的凶惡眼神瞪著雷吉諾。「敢動我的夥伴，還以爲能全身而退啊你！當我們軟柿子嗎？我們的弓手一踏進入口處就發現陷阱了！」

「就是說，可別小看我們！」蜜安也是多處掛彩，她抓著大白狼保持平衡，一拐一拐地走上前跟著怒斥。原本凶猛的大白狼發出可憐的哀鳴，牠身上不但插了好幾支箭，雪白的毛也東一塊西一塊地焦掉了。牠緊緊盯著妮蒂亞，小心翼翼地走著，生怕一個閃失沒撐好兩名女子，會讓泰歐斯誤會牠圖謀不軌，一個衝動殺掉牠的主人。

茉莉沒說什麼，僅是虛弱地抓著白狼。雖然她的傷勢較輕，白袍也被燒掉了幾處，臉色慘白無比。

這下雷吉諾終於維持不住冷靜了，他神色大變，難以相信自家強悍的女獵人會被拿下。

泰歐斯的出現大大動搖了其他冒險者，與穆恩和雷吉諾不同，泰歐斯在同行間的名聲十分良好，在場眾人是第一次見到他如此憤怒地控訴其他冒險者。

「衝著那個魔紋師把我家茉莉救回來的分上，我他媽就是跟死對頭聯手也要殺了你！」

「你……」

「現在知道誰比較值得信任了吧？」穆恩打斷雷吉諾的發言，朝冒險者們喊話：「我們這裡有可以擋下魔像的據點、一群魔紋師，還有帶著祭司的冒險者小隊，隊裡的魔像騎士也沒有被薩滿影響，且我本身比在場所有人都還了解這座墓穴發生了什麼事。想要活命就跟我們合作！這是唯一的辦法，聽到沒有！」

下一刻，彷彿是爲了助他一臂之力，整座墓穴晃動了一下，接著，不同人的呼喊分別從前方和後方的入口傳來。
「魔像停止不動了！」
「太好了，各位！魔像僵住了！但他們的魔紋仍發著光，別掉以輕心！」
穆恩立刻反應過來，肯定是亞倫做了什麼，不過他知道不能僥倖地以為事情就這樣解決了。他趕緊高聲呼籲：「你們再不決定，我們就要自己先撤了啊！等等魔像如果再度發動我們可不管了！」
聞言，原先還有點猶豫的冒險者們個個都顧不上雷吉諾了，在生死關頭之際，人人都是牆頭草，更何況雷吉諾本來就是利用自身能耐說服他們，然而眼下穆恩顯然更有可能拯救大家。在他的吆喝下，冒險者們紛紛收起武器，低聲下氣地投降。
「我們錯了，拜託帶我們出去！」
「我一秒也不想待在這裡了嗚嗚，救救我們！」
「去去，進去後一律聽從我們的魔像騎士指揮，他會帶你們走！」穆恩轉身讓出一條路，在冒險者們忙不迭地衝進去時，他對裡頭的加克大喊：「加克，帶所有人撤出墓穴，交給你了！」
該怎麼做，兩人早就商量得差不多了，聽見他的話，加克二話不說，馬上命令所有人集合，以最快的速度分配隊伍準備離開。
雷吉諾無視蜂擁上前的冒險者們，他佇立在原地，目光如炬地盯著也站在原地的穆恩。
「待在這做什麼？你不打算走嗎？」泰歐斯趕忙帶著隊友們越過穆恩身邊時，吃驚地問了一句。

「你們走，我跟這傢伙有帳要算。」穆恩揮了揮手。

泰歐斯看看毫髮無傷的雷吉諾，又看了看打算孤軍奮戰的穆恩，掙扎地考慮了一會，最後咬牙喊了穆恩的名字，在對方看過來時將自己的劍拋了過去。

「光憑你是打不贏他的！」見穆恩一臉錯愕，泰歐斯不太甘願地指了指自己的劍。「用這把劍比較有勝算。善用周圍的地形還有這把劍吧，我剛剛就是靠著燒墓穴裡的荊棘，好不容易才打敗那個女獵人！」

他的兩位隊友並未反對他的決定，此刻三人皆已筋疲力盡，就算留著這把劍，也沒有那個魔力發揮它的力量。

穆恩本想拒絕，可想到墓穴深處的亞倫，與尚未被火化的公爵夫人屍首，他又把話吞了回去。他隨口應了一聲，重新看向雷吉諾。

雷吉諾挑著眉，表情像是在重新審視他一般。

「眞是意外，向來不喜歡跟人合作的你居然會玩這一手。」即使夥伴都被拿下，雷吉諾仍不顯退縮。「你想向我復仇，對吧？不過你錯了，如果我是你，一定會選擇讓那個魔像留下來。」

「你也太看得起自己了，對付你根本用不著我們的最強騎士出馬。守護人民是他的責任，而我的責任是處理你這種敗類。今天就來做個了斷吧。」穆恩緩緩舉起劍，嘴角上揚，眼裡卻絲毫沒有笑意。

第九章

在失控的魔像們暫停行動的稍早之前，亞倫與厄密斯仍待在夏綠蒂的夢境裡，亞倫說了許多安撫的話，但都沒辦法令公爵夫人平靜下來。

整座墓穴就是公爵夫人爲自己打造的囚籠，若沒有厄密斯干涉，這裡本該也是塊無人能闖入的禁地。

他的老師爲了不被利用，都決心做到這樣的地步了，想到這裡，亞倫明白自己該怎麼做了。

他伸出雙手，將自己的恩師輕輕擁入懷裡。

「老師，您別哭，不然我陪您留下來吧。」

此話一出，狂風暴雨驟然停止，整個世界瞬間安靜無聲。

娜塔莉睜大雙眼，不僅是她，後方的厄密斯也錯愕地看著亞倫。

「我跟您一起待在這裡，要是眞有人想對您不利，我會保護您。」亞倫知道，對即將變成怪物的自己而言，這麼做才是最好的選擇，更何況也有人盯上了他。「我們一起待在這裡，好嗎？」

兩種聲音在他的內心拉扯，身爲王子的亞爾戴倫肯定了他的行爲，而身爲冒險者的亞倫不斷要他收回這番言論。

可是他的老師都把自己封在棺材裡了，作爲一個會毀滅世界的怪物，他更沒有不封印自己的理由。

他感覺到娜塔莉的身子顫抖起來，接著雙手環抱住他，無聲地啜泣。

「不……我不會讓你待在這裡。你父王花了十幾年的時間尋找厄密斯，就是爲了要他別帶走你。我若是把你留在這，你父王會很傷心的。」

「老師……」亞倫頓了頓，他猶豫了一會，最後小聲回應：「老師，可是我把厄密斯帶來了。」

娜塔莉的目光猛然轉到表情複雜的魔法師身上。

「老師，他不是壞人。」亞倫生怕娜塔莉又情緒失控，趕緊解釋：「厄密斯是爲了跟我一起探索眞相才來的。哥雷姆國發生了很嚴重的問題，我們必須一起找出解決的辦法。」

娜塔莉沉默地與厄密斯四目相望，最後遺憾地搖搖頭。「解決不了的，他太溫柔了。唯一的辦法只有殺死所有哥雷姆人。」

亞倫沒想到公爵夫人會說出如此殘酷的話，正當他愣在那裡時，厄密斯出聲了。

「妳說的沒錯，殺死這個國家的人就能解決問題，這是最快的辦法。」厄密斯語重心長。「不過現在還有時間，哥雷姆人全都被我困在國境內，只要我們在另一個強大的魔花怪誕生前，找到阻止哥雷姆人變成怪物的方法，就還有希望。爲此我們需要妳提供資訊，試圖對妳不利的人究竟是誰？」

公爵夫人顯然有些掙扎，然而當她注意到亞倫擔憂的神情時，似乎領悟了什麼，眉頭逐漸舒展開來。她闔上雙眼，深吸一口氣。

當她再度睜開眼時，目光已變得堅定。「我明白了……我這就告訴你們。」

這瞬間，一陣強風吹散了混沌的世界，羅格城的街道清晰地出現在他們眼前。

「我的家族是魔紋師世家，且代代都會出現一位薩滿。我是歷代以來能力最強的薩滿，而我的第一任丈夫也是個薩滿，但他只能聽見部分魔像的聲音，為了強化自身能力，他試圖吸乾我的血，結果以謀殺未遂的罪名被關入大牢……」

這個事件亞倫在陪葬的黃紋魔像的夢境中看過，只是後續發展卻出乎他的預料。

「後來，他在牢中因過度虛弱而亡。」娜塔莉忐忑不安地說。「據說是精神失常導致不願進食，身體日漸消瘦，最後染病而死。那時我沒有多想，畢竟那個人真的變了一個人。之後，我踏入城堡與第二任丈夫結婚，可是……」

夫人的淚水在眼眶裡打轉，亞倫輕撫著老師的背，柔聲安撫：「老師，您不用說沒關係，我們知道。」

娜塔莉與第二任丈夫結婚後流產了，在那之後，公爵夫人鬱鬱寡歡了好幾年。

「不，我必須說。亞倫，我懷疑那個跟我無緣的孩子患了跟你一樣的病。你出生時不是很虛弱嗎？我的孩子也是。」夫人摀著臉，聲淚俱下地訴說內心最深的傷痛。「那孩子骨瘦如柴，醫生說她嚴重缺乏生命力與魔力……我完全不曉得是怎麼回事，我懷她時一直很注意飲食，怎麼會讓那孩子缺乏營養呢？」

亞倫與厄密斯面面相覷。見厄密斯點點頭，亞倫便明白自己當初也是相似的情況。不過他比娜塔莉的孩子幸運一點，至少努力活到被生下來。

夫人嚥了口唾液，艱難地緩緩說：「因為打擊太大再加上流產的關係，我虛弱到差點死去。但是我丈夫在那時……餵了自己的血給我。爲了讓我活下來，他貢獻了自己的鮮血與魔力，使我重獲新生。」

亞倫驚呆了，他以爲他的老師是天生基因強大，所以才上了年紀依舊年輕貌美，想不到娜塔莉竟喝過人血！更令人訝異的是，娜塔莉並未因此失去理智。

「然後呢？您……您沒有……」他猶豫著沒把話說完。

「等我逐漸恢復意識時，我的丈夫已經變得相當虛弱，幾年後他偶然染上小病，卻因抵抗力太差而沒幾天就去世了。臨死前他向我坦承，當初會給我喝血是魔花鎭的學者出的主意。都是他們……都是他們的錯！就這樣讓我死了不就好了！」

此時，夏綠蒂走到她身旁拉了拉她的裙襬，原先又瀕臨崩潰的夫人立刻把人偶抱起來。她將夏綠蒂緊緊擁在懷中，情緒稍微冷靜了下來。

「妳沒有失去理智？妳可是喝了一個人的血！」厄密斯焦躁地問。「一旦打破這個禁忌，直到本能被滿足前都無法停下！妳是怎麼恢復理智的？」

「我不知道，意識斷斷續續的……雖然我渴望更多鮮血，可是見到我丈夫虛弱的樣子，我就做不到。」夫人痛苦地說。「我並沒有完全戒斷，每當缺乏魔力時，我就會忍不住攝取一些鮮血。」

「等等，所以老師您……您一直有在喝血？」亞倫不敢置信。謠傳公爵夫人是靠著特殊方法保持年輕的外貌，他始終認爲是無稽之談，結果居然是事實。

「對不起，但我眞的忍不住！我每次只攝取一點點而已，大多時候都不是人血！」娜塔莉像個做錯事的孩子，哭著懺悔。「那時公爵向我求婚，我拒絕了他並告訴他這件事，我是個怪物，不配再與任何人結爲連理的怪物。縱使如此，他依然接納我，並向我保證他會找到解決的辦法……」

「可是他失敗了。」亞倫低聲接口，他也知道這個故事的結局。某天晚宴過後，公爵不幸從窗戶墜樓而亡，當下沒有任何目擊者，再加上公爵是一個人待在被魔像嚴密看守的房間裡，所以眾人普遍認爲公爵是喝多了，才不小心墜樓。「他是被殺死的，對不對？」

「我也是這樣想，不過我沒有證據……」

看著夫人無助的模樣，亞倫也忐忑不安起來。娜塔莉的前兩任丈夫都跟魔花鎮有過接觸，因此公爵肯定會仔細調查魔花鎮的學者們，或許就是太過深入探究，才發生憾事。

「我對魔花怪的了解主要是從公爵大人那裡得知的……我們正在蛻變成一個全新的物種，而厄密斯恐怕是那些人追求的終極型態。」公爵夫人望了厄密斯一眼，神色凝重地對亞倫表示：「變成這副模樣需要代價，因爲魔花怪的強度是靠著堆積屍體提升的，亞倫。在蛻變的過程中，我們很可能會像我的第一任丈夫一樣失去理智，於是我才把自己關起來。若不躲起來，我多半會成爲實驗品。」

亞倫難以想像怎麼有人敢把位高權重的娜塔莉當成實驗品，然而他想到了那個突然出現並誘惑他喝血的神祕人士。

恐怕他也早就被當成了實驗目標，只是他自己沒發現而已。看樣子他們之後必須前往魔花鎮調查，可這具身體已經不能再用普通方法補充魔力了，即使他的老師喝過人血後仍保持著理智，他也不能輕易嘗試。

畢竟如果失敗，代價可是整個哥雷姆國，想到這點他就害怕，他絕不允許哥雷姆國再發生憾事。

此刻，他的腦海浮現那隻與他相攜的手。

亞倫突然領悟，穆恩的命運其實也跟這個國家息息相關。就算穆恩沒有與他相遇，這名騎士還是會踏入哥雷姆國，解救這個被怪物占據的國家，令哥雷姆國重獲新生。

於是，他更加明白了自己接下來該怎麼做。

見到亞倫的神情，夫人的臉色和緩下來，她的手輕輕放到亞倫肩上，柔聲說道：「我能告訴你們的只有這些了。在你們離開時，請將我徹底殺死吧。只有我完全在這世間消失，那些人才拿我沒轍。這是我唯一的心願……拜託了。」

注視著娜塔莉堅決的模樣，亞倫深知自己無法阻止。想到又有一個親密的人將離他而去，他胸口宛如被揪住了一般，只能緊緊抱住他的老師緩解這份痛苦。

娜塔莉也緊抱住他，在他耳邊氣若游絲地低語：「亞倫，對不起……我隱隱知道哥雷姆國後來發生了什麼事，可是我實在太害怕了，只能待在這裡……」

「沒關係的，老師。我才要向您說對不起，讓您獨自等待這麼久。」說完，亞倫猶豫了一會，壓低音量：「我最後還有一個請求，可以嗎？」

「當然可以，你說吧。」

亞倫嘴角微微上揚，說出了自己的請求。

隨後，整個世界逐漸被白光籠罩，娜塔莉鬆開手，露出釋懷的笑。

「亞倫，我相信你，照你心裡所想的去做吧。」夫人對他揮手道別，慢慢消散在白色的光芒之中。

當亞倫再度睜開雙眼時，他與厄密斯已然回到了現實。

「看樣子要去魔花鎮了。該死，早該調查那裡……」厄密斯低聲碎念著，眉頭越蹙越緊。他的目光移到哥雷姆王子身上，嚴肅地開口：「亞倫，事不宜遲，我們立刻前往——」

話還未說完，厄密斯硬生生停了下來。

只見剛甦醒過來的魔像夏綠蒂以銳利的鐮刀直指著他。

「這是做什麼？」察覺情況不對，他的語氣轉爲警戒。「不要做沒有意義的事，你鬥不過我。」

「眞的嗎？」亞倫偏頭看他，露出有些悲傷的微笑。「厄密斯，你的狀態其實只比我好一點而已，對吧？」

「……」

「當年你花了那麼多魔力封鎖這個國家，在那之後也沒聽說你有其他作爲。如果我沒猜錯……」當他停頓下來時，厄密斯微微蜷起手指，身子越發僵硬。

亞倫深吸一口氣，斬釘截鐵地說：「這百年來，你跟我一樣在沉睡，對吧？不去喝血，就只能睡上超乎常理的時間來補充自己的魔力。你跟我一樣處於魔力不夠用的窘境，不可能像當年一樣強悍了。」

「我就算魔力不夠，也比你強。不要挑戰我，亞倫。」

聽了厄密斯的威脅，亞倫豁出去了。他對著夏綠蒂喝令：「攔住他！」

這一喊，不僅是夏綠蒂，所有待在大廳的藍紋魔像全都動了起來，高大的石巨人紛紛舉起斧頭，毫不留情地砍向厄密斯。此刻娜塔莉的魔像們全都站在亞倫這邊，在公爵夫人的協助下，厄密斯要掌控這些魔像十分困難。

厄密斯連忙後退幾步，無數荊棘竄土而出纏住了石像們，儘管如此，還有一個棘手的人偶擋在他身前，轉眼便以鐮刀輕易斬斷荊棘。然而當夏綠蒂俐落地轉了個身，要將鐮刀揮向厄密斯時，艾爾艾特跳了出來，用短刀擋下這擊。

他落在厄密斯身前，跟厄密斯一樣不敢置信地盯著亞倫。

「亞倫！」厄密斯的嗓音罕見地帶著些許慌亂。「我這是在救你！不要再想著回去，穆恩跟加克不會對身為怪物的你手下留情！難道你要眼睜睜看著心愛的祖國被那個暴君奪走？即使你不變成怪物，穆恩一樣會毀了你的國家！」

「不，他不會。」亞倫堅定地反駁。他不斷想著穆恩的身影，強烈地希望能見到穆恩。「我了解他，我知道該怎麼改變他！這一次他絕不會變成你說的那樣！」

位在他腳下的石磚出現裂痕，整個地面跟著震動起來，亞倫看見厄密斯神情崩潰，也聽見了艾爾艾特的聲音。小木偶哭著求他留下，顯然不懂得知眞相後，亞倫爲何還想回到那兩人身邊。

亞倫閉上雙眼，說了句「對不起」，隨後跟著徹底瓦解的石磚一同跌入無盡的黑洞。

「倘若拯救國家失敗，我就跟你走。而倘若成功拯救了這個國家，你就陪我留下來。你願意跟我約定嗎？」

黑暗中，亞倫想起自己說過的話。穆恩當時的應允對他而言意義有多重大，穆恩想必是不會知道的。

在亞倫成年之前，他的世界閃閃發亮，前程似錦。他擁有愛他的家人與人民，而前方的路父王早就爲他鋪好，他只要順著父王的意思，就能獲得光輝燦爛的未來。

然而這一切全在成年的那天變調了，他失去了一切。一覺醒來，所有他認識的人都不在了，熟悉的魔像也全都消失。

他被丟在陌生的世界裡，再也看不見未來。身爲哥雷姆王子的他明白，自己必須奪回這個國家，儘管他只是一個正要學著成熟的青年，連如何對自己負責都還未學會，整個國家的責任就落到了他身上。

人生被毀得一塌糊塗，他甚至失去了身爲王子的光環，幾乎不再有人認得他。

有時亞倫會心想，王子應該由那些更有能力的人來擔當。

他脆弱又膽小，既不敢面對亡國的殘酷現實，也不敢戴上那枚沉重的王戒。

但是穆恩始終陪伴著他，還在旅途中帶他認識許多好玩而新鮮的事物。在穆恩身邊時，他感覺自己不是哥雷姆國的王子，只是普通人亞倫。

穆恩讓他知道，無論是作爲王子還是作爲冒險者活下去，穆恩都會是他的夥伴。在這個令人無所適從的世界，他並不孤單。

他無法一肩扛起哥雷姆國，不過還有另一個人能跟他一起承擔。想到這裡，亞倫終於重新獲得了面對現實的勇氣，而這一瞬間，他也明白了穆恩的宿命爲何。這個世界絕不會像厄密斯所說的，走向悲劇。

強烈的灼燒感從四面八方襲來，亞倫睜開雙眼，本該陰暗的通道此刻燃燒著熊熊火光，遍布墓穴長廊的荊棘像一條條致命的火蛇，只要稍有閃失便會被這些炙熱的怪物毫不留情吞噬。

穆恩背對著他，正手握炎劍劈向雷吉諾。戰士明顯落於下風，防具沒保護到的皮肉有不少燒傷，且眉頭緊緊蹙著，神情十分緊繃，看起來如臨大敵。

雷吉諾率先察覺亞倫的出現，與亞倫對上目光的瞬間，他瞪大眼睛，緊握巨斧的手滯了滯，穆恩的劍隨即敲在他的武器上，讓他一個沒握穩，斧頭硬生生脫手滑落。

穆恩自然注意到了雷吉諾的反常，他敏銳地回頭望去，一時也愣住了。

亞倫雙手負在身後，沒事人似的對穆恩露出淺淺微笑。

「你有拯救我的同伴嗎？」

「……廢話，當然有！」穆恩罵了一句，架也不打了，焦急地快步朝亞倫走去。「你怎麼現在才——」

他話說到一半，亞倫便體力不支向前倒下，穆恩嚇得三步併作兩步衝上前接住。

「你到底是什麼東西！跟厄密斯一樣的怪物嗎？」雷吉諾的聲音透著不敢置信。「爲什麼一副毫髮無傷的樣子？怎麼可能！」

聽到最後一句話，穆恩神色一凜，他將長劍高舉，打算一劍射死對方，但亞倫及時按住他的手。

「他不重要。墓穴裡的居民都平安無事嗎？伊登艾呢？」

「你要問多少次？全都好好活著被我趕到地面上了行嗎！這傢伙的隊友也早被我們解

決了，就差他，目前這裡除了我跟這個廢物以外，沒有其他人類了！居民們現在好好被加克保護著，冒險者們也都跟他們站在同一陣線，不可能有人傷害他們。」

聽完，亞倫終於安心了。他的眼皮逐漸沉重，卻立刻被穆恩搖醒。

「你別閉眼！他媽的我都爲了你做了一大堆我不可能會做的事，你想守護的哥雷姆國我也拚了命幫你守護，你是怎麼回報我的？不准給我睡！」穆恩一秒都等不了了，他明白周遭炙熱的火焰在消耗亞倫的魔力，所以顧不得雷吉諾還在後頭，他手忙腳亂地將炎劍入鞘，一把抱起亞倫逃離。

雷吉諾打算追上去，但才踏出幾步，前方轉角便冒出一尊石魔像擋住他的去路，他只能咬牙切齒地目送兩人離去。

「你聽我說……」亞倫強撐著意識努力開口。他方才使用了瞬間移動，一舉消耗了大量魔力，他不太確定這次睡著後會睡多久。「去魔花鎮……魔花鎮的人早就知道……變成怪物的方法……」

穆恩回到魔紋師的據點，他焦急地尋找有水的地方，偏偏就是找不到。「這些事你等恢復魔力後再跟我說！」

亞倫使勁捏了下自己的手臂，勉強振作起來。「別找了，我有話要跟你說。」

亞倫神情疲憊卻堅決，穆恩整個人僵在原處，只能慢慢把亞倫放在地上。

「厄密斯跟我說了，我……如果變成怪物，會強大到……足以毀滅世界……」亞倫緊抓著穆恩的手臂，頭一點一點的，彷彿下一秒就會昏睡過去。「所以讓我睡吧……這麼做可以……爭取很多時間救哥雷姆國……你趁這段期間，跟其他人去魔花鎮……找眞相……如果……還是沒有解決辦法……你一定要殺死我……」

亞倫相信穆恩做得到，否則厄密斯不會如此忌憚他。

儘管這麼做，哥雷姆國的問題依然沒得到解決，但至少能解除最大的威脅。

「閉嘴！你不是還想跟我一起離開嗎？現在是怎樣，你打算食言？」穆恩簡直快崩潰了，他忽然懂了那些被他欺騙過的人的感受。這種全心信任最後卻遭受背叛的感覺，讓他恨到想毀滅世界。

「對不起。」亞倫垂下眼簾，慚愧地悄聲低語。「我是眞心想跟你一起活下去……當你說……我可以跟你一起走時……我眞的……很高興……」

他努力抬起頭注視那對琥珀色的瞳眸。亞倫知道，這可能是他最後一次看到穆恩了，這一回睡著，他可能會睡上幾十年甚至上百年。

他很高興，在短暫醒來的時光裡能遇見這個人。

「謝謝你，穆恩。」

亞倫閉上雙眼，整個人像斷了線的木偶般倒下去，就此墜入深沉的夢境。

「亞倫！」穆恩發瘋似的死命搖著亞倫，可亞倫並沒有醒來。

「你他媽不准給我睡！我跟那些怪物不同，我沒辦法等你這麼久！你聽到沒有！」

無論他怎麼呼喊，亞倫依舊睡得深沉，那張睡顏平穩而安寧，彷彿天塌下來了都不會醒。

穆恩緊緊抱著亞倫，久違地有了想哭的衝動。

他不懂這個世界爲何要這樣對他。

他出身坎坷，始終覺得自己與所有人都格格不入，直到踏入哥雷姆國後，才終於嚐到了一絲溫暖。他遇見了可以與他分享一切的亞倫，也遇見了宛如家人般守護著他的加克，彷彿終於找到了遺失的人生拼圖碎片一般，他感覺自己總算眞切地與他人連結在一起。

他甚至願意放棄追求遙不可及的金錢與權力，只要能待在重視的人身邊一同快樂地生活就好。可爲什麼連這種夢想對他而言也是奢求？

「混蛋……」他緩緩低下頭，肩膀微微顫抖，嗓音染上一絲哭腔。

他小心翼翼讓亞倫躺在地上，深吸一口氣，抽出了隨身攜帶的短刀。

「見鬼的世界，去死好了！」穆恩大吼，隨後割破自己的手。

鮮紅色的液體汩汩流出，他試著將傷口湊到王子殿下唇邊，但亞爾戴倫不爲所動，嘴巴緊緊閉著，不受鮮血誘惑。

見狀，穆恩心急如焚地掐著自己的傷口，拇指撥開亞倫的唇，試圖讓他吞下幾滴，然而王子殿下就像死去了一般，動也不動。

穆恩簡直被逼上了絕路，鮮血是唯一能喚醒亞倫的辦法，他說什麼都得抓緊這根救命稻草，否則他就再也無法見到亞倫醒來了。

於是穆恩含住刀傷處吸取自己的血液，接著一把攬住亞倫的肩扶起對方的上半身，毫不猶豫地將頭低了下去。

這一次，鮮血不再從王子殿下的嘴角流出。

穆恩捏著亞倫的下巴，小心翼翼地將血液渡到亞倫口中，他將一切希望都賭在這個方法上。

他太過焦急，以至於沒有察覺一些細微的變化。

例如聚集在據點外的藍紋魔像們似乎感應到了什麼，紛紛舉起武器，不斷地東張西望。

例如據點內的所有荊棘彷彿活過來了一般，開始扭動，且逐漸茁壯起來。

例如哥雷姆王子的手抽動了一下，胸口的起伏變得明顯。

當穆恩微微抬起頭，打算再次吸取傷口的血液時，眼角餘光瞥見亞倫的眼皮好像跳了一下。

他停下動作，不確定地輕聲開口：「亞倫？」

這個呼喚猶如喚醒魔物的咒語，亞爾戴倫睜開了雙眼。

那雙眼眸不再如湖水般澄澈，變得跟穆恩曾夢見的怪物一樣，鮮紅而危險。

這一瞬間，所有羅格城居民都感覺到地面在震動，人們紛紛停下手邊的工作，神情驚慌而恐懼。地底傳來隆隆隆的聲音，宛若有什麼巨大的怪物在地下鑽洞一般，居民們害怕得縮在一起，完全不明白發生了什麼事。

已經撤離到墓穴入口處的魔紋師與冒險者們驚疑不定地盯著墓穴深處，黑暗的長廊中塵土飛揚，沙塵與碎石不斷從天花板落下，整座墓穴彷彿活起來了，大量荊棘在四周扭動。

平時慣於跟怪物戰鬥的這群人全都有種不妙的預感，有些人爭先恐後地逃離了墓穴，有些人則疑惑地待在原地。

「發生了什麼事？」

「是哪個菁英魔像復活了嗎？」

當他們還在討論時，在前方帶隊的加克見到那些荊棘立刻反應過來，他驚呼出聲，二話不說跑向隊伍最後方。

「伊登艾閣下，這些人就交給你了！」加克一陣風似的往墓穴裡頭衝，語氣十分嚴肅。「千萬別讓任何人類進入墓穴！」

伊登艾愣在原地，還來不及說什麼，魔像騎士就跑遠了。他正疑惑著加克爲何要這麼說，腳邊的人質便發出淒厲的慘叫。

「救命啊啊啊！」麻痺感稍退的凱里用盡全身力氣哭號。「要死了要死了好痛啊啊，拜託你！」

只見從地面竄出的荊棘緊緊纏住了凱里的腳，欣喜若狂似的包覆住他受傷的大腿，將棘刺深深扎入肌膚。不僅如此，這些荊棘還試圖把凱里拖向墓穴深處。

伊登艾一時沒抓緊，就這麼讓荊棘把負傷的凱里從他手中扯走，還拖行了好一段距離，所幸他反應快，及時掏出紅紋短刀追了上去，唰唰兩下就把荊棘砍斷重新把人質抓回來。

「救我……」凱里哭得氣若游絲。「那些荊棘會吸取我的魔力，別讓它們靠過來……」

吸取魔力？

伊登艾打量著朝他們步步進逼的荊棘，終於明白爲何加克會要他別讓任何人進入墓穴。他一把背起凱里，二話不說朝入口狂奔。

此刻他再也顧不得羅格城人的習性，深吸了一口氣，以有生以來最大的音量對聚集在入口處的魔紋師和冒險者高喊：「把墓穴的所有出入口封死，快！別讓裡面的荊棘衝出去！」

同一時間，墓穴裡的荊棘猶如飢渴的怪獸，匍匐在黑暗中。它們粗暴地扯掉火把，沿著走道飛快生長，每一條荊棘都渴望得到鮮血滋潤，然而墓穴裡的守護者阻斷了它們的去路。藍紋魔像們已經取回了原本的指令，全心全意地保護墓穴，他們砍斷荊棘，以肉身阻擋荊棘肆虐。然而無論怎麼揮砍，荊棘仍不斷地從魔紋師的據點蜂湧而出。

怪物王子睜著血紅的雙眼，身姿筆挺地佇立在昏暗的據點中，他的眼神毫無光采，像失了魂似的面無表情，荊棘猶如致命的毒蛇圍繞在他身旁，張牙舞爪扭動，凡是被它們抓住的東西皆被粗暴地捲個粉碎。

亞倫空洞的紅眼直直盯著眼前的人類騎士，他吸了一口氣，貪婪地嗅著香甜的血腥氣味。

荊棘在騎士的四面八方吐著蛇信，不過穆恩也不是省油的燈，他舉著燃燒著熊熊火光的長劍，無所畏懼地注視王子殿下。

「你不用害怕，我不會離開你的。」穆恩早已有所覺悟，他甚至還露出自信的笑容，狂妄的笑聲在空蕩蕩的墓穴裡迴盪。「如果我死了，就讓所有人跟我一起陪葬吧。反正這個世界從不肯讓我好過，就算毀滅了也無所謂！」

他將全身魔力灌注到長劍上，行雲流水地斬斷撲來的荊棘，然而荊棘增長的速度太快，饒是劍術高強的他也無法全數擋下，漏網之棘纏住了他的手腳，正欣喜若狂地打算將棘刺扎入他的皮肉時，一道寒光閃過，所有荊棘一分為二，如雨點般紛紛落到地上。

「你做了什麼？」加克橫著劍擋在穆恩身前，驚恐地質問。其實他一看就曉得出了什麼事，穆恩的手上都是血，亞倫的胸前與嘴角也沾染著血跡，穆恩八成是以血獻祭，喚醒了哥雷姆王子體內的怪物。

「沒什麼，某人打算犧牲自己拯救哥雷姆國，所以我用了點小手段阻止他。」穆恩一劍劈出，斬斷從背後突襲加克的荊棘，嘴上還輕鬆地笑著說。

「你……」

「又是你！該死的又是你！」崩潰的怒吼從兩人身旁傳來，看起來快被氣瘋的厄密斯現身了。

「每當我開始相信命運要改變了，你就又把它拉回原本的道路！到底有完沒完！」厄密斯怒不可遏地指著穆恩的鼻子痛罵。「為什麼你就是不肯放過他！就不能有一次不要跟亞倫扯上關係嗎！」

穆恩聽得一愣一愣，但此刻他沒空去思索厄密斯的話，荊棘毫不留情地朝他們三人襲來，兩個騎士以迅雷不及掩耳的速度斬斷荊棘，厄密斯則用自己的荊棘捲住了哥雷姆王子的荊棘，還不忘繼續痛斥：「你到底餵了多少血給他？他的力量也增強太多了！」

「我怎麼知道！他一直不醒，我只能餵到他醒為止啊！」

「那你給我負起責任！」厄密斯惡狠狠地咆哮。「想讓亞倫恢復正常，就必須先消耗他的魔力。用那把畜生劍盡可能地燒光這些荊棘！」

「我已經在做了沒看到嗎！」穆恩氣急敗壞地吼回去，荊棘不停地從四面八方湧上，他幾乎被接連不斷的攻擊弄得喘不過氣。

「小心！」加克大喝一聲，伸手推開穆恩，下一秒，一條跟柱子一樣粗壯的荊棘高速擦過穆恩身旁。

穆恩震驚地望向死氣沉沉盯著他的王子殿下，現在他明白自己只要有一絲分心，就可能會命喪對方手下。

「我手中有藥可以勉強把亞倫的神智拉回，但一定要他足夠虛弱才行！」厄密斯腳下的土壤開始鬆動，荊棘在他身旁的地面圍成一圈。「如果你們還有人性就照我說的做！全都踏進這個圈圈裡，快！」

雖然彼此是敵對關係，可眼下顧不得這麼多了，穆恩與加克馬上衝過去跳進荊棘圈裡，而厄密斯朝亞倫伸出手。

屬於魔法師的荊棘登時凶猛凌厲地撲向亞倫，將王子殿下一圈一圈纏縛。亞倫頓時有些站立不穩，厄密斯趁機發動瞬間移動，三人腳下的地面隨即崩塌，深不見底的異空間黑洞吞噬了三人，連帶被荊棘捲住的亞倫也一起。

「是要去哪裡！」穆恩略帶驚恐地在黑暗中大喊，他最討厭這種腳不著地的感覺了。好在他很快就得到答案，佇立著兩排石巨人魔像的大廳出現在眼前，他一腳踩在地上，抬眼瞧見手持鐮刀的人偶夏綠蒂，還有一具精緻的石棺，與嚇了一跳的艾爾艾特。

被荊棘緊捆的亞倫狼狽地摔在地上，儘管如此，他的表情仍沒有任何變化。白花荊棘纏住厄密斯的荊棘，粗暴地將其扯斷，重新恢復自由的亞倫緩緩站起身，左顧右盼尋找穆恩的蹤影。

「在哪……」發現獵物不見了，失去理智的亞倫語氣竟多了一絲無所適從。

他很害怕，害怕一個人被丟在這個陌生而殘酷的世界，他的身體渴求著被血液滋潤，內心也渴求著找到那個可以陪伴他的人。

他攤開雙手，無數荊棘如潮水般蜂湧而出，像是要抓住任何浮木一般瘋狂生長，將所有東西緊緊捲住。

他肆無忌憚地消耗魔力，荊棘幾乎貫穿了整座墓穴。可無論生長到哪，他都搜尋不到穆恩的蹤跡，空虛感充斥了他的內心，使他備感焦急與絕望。

就在這時候，一個聲音在他身後幽幽響起。

「找我啊？」

他回過頭，與眉眼帶笑的穆恩對上了眼。

穆恩左邊站著神色緊繃的厄密斯——他用自己的荊棘為暫時隊友們織了一張防護網——右邊則站著三尊魔像。那些魔像手上各持一把鋭利的武器，不停地砍斷襲向他們的荊棘。

怪不得他沒攝取到穆恩的血液，全被這些傢伙給擋下來了。

所有荊棘像是發現了救命泉源，爭先恐後地朝穆恩衝去，然而下一秒，一道炙熱的烈焰鋪天蓋地襲來，毫不留情地吞噬了亞倫的荊棘。

大量荊棘在焚燒中化為無數火紅星點，四周宛若下起了一場豔紅的粉雪。在點點火光中，亞倫看見穆恩的手指上戴著一枚有點眼熟的戒指。

「我就知道你會比阿德拉惡魔還棘手好幾倍，但也就到此爲止了。墓穴裡的人類幾乎都被我們趕走了，你能吸血的對象只有我。」穆恩握緊長劍，在哥雷姆王戒的幫助下，源源不絕的魔力灌入了長劍，只消輕揮便能掀起漫天大火。火焰隨著荊棘延伸出去，將整個空間化爲火海。

亞倫試著攻擊他，可是穆恩身邊的護衛太多，每一個都有能力阻擋他。逮不到獵物的哥雷姆王子越發心急，乾脆用荊棘捲斷一根柱子，舉起柱子用力朝他們砸去。可惜石巨人也不是吃素的，聯手以巨大的石斧攔下了他的攻勢。

他微微蹙眉，眼裡的紅光閃爍了下，頓時所有魔像身子一僵，像是陷入混亂似的，步伐變得有些不穩，甚至亂揮起武器。

「小心！他試圖控制這裡的魔像！」厄密斯當機立斷，迅速要從亞倫手中搶回主導權。從未跟其他薩滿搶過指令的厄密斯首次嚐到了苦頭，動作跟著遲滯起來。

所幸這裡不只有兩個薩滿，還有一個徘徊不去的薩滿亡魂在旁邊目睹了一切，很快魔像們便恢復正常，專心一致對抗哥雷姆王子。

「你動作怎麼那麼遲鈍？」厄密斯爲穆恩擋下了一波攻擊，越想越不對勁。他印象中的穆恩一劍便能斬斷周遭所有荊棘，每次戰鬥身邊總是圍繞著豔麗而致命的火焰。可這個人是怎麼回事？他看起來跟這把長劍一點也不熟，揮起劍來怪模怪樣的，那個一劍就能令整座城鎭陷入火海的穆恩去哪了？「認眞點好嗎？表現得這麼弱，遲早會被殺死。」

穆恩傻眼了一瞬，在一劍劈開襲來的荊棘後，他惱羞成怒地反駁：「你有資格說我嗎？當初輕輕鬆鬆滅了哥雷姆國，如今連這傢伙都擺不平是怎樣？」

眼看兩人要吵起來了，加克連忙介入調停：「好了好了，眼下制伏殿下比較要緊。」

雖然目前他們跟亞倫勢均力敵，不過加克知道情況並不樂觀。厄密斯跟魔像們可以進行持久戰，但穆恩不行，人類的體力有限，如此高強度的戰鬥很快就會令穆恩逐漸力不從心，一旦動作慢了，很可能下一秒就性命不保。

無論是穆恩還是亞倫，他哪一個都不想放棄。他一定要守護好這兩個孩子。

「穆恩，你朝殿下揮劍吧，別手下留情，盡全力用火燒他。」

聽見加克的提議，穆恩呆愣在原地。「你瘋了嗎？要是把他燒了，我們只能去城堡喚醒他的本體了。」

「別傻了，不能讓他的本體醒來！」厄密斯憤怒地駁斥。「他光是分身就這麼難搞了，本體還得了！」

「不會有事的，相信我。」加克邁開步伐，全速朝哥雷姆王子衝去。「儘管把這裡燒成灰燼吧，不要猶豫！」

這句話彷彿激怒了亞爾戴倫，整個大廳的地面開始晃動，一行人腳下的石磚地四分五裂，大量荊棘掙扎著從縫隙鑽出。

厄密斯兩手分別抱起艾爾艾特跟夏綠蒂，接著用荊棘捲住穆恩，往上一跳。

「什——」穆恩雙腳忽然懸空，錯愕地被跟著拉上高空，幾乎是同時，碎裂的石磚下方竄出無數荊棘，這些荊棘如毒蛇般扭動著瘋狂向上伸展，恨不得把所有人拉入地底，巨石魔像們全身都被荊棘纏住，奮力揮動武器卻被越捆越緊，而加克則在荊棘海之中失去了蹤影。

穆恩吊在高空中，此刻大廳地面已徹底淪陷，只要厄密斯鬆開荊棘，他就會落入亞倫的魔掌。在這等絕境下，穆恩瞇起眼仔細尋找亞倫與加克的身影，卻什麼也沒瞧見，只見到被荊棘割爛的披風碎片。

就在他以爲加克被荊棘所吞噬之際，底下傳來魔像騎士宏亮的呼喊：「燒了這裡，穆恩！」

聞言，穆恩不再猶豫，他一咬牙將所有魔力灌注到長劍中，朝整座大廳揮出全力一擊。

火焰猶如滔天的末日海嘯，席捲了大廳，張牙舞爪的荊棘在烈焰中痛苦扭動，然而終究敵不過而被燒成了灰燼，場面猶如地獄一般，處處燃燒著熊熊烈火。

哥雷姆王子身處其中，感覺自己快要喘不過氣，烈焰灼燒著他的荊棘、燒毀了他的衣角，他痛苦地抓住了眼前唯一能抓住的東西。亞倫感覺到一雙手緊緊抱著他，上方傳來帶著哽咽的破碎嗓音：「沒事了，殿下，我會保護你。」

加克方才背對著襲來的火焰抱緊亞倫，像是要爲主人擋下所有攻擊似的，緊緊將亞倫護在懷裡。

聽到這個聲音，亞倫毫無神采的雙眼逐漸蓄滿淚水。

他從百年前就一直期盼著，這名魔像能及時趕來救他，並對他說這句話。

「已經夠了，殺了我……阻止我……」在深沉的夢境裡，哥雷姆王子抱著頭，痛苦地低吟。「不要讓我醒來……就算沒有我，穆恩也會接替我的位置守護這個國家。所以……

拜託了……」

「亞倫。」熟悉的聲音從前方傳來。

亞倫抬起頭，再度見到了他的老師娜塔莉。

「不會有事的。」娜塔莉露出溫柔的笑顏。「要相信自己，你可以戰勝體內的怪物的。」

「不行，我不能賭……」

「不要害怕。只要一次別嚐太多血，你還是可以保有理智。」娜塔莉溫和而堅定的語氣撫平了他的不安。

公爵夫人輕輕摟住亞倫。「我的孩子，不會有問題的。雖然老師也曾經很害怕，但我身邊有值得信任的親人，所以還是小心翼翼地活過來了。你有這些強大的夥伴，一定沒有問題。」

娜塔莉整個人逐漸被光暈包圍，身影慢慢變得稀薄。在最後一刻，她憐愛地摸了摸亞倫的頭。「老師相信你，要勇敢地活下去。」

「亞爾戴倫，給我醒來！」穆恩激動的吶喊從後方傳入他耳裡。「不管你想去哪我都陪你去，想喝多少酒都陪你喝，想要血的話我也可以給你，但是你他媽的要先給我醒來！」

就在這時候，厄密斯落到亞倫身邊。他飛快地用荊棘纏住亞倫，拿出一個裝著藍色液體的小瓶子湊到亞倫嘴邊，逼他喝下。藥水猝不及防地灌進亞倫的嘴裡，十分有效地開始壓制他體內蠢蠢欲動的怪物本能，亞倫咳了好幾聲，他感覺眼睛痠痛，緊閉著雙眼好一會，才有點害怕地緩緩睜眼。

「喂，他的眼睛……」發現亞倫的眼瞳變回熟悉的蔚藍色彩，穆恩立刻扔下長劍，焦急地快步走近。「你還好嗎？還認得我們嗎？」

「我……」亞倫才開口說第一個字，便感覺到不太對勁。

他的聲音不再像之前一樣虛弱無力，不僅如此，他甚至從未如此有精神過。現在的他感覺自己有發洩不完的活力，魔力也堪稱充沛。

一下子變得太過充滿力量，他有些不習慣。還來不及多說什麼，他就被穆恩猛然捧住雙頰。

「眞的變回來了吧！」穆恩喜出望外地盯著他的眼睛，像是要仔細確認似的，目光執著地掃視了一遍又一遍。

鼻尖竄入誘人的鮮血香氣，亞倫頓時有點心神不寧，所幸厄密斯及時注意到這點，拉開了穆恩的手。

「別再讓你的血碰到他。」厄密斯沉聲警告。

亞倫盯著那隻鮮血淋漓、滿布刀傷與咬痕的手，心中五味雜陳。而見到厄密斯好好地跟自己的兩位騎士站在一起，亞倫以爲除非是天塌下來了才能目睹這個奇景。

他打量了下周遭，原先莊嚴的大廳到處都是焦黑的痕跡，地上也被塵土覆蓋，公爵夫人的石棺更是焦黑一片，不用看也知道裡面的屍骨肯定在大火中燒成灰燼了。

想到這一切都是爲了阻止自己而造成，亞倫不禁一陣恐慌，他就是不想見到這種場面才選擇沉睡。

「爲什麼要這麼做？只要我睡著了，什麼危險也不會發生。就算沒有我，你也能拯救哥雷姆國。」亞倫悲傷地對穆恩說。「因爲我相信你，才能放心地將我擁有的一切交給你，爲什麼還要喚醒我？」

穆恩原本還很高興，聽到這番話火氣都上來了。他忙了老半天，什麼壞習慣都改了，結果這傢伙居然跟他講這種話！

「因爲你是個不負責任的混蛋！」他怒火中燒地指著亞倫的鼻子怒斥。「說了一堆什麼我們是夥伴的話，結果自己瞞著大家偷溜進墓穴冒險！跟我約好無論成敗都一起走，結果居然擅自犧牲自己！明明是你的國家還想丟給別人治理！你就是個出爾反爾、言而無信、只會欺騙別人的混蛋！」

這番激烈的指控讓在場所有怪物都驚呆了，連看到穆恩揪住王子的衣領，厄密斯都仍然愣在原地。

「那些被你騙的人有什麼感受你想過嗎！別想用睡覺來逃避責任，給我好好醒著把哥雷姆的問題解決當你的國王！我他媽才不要你施捨的王冠！」

亞倫呆若木雞，被惡名昭彰的無良騎士如此指控，向來形象良好的王子殿下忽然不知該如何反駁。

「聽到了沒有，亞爾戴倫，不准給我沉默！」

亞倫感覺自己就像在大庭廣眾下被情人指控劈腿的負心漢，不禁有些窘迫，但聽了穆恩的話，他原先忐忑不安的心漸漸平靜下來。

他當然希望能親手拯救這個國家，而他現在需要的，就是一個不得不保持清醒的理由。穆恩說的沒錯，陷入沉睡只是把責任丟給其他人，即使必須如履薄冰地活下去，他也想跟夥伴們一起克服難關。

於是他緩下神色，輕聲說道：「我錯了，原諒我。」

「知道錯就好！」穆恩這才鬆開亞倫，還不忘惡狠狠地瞪他一眼。

一旁的加克與厄密斯驚疑不定，尤其是厄密斯。在他的印象中，穆恩霸道且冷血，對權力執著到近乎瘋狂的地步，然而這個世界的穆恩比起王位，顯然更在意亞倫有沒有對他負責。

「厄密斯，對不起。我沒辦法跟你走。」亞倫對厄密斯露出苦笑，語氣充滿了歉意。「自從我醒來後，遇見了許多人事物，我一直很想離開城堡實際去哥雷姆國各地走走，現在的我終於有了這樣的機會。我可以親眼見到子民們是如何生活，也可以親自與他們交流，我不想要與世隔絕地活著。」

厄密斯神色複雜，默不作聲。

「也許這樣比較危險，可是……這是我想做的事。」亞倫一手放在胸口，認眞地說。「我想要讓這個破滅的國家重新運作起來，爲此，跟其他人交流是必不可少的。」

厄密斯似乎有千言萬語想說，但最後他痛苦地閉上雙眼，扶著額搖了搖頭。

「厄密斯，不會有事的。」亞倫走到厄密斯身前，湊近他耳邊悄聲說：「我知道穆恩的宿命是什麼，你聽我說，我認爲——」

他將自己的推測告訴了厄密斯。

「是這樣嗎？」厄密斯滿心狐疑。

「一定是這樣的，所以你不用擔心。」亞倫笑著說。「我不會有事的。如果你真的放心不下，就跟我們一起旅行吧。」

聞言，厄密斯立刻露出嫌惡的表情瞥了眼穆恩與加克。

「算了吧，只要看到他們我就會想起你被他們殺死的事。」厄密斯冷酷地回應。他深深凝視著亞倫，流露出強烈的眷戀和不捨，可最後還是痛苦地別開雙眼。

厄密斯只能將不滿發洩在穆恩身上，他瞪著穆恩，豁出去似的怒道：「好好珍惜你現在擁有的！我之所以這麼防備你，是因為其他時空的你將這兩人殺死了。」既然都把祕密告訴亞倫了，厄密斯也不打算再隱瞞，他要讓穆恩一起體會被真相折磨的痛苦。「不管是亞倫、加克還是霍普，全都因你而死。你踏入哥雷姆國並不是偶然，而是命中注定要來到這裡。」

「你瘋了不成？我怎可能做那種事！」穆恩震驚萬分，語氣甚至帶著憤懣。這個反應令厄密斯稍微放心了，他知道這個世界的穆恩應該會全力避免這樣的結果。

「看吧？」亞倫語帶笑意。「這個世界一定不會重演悲劇的，相信我們吧。」

厄密斯注視著他的笑顏，沒有再多說什麼。

他不曉得自己的決定是不是對的，但至少亞倫的笑容告訴他，這個決定多少是值得的。

第十章

在亞倫順利歸隊後，有許多事情改變了。

墓穴裡的騷動意外地讓魔紋師與冒險者的關係改善不少，為了阻止荊棘衝出墓穴，魔紋師與冒險者們緊急分散至各個出入口，聯手擋下了駭人的荊棘。所有待在羅格城的冒險者都參與了這場行動，對於他們義不容辭的相助，魔紋師們都十分感激，於是雙方冷靜下來好好釐清魔像暴動的起因後，便握手言和了。

雙方達成了協議，魔紋師們願意分享他們的魔紋武器，作為交換，冒險者們則必須配合他們的規矩才能進入墓穴，並且以不破壞墓穴為前提協助他們整頓環境。對於這個只要肯付出勞力就有報酬可拿的任務，冒險者們大多欣然接受。

而穆恩在雙方之間也扮演了重要的角色，若不是他堅持讓所有人撤出墓穴，當時還待在墓穴裡的人恐怕凶多吉少。經歷了這次事件，一行人在同行間的地位已是不可同日而語。

「墓穴裡發生了什麼事?很明顯吧。」當三人從墓穴走出來時，面對急著想得到答案的眾人，穆恩聳聳肩，一副理所當然的樣子。「那個滅國魔法師還活著，這裡好像是他的老巢之一，我們侵犯了他的領域，他才動怒想用荊棘殺了大家。幸好墓穴裡的魔像們甦醒了一部分，我們在魔像的幫助下，好不容易才擊退魔法師。」

此話一出，所有人皆震驚地議論紛紛。

「不會吧！真的還活著？」

「那個可怕的怪物可是滅了整個哥雷姆國，怎麼可能擊退他！」

「你在說謊。」

一個咬牙切齒的嗓音突兀地傳來，接著，本該被困在墓穴裡的雷吉諾步履蹣跚地現身，身邊跟著另外兩位隊友。雖然妮蒂亞和凱里也相當狼狽，但他們的狀況完全不能跟自家隊長比，雷吉諾整個人可說是慘不忍睹，不僅瘦了一圈，凌厲的目光也不復存在，臉色蒼白無比。

他渾身上下鮮血淋漓，身上盡是荊棘造成的傷口，因為在亞倫肆虐墓穴時，他是除了穆恩以外唯一一個還待在裡頭的人類。

當時他被荊棘毫不留情地捆緊全身，棘刺深深扎入了他的皮肉，貪婪地吸取他的生命力與魔力。好在他的身邊有好幾尊魔像，見他被荊棘纏住，那些魔像趕緊砍斷了他身上的荊棘，將他救出。

可儘管撿回一條命，也已經有些遲了，他的大半力量都貢獻給了亞倫。

眼前的亞倫絲毫沒有以往病弱的模樣，不僅顯得神采奕奕，走起路來也輕盈有力。亞倫瞧著他，不但沒半點同情，嘴角還勾起一抹狡黠的笑，雷吉諾頓時明白了一切。

「操控荊棘的人是他！」雷吉諾指著王子殿下，斬釘截鐵地吼道。「他是活了超過百年的哥雷姆王子，跟厄密斯一樣的怪物！」

「我們老大說的是真的，我可以保證！」凱里驚恐不已地跟著尖聲指控。「老大之前燒了他的慣用手，我親眼看到他的手被燒得面目全非，還被老大扭斷，但現在這傢伙看起來居然一點事也沒有！」

「他是怪物，我的狼沒有判斷錯。他眞的是！」妮蒂亞靠在白狼身旁，也咬牙指著亞倫。

亞倫不發一語，他的目光掃過雷吉諾一行人，這一次大白狼竟發出了哀鳴，尾巴還垂下來夾在兩腿之間，彷彿看見可怕的猛獸般異常畏懼。

他們的言論掀起軒然大波，在眾人交頭接耳時，亞倫開口了。

「眞是可憐，你們是在墓穴裡驚嚇過度產生妄想了吧？你們當時可是直接把我扔進水井裡眼不見爲淨，難道都忘了嗎？還好我擅長游泳沒當場溺死，最後還幸運地討到了救兵。」

「水井是你自己跳進去的好嗎！」

亞倫露出難受的神色，故作虛弱地靠到呆住的加克身上。「你們到底要糾纏到什麼時候？我能交代的都交代了……就是因爲我在水井待太久，被人救起後高燒不退，不然我早就回來了……」

「燒傷？你說他？」穆恩沒聽說過這件事，他執起亞倫的手，努力壓下內心的慌亂，裝出鎭定的模樣仔細觀察。所幸稍早補了很多魔力，亞倫的手不僅已經徹底恢復，狀態還比以前好。「這傢伙的手好好的，連一點繭都找不到，你們在墓穴裡被嚇到精神出了問題是不是？」

確認沒事之後，穆恩安下心來，擺出刻薄的態度替亞倫幫腔：「不過我也不是不能理解爲何你會把他當成王子，這傢伙出身自富裕的上流階層，行爲舉止跟貴族沒兩樣，長得也還算能看，確實挺像個王子的。」

亞倫不曉得穆恩在玩哪招，只覺得有些好笑。「如果我眞的是王子，那你就要從冒險者畢業嘍？因爲堂堂一個專屬於王子的騎士，是沒有時間當冒險者的。」

望著那雙如天空般蔚藍的眼睛，穆恩心中沒有猶豫，嘴角勾起一道弧度。

「當然，我的殿下。」在眾目睽睽之下，穆恩執起亞倫的手放到唇邊，輕吻了手背。「這有什麼難？我會爲你排除所有阻礙。」

在場的冒險者們吃驚到下巴都快掉下來，一副「這裡是哪裡我是誰」的呆滯模樣，還有些人揉了揉眼睛、掏了掏耳朵，懷疑自己聽錯看錯了。

向來桀傲不馴的穆恩居然對他人表示臣服，不管是不是演的，這個畫面都令他們震驚到以爲自己來到了平行時空。

穆恩這麼做當然有其用意，他就是要這些人睜大眼睛看清楚。

從現在開始，他不會再離經叛道，他要在同行之間逐漸提升自己的地位，令所有人都明白別來找他們麻煩。

凱里激動地抗議，他搬出了一大堆亞倫爲何是怪物的理由，然而不會再有人相信他們了。如今所有冒險者都意識到了一件事，雷吉諾等人並不如想像中可怕，只要所有人聯合起來就有機會打倒他們。他們從神壇上跌落下來，過去仗勢欺人所累積的仇怨很快就會反噬到他們身上。

穆恩有過類似的親身經驗，所以他很清楚，許多冒險者就像在猛獸身旁盤旋的禿鷹，如今終於等到了猛獸失去爪牙，他們已迫不及待要把雷吉諾一行人打成過街老鼠。

他要雷吉諾小隊好好活著，讓他們只要想到他跟亞倫就恨得牙癢癢，卻又無力反擊。對這種人而言，活著即是一種折磨，他最喜歡這樣的結局了。

「您眞的被他們用火燒？殿下？」一回到旅店，加克再也忍不住了，他一把握住亞倫的手，驚恐萬分地翻來覆去檢查。

「沒事的，已經恢復了。」想到雷吉諾渾身血淋淋的樣子，亞倫內心就平衡了許多，至少他吸了不少對方的血來補充消耗掉的魔力。

儘管他這麼說，加克還是擔心得不停碎碎念，甚至連以後都要跟他住同一間房這種話都講出來了。

亞倫求救似的瞧了穆恩一眼。

「他現在好得很，誰綁架他誰倒楣。」穆恩沒好氣地幫腔。「有我在，他不可能再像以前一樣虛弱。」

聞言，加克頓時放心許多，在他眼裡，此刻穆恩就和天使一樣乖巧又可靠，他忍不住摸摸穆恩的頭，直到穆恩一臉嫌棄地拿開他的手。「那就拜託你了。最近你的表現相當優秀，不但整合所有冒險者救了大家，剛剛也乖乖把炎劍還給泰歐斯了。見到你這麼爲殿下著想，我感到很欣慰。」

「我才不是爲他著想，只是對他放任不管的話，遲早會惹出更大的麻煩。」穆恩立刻反駁。

加克不以爲意，他掏出一個小袋子，取出幾枚硬幣交給穆恩，現在他們的旅費都是由這位魔像騎士管理。「基於你表現優良，多給你一些零用錢，今天可以不用練劍讀書了，准許你放鬆一天。」

穆恩盯著掌心上的零用錢，表情微微呆愣，他感覺自己被當成了小孩子。明明阻止了一場滅國危機，加克卻說得好像他是乖乖讀了一天的書，他越想越覺得好笑。

「那我呢？」亞倫委屈地問。「我也有跟厄密斯一起努力探索墓穴。」

加克不慌不忙地摸了摸亞倫的頭，溫和地說：「殿下也很努力了。雖然我想獎勵殿下，不過心裡實在有點在意某件事。」

「什麼事？」

加克慢條斯理開口：「稍早好像有聽穆恩提到，您之前瞞著大家偷偷探索墓穴？」

亞倫頓時僵住了。

「願聞其詳，殿下。」

亞倫閃躲著加克的目光，而後抓住了穆恩，露出勉強的笑容。「我先跟穆恩回房間一下，你看我們剛從墓穴出來，渾身狼狽，需要整理整理。」

說完，他不由分說地把穆恩拉走，見他溜得如此迅速，加克只能發出一聲長長的嘆息。但注視著兩人離去的背影，他又覺得也許自己不該擔心這麼多，這兩人其實比他想像中成熟許多。

然而一關上房門，亞倫馬上跟穆恩抱怨起來，且計較的還是非常幼稚的事。

「你怎麼可以說出去？不是說好要幫我隱瞞的嗎？」

「你還敢說！是誰先不守信用啊？」

「我不守信用是為你們好。」

「誰要你自作主張為我們好，不需要！」

眼見穆恩又要開始發脾氣，亞倫嘆了口氣，略顯無奈地提醒：「你不是也聽厄密斯說了嗎？我……如果變成怪物，很有可能會毀滅整個哥雷姆國。」

經過這次風波，厄密斯把在平行時空所見的事情一五一十告訴了他們。他們面對著共同的敵人，不能再像以前那樣互相戒備，而必須共享資訊。

亞倫嘴角一勾，露出有些悲傷的笑容。「可是你能取代我，這樣說不定還有機會讓哥雷姆國獲得新生。難道這不是最佳結局嗎？你可以得到你想要的一切，我也可以安心赴死。」

穆恩不以為然，在他看來，亞倫只是在逃避。「你還是害怕喝血嗎？」

亞倫愣了下，他避開穆恩彷彿能看穿一切的目光，以無可奈何的語氣自嘲：「像我這種必須倚靠別人貢獻生命才能活下去的怪物，怎麼看都很可悲吧？更何況我還是個可能會害死所有人的怪物……這樣的人，誰都不會喜歡的。」

穆恩凝視著神情落寞的哥雷姆王子，忽然想到了以前的自己，那個貧窮落魄、誰都不待見，如螻蟻般卑微的小男孩。

直到他長大了，那個小男孩仍躲在陰暗的角落，時不時提醒著他，他是一隻人人喊打的過街老鼠。

他藏得很深，不讓任何人知道這個男孩的存在，因為只要不被看見，就不會受到傷害。

但穆恩明白，如今已經沒有隱藏的必要了。

「我知道，我也曾經歷過這樣的生活。」在亞倫錯愕的目光下，穆恩心平氣和地坦白了。「我出身的國家貧富差距非常嚴重，而且具有階級制度，我是在貧民窟長大的，一出生就處於社會最底層。爲了活下來，我跟貧民窟的其他孩子聯手偷拐搶騙，儘管在那個人命不值錢的國家裡，一旦被抓到就可能會被打死，我們還是苟延殘喘地活了下來。」

亞倫睜大眼睛，他難以想像世上有這樣一個國度。在哥雷姆國，魔像會無條件保護所有人，維持社會治安，更何況亞倫身處最高階層，不可能知曉有人過著如此辛苦的生活。

「後來好死不死，我被貴族相中了。他們認爲我有潛力成爲優秀的騎士，所以意圖把我從貧民窟帶走。我母親無力拒絕，甚至還有點開心，因爲她也是一個在貧民窟活得卑微而低賤的貧民，養活自己都非常困難了，更何況多養一個小孩。只要我被帶走，她就少一個煩惱了。」

「怎麼會……」

「我母親跟你的家人可不同。」穆恩略帶諷刺地笑了。「她總是叫我滾開，在那種艱困的環境，一個帶著孩子的女人很難找到對象，所以她總是裝作不認識我，就算對我說話也盡是一些罵人的詞。」

說到這裡，他停頓了下，語氣有了些波動。「唯獨那一次……就是我即將告別貧民窟的那次，那是我們最後一次見面。她將身上唯一的戒指給了我，對，就是我給你的那枚。她說，這是我生父送給她的，我母親認爲我離開貧民窟後，應該有機會見到生父，到時候我就可以拿這枚戒指與他相認。」

亞倫緊蹙著眉，他緩緩掏出穆恩的金戒指，這枚戒指常常跟著他泡水並被他擦拭，保存狀態比以前好多了。既然這枚戒指會在他手上，他想穆恩與生父相認這件事應該沒有好結局。

「你居然保存得還不錯。」穆恩拿起戒指，在陽光的照耀下瞧了瞧，嘴角勾起滿意的笑。「這枚戒指確實發揮了一定功用，我成功找到了我的生父。那傢伙可厲害了，居然是個有爵位的貴族當家，看到戒指的當下他臉都綠了，想盡辦法讓我滾得遠遠的。」

他握住金戒指，語氣雖平靜，但捏緊的拳頭洩露了他的情緒。「那傢伙倒好，過得春風得意，每天跟他鞠躬哈腰的人數都數不完，而我卻被迫接受嚴酷的騎士訓練。我的同儕與老師從不待見來自貧民窟的我，他們不認為我有資格和他們平起平坐，我受不了那些近乎欺凌的訓練，幾年後終於找到機會返回了貧民窟，可是已經回不去了。」

「為什麼？貧民窟的人不接受你嗎？」

「不，是因為貧民窟整個消失了。」穆恩笑著公布答案。「那一年正好有其他大國要與我們的王室聯姻，為了整頓市容，國王便下令把貧民窟清空了。」

「怎麼可能清空？」亞倫瞪大眼睛，驚愕不已。「生活在貧民窟的居民不少吧？遷移居民需要做很多準備，要事先規劃好讓他們居住的地方，還要想辦法說服所有居民，處理上好幾年都不奇怪，怎麼可能說清就清？」

「因為是性命不值錢的貧民啊。」穆恩聳聳肩，表情就像在嘲笑亞倫的天眞。「你眞的是不諳世事的小王子，住在貧民窟的人沒有為自己爭取權益的權利，他們只能任人宰割。」

亞倫沉默了，他無法想像怎麼會有王選擇這樣治理國家，想到穆恩至今是怎麼走過來的，他便覺得痛苦。換作是他，恐怕不一定能撐下去。

忽然，穆恩那隻包著繃帶的手小心翼翼地碰觸了他的臉頰。

亞倫注視著那對不再銳利的琥珀色眼瞳，聽見騎士罕見地以卑微的語氣開口。

「我明知自己不被所有人待見，還是苟延殘喘活到了今天。這樣卑劣而頑強地活著的我，你會覺得很可悲嗎？」

「怎麼可能？」亞倫輕笑一聲，理所當然地反駁。說完，他的聲音莫名哽咽起來。

「怎麼可能……」

他明白穆恩的意思了。

哥雷姆王子伸出雙手，珍惜地握住那隻滿是傷痕的手，臉頰緊貼著對方的掌心。儘管淚水模糊了視線，他仍輕聲回答。

「經歷那樣的過往還能好好站在這裡的你，是個堅強又勇敢的人，絕對不可悲。」

這句話不只是對穆恩說，也是對他自己說的。

他失去了一切，所有親人也離他而去。可在這寂寞的世界裡，有個同樣一無所有的人，對孑然一身的他伸出了援手。

他從美好的天堂墜落至幽谷，卻因此找到了救贖。

「正因爲你沒有放棄自己……我才能遇見你。」

要不是有穆恩，他肯定早已迷失在這個世界。

他看見穆恩露出了笑容，那雙琥珀色瞳眸彷彿盈滿陽光，照進了他的心扉。

「你不用擔心會不會變成怪物，儘管相信我就好。」猶如在宣示誓言，騎士的語氣眞誠而堅定。「我不會讓你害怕的事成眞。」

亞倫終於破涕為笑，帶著幾分玩笑的意味反問：「約定好了喔？」

但穆恩不會把這當成玩笑，對他而言，這是一個必須遵守的承諾。

如此沉重，卻又令他心滿意足。

「當然，約定好了。」

（未完待續）

番外　那個騎士的結局

很久以前，有位出身貧寒的騎士撿到了一個木偶。木偶告訴他，有個叫哥雷姆國的地方能實現他所有的夢想，於是騎士被木偶說服，跟著木偶來到了哥雷姆國。

這個國家封印著一隻能夠摧毀世界的怪物，所以國境內處處充滿凶險。在木偶的引領下，騎士來到魔像騎士加克與魔像之王霍普的面前，然而木偶卻不幸地在旅途中為保護騎士而死。為了實現木偶的遺願，以及自己的夢想，騎士跟加克與霍普組成了冒險小隊，繼續了旅程。

他們一路披荊斬棘來到怪物面前，歷經驚心動魄的戰鬥，最後騎士成功將劍插進了怪物的心臟。巨大醜陋的怪物全身被烈火焚燒，發出悲鳴，滾滾濃煙充斥了整個首都。

騎士佇立在這堪稱地獄的場景，隱約在火光中看見一個朦朧的人影。

那個身影對他露出微笑，張口說了幾個字，隨後消散在火焰中。

雖然沒聽見對方的聲音，但他能透過唇形讀出對方想說的話。

「謝謝你。」

這是怪物王子唯一對他說過的話。在那之後，王子殿下便化為漫天灰燼，徹底消失在這個世界。

後來，騎士成為哥雷姆國的國王，因為是他殺死了毀掉哥雷姆國的怪物。這本該是一件值得高興的事，但騎士心中並沒有太多喜悅。

因為有位重要的隊友沒能跟他一起分享這一刻。

魔像之王霍普在最後一場戰鬥中，命令所有魔像困住怪物王子，自己則用盡所有力量持弓射斷所有朝騎士衝去的荊棘，最後被憤怒的怪物王子用荊棘捲至高空，再砸下來摔得四分五裂。

雖然騎士因此成功來到怪物的本體面前，取了怪物的性命，這件事仍始終令他耿耿於懷。直到許多年後，騎士依然時不時會想起霍普的犧牲，他總是心想，若他能再強大一點，也許霍普就不用死。

而他的另一個隊友，加克，曾多次安慰他別把霍普的死當成自己的過錯。

霍普必定會死，因為他已完成自己的指令。加克對他這麼說，但騎士無法理解魔像的思維，只當加克是在找理由安慰他。騎士只知道，無論是脆弱的木偶還是強悍的魔像之王，他都守護不了。

不過既然還活著，總要向前邁進，況且他終於實現了兒時的夢想，成為一國之主坐擁天下，還有強大的魔像騎士擔任副手，無數人皆渴望他的垂憐。曾經一無所有的他，一夜之間變得什麼都擁有了，他是冒險者們眼中的偶像，是拯救世界的英雄，世界各地都在傳頌他的事蹟，每個國家都想與他的國家建立邦交。

不幸的是，在重新讓哥雷姆國恢復過往繁榮的過程裡，騎士沉浸在繁華富貴以及無數人追捧的虛榮中，迷失了自我。這些美好彷彿最上等的毒品，光是嚐一口便足以令他忘卻所有痛苦，於是他逐漸怠忽了國務，為了滿足自己的欲望而四處尋歡作樂。

騎士的墮落讓加克很是憤怒，加克時常告誡他要約束自己的行爲，當一個愛民如子的好國王，並一心期盼著哥雷姆國能恢復過去的榮景，然而這不是騎士想要的。

騎士想要打造一個忘卻痛苦的國度，所以他破壞各地的霍普塑像，試圖將霍普從自己的世界抹去。他還命令居民們製造出全新的紅紋魔像，確保自己強大到任何人都無法忤逆。他的所作所爲令加克傷透了心，因此費盡心思地想要求騎士把哥雷姆國變回以前的模樣，但騎士完全捨棄了加克理想中的哥雷姆國。

每當望著那個坐在王位上的身影，加克就會忍不住想到他原本該服侍的怪物王子。王子殿下雖然常讓人傷透腦筋，卻溫柔善良。王子深愛著身邊的人以及這個獨特的國家，如果他能成爲哥雷姆國王，國家肯定不會落得如今這個境地。

可惜王子殿下早已跟隨他理想的哥雷姆國一起被燃燒殆盡，再也找不回來了。

昔日的戰友逐漸形同陌路，騎士與加克每天爭吵不休，對彼此失望透頂。偶爾加克會在騎士的眼中看見憎恨，明明已經成爲呼風喚雨的哥雷姆王，想要的東西全都垂手可得，騎士卻比以前更加憤世嫉俗。

在兩人正式決裂的那天，加克得知騎士打算率領魔像軍隊去攻打自己出身的祖國，於是前去找騎士理論。

他推開厚重華貴的大門，踏上染滿乾涸鮮血的紅毯，紅毯兩側站著兩排鎧甲魔像，這些魔像爲服從騎士而生，然而見他出現，魔像們還是整齊劃一地單膝跪下。

而加克眼中只有站在王座前的騎士。

騎士穿著一身黑色軍裝，沒有任何花紋點綴的披風披在身後。他面容冷峻、目光陰暗深沉，腰間佩著曾將整座城鎮化爲火海的炎劍，那把劍據說是騎士撿來的，屬於哥雷姆國邊境某隊被荊棘團滅的冒險者。騎士滿是傷痕的手指上戴著一枚月光石戒指，那也是騎士從城堡某處的屍骨身上摸來的，加克一眼就認出戒指的主人是前任哥雷姆國王。他從未告訴騎士這件事，但他想騎士應該知道，否則也不會時時刻刻戴著。

「你在看什麼？」騎士帶著警告意味的聲音促使加克將目光從戒指上移開。

「沒事，陛下。只是聽聞您似乎有擴展版圖的打算，所以來關心一下。」

「你是來阻止我的嗎？」騎士冷笑一聲，攤開雙手。「來不及了，加克。我心意已決，若我那親愛的祖國不願成爲哥雷姆國的附屬，我就要把那片土地化爲火海。」

「您不能這麼做。」加克義正詞嚴地表示。「我們魔像不是爲了迫害別人而誕生。即使您不去擴展領土，其他國家也會尊敬您，不必做到這種地步。」

「如果你是爲了說這些才來，可以滾了。」

眼看騎士準備下逐客令，加克心頭一急，連忙說道：「陛下，哥雷姆國是絕對不會仗著自己的強大欺凌弱小的！您就算不聽我的話，也請想想霍普！霍普不會願意看見這種事發生！」

加克的腦海浮現一個年幼的金髮身影。那個人總是面帶笑容，溫柔地對待身邊每一個人，如果是那個人成爲國王，肯定不會這麼做。

「就連殿下也——」

當他意識到時，這句話已經脫口而出，來不及了。

「殿下？」騎士挑起一邊眉毛，神色更加冷酷無情。他走到加克面前，以近乎憤恨的語氣咬牙說：「你以為我不知道嗎？當初我殺死那個怪物王子後，你表面上雖然支持我當上哥雷姆國王，心底還是希望那個王子成為王對不對？」

加克一言不發。

「你沒有理由不恨我，因為我取代你效忠的王子成為哥雷姆王，又害死了你敬愛的魔像之王。你說是吧？」

加克想全盤否認，然而悲哀的是，魔像不擅長說謊。

「我沒有恨你，穆恩。」

「住口，以你的身分應該喊我陛下！」騎士近乎崩潰地嘶吼。「我就知道，我就知道！你心底從未認同過我這個國王，只是因為你鍾愛的哥雷姆王子死了，所以只能將就於我！你到底要何時才能醒悟！霍普死了，哥雷姆王子也是，他們都不在了，加克！」

「我知道……」

「我不管那個亞爾戴倫以前是怎樣的人，對我來說，他只是個毀滅一切的怪物！你認識的他早就在百年前就死了，他已經死了很久，不可能成為哥雷姆王的！能成為國王的只有我！」

「我沒有說您不能成為王，我只是認為您可以成為更好的王。」加克悲傷地回應。

「我也明白他們已經離開了，可正因如此，我們應該——」

「你閉嘴，我不想再聽你說教！」騎士粗魯地打斷他的話，他用力推開加克，毅然決然地往門口走去，鎧甲魔像們跟著邁開腳步，猶如傀儡一般追隨著他，有幾尊還自動自發地留下來擋住加克的去路。

「穆恩，拜託你住手！現在收手一切都還來得及，拜託你——」

騎士率領著魔像們消失在他的視線中，直到最後都沒有把加克的話聽進去。

之後，加克聽聞騎士殺死了祖國的王，並眞的將整片國土化爲火海。於是，加克徹底與騎士決裂了，騎士所統治的哥雷姆國已不是他所認識的哥雷姆國，爲了將心中的哥雷姆國奪回來，加克成立了革命軍，率領一群人類與魔像，與騎士展開了漫長的對抗。

兩人最終在死傷無數的荒野戰場上重逢，且很有默契地各自命令下屬不要插手。他們過去是一同出生入死的戰友，即使旅途艱辛，但在無數個夜晚裡，他們曾圍著營火談笑風生，與對方分享自己的過去還有那些不爲人知的祕密。騎士一身精湛的劍術更是加克親自指導的，可如今爲了各自想要的未來，他們必須兵戎相向。

「我就知道，總有一天我們會走到這一步，加克。」騎士已然傷痕累累，卻還是舉起了劍，毅然對加克說。

「如果你願意收手，我們就不必走到這種地步。」加克渾身也布滿程度不一的刮痕，鮮紅的心臟魔紋早就褪了色。「穆恩，我們還有機會挽回一切，收手吧。」

騎士凶狠地瞪著他。「你知道我最討厭你哪一點嗎？就是你那彷彿能包容一切的態度！明明眼裡只看得見你理想的哥雷姆國，卻以爲自己能接納這個殘破不堪的國家還有我！你從來不滿足於現狀，卻一副支持我的樣子跟在我身邊，你以爲我看不出來嗎！我不可能爲你打造你想要的哥雷姆國，因爲我就是我，我是什麼樣子，哥雷姆國就該是什麼樣子！」

加克環顧塵土漫天的戰場，昔日美麗的哥雷姆國如今血流成河，到處都是破碎的屍體與魔像，遠處隱隱傳來絕望的哭泣聲。

「若這個國家此刻的模樣代表你……」加克舉起劍，堅定地將劍尖指向騎士。「那我誓死也要打敗你。」

騎士的雙眼布滿血絲，他握緊劍柄，聲嘶力竭地朝魔像咆哮：「來啊！在這之前你就會死在我手下！」

暴虐的哥雷姆王畢竟是殺死過怪物的英雄，雙方勢均力敵。騎士的劍路快狠準，輕輕一揮炎劍便能使人感受到窒息般的炙熱，若不是加克的鎧甲不怕火，恐怕早已落敗。

望著沐浴在火光中、眼神滿是悲憤的騎士，加克不明白自己哪裡做錯了。他曾相信這個人可以成爲明君，所以才支持他成爲國王，可不知從何時開始，那個直率的青年消失了，取代而之的是眼前這名陰沉易怒的男子。

爲什麼會變成這樣？是因爲他的關係嗎？

珍視的人全都死於那場悲劇，徒留殘破的哥雷姆國，正因如此，他們更應該互相扶持。如今落得這樣的下場，加克感到十分悲傷。

他一劍挑開騎士的劍，這瞬間，騎士露出了空隙，加克知道自己該把握機會。

但他猶豫了。

可惜在戰場上，猶豫就會敗北。下一刻騎士抓準機會，一劍刺中了他的心臟魔紋。

加克的動作僵住了。

以心臟魔紋爲中心，魔像騎士的身軀宛如破碎的玻璃般，裂痕飛快地蔓延至全身。

「都是你……都是你的錯！」騎士帶著哭腔嘶吼。「你只要服從我就好，何必去管哥雷姆國該是什麼樣子、何必去執著那些早已不在的人！爲什麼你就是不肯把我的話聽進去！」

加克的聲之魔紋遭到毀損，發不出聲音了。他只能舉起顫抖的手，緩緩伸向騎士舉著劍的手。

不過在碰觸到騎士之前，他的手便連同身體化爲千萬碎片消散在風中。

騎士的嘶吼迴盪在他耳邊，然而加克什麼也聽不見。他只能深深凝視著騎士手指上的哥雷姆王戒，直到死前最後一刻。

最終，騎士擁有了全天下，卻再也沒有夥伴站在身旁。而這便是存在於某個遙遠時空裡的，另一個騎士的故事。

後記　差點毀滅世界的眞愛之吻

大家好，野生的草草泥出現啦，在此先警告大家，這次的後記跟番外都是驚天巨雷！怕被劇透的小夥伴千萬別看，不怕被雷的小夥伴也建議先看完正文再看後記。

這一集相較於前兩集虐了許多，但也是最閃的一集。我寫到最後有種不發喜帖好像怪怪的感覺，可是眞的發了喜帖，我又得煩惱加克到底要當哪一方的家長出席婚禮。（到底）

首先我們要恭喜穆恩達成了用眞愛之吻喚醒王子殿下的成就（不是），不要誤會，他是眞的沒辦法了啊！不是我故意要這麼寫，而是穆恩眞的走投無路只能這樣做！我沒有狡辯，請大家相信跟王子一樣眞誠的羊駝。

不過日後這件事一定會被王子殿下用來調侃，穆恩聽到應該會又氣又羞恥地叫他閉嘴。這已經成爲穆恩的黑歷史了。

照原本的命運安排，穆恩本該是跟加克與霍普組隊，只是這個世界線被厄密斯改變了，於是穆恩的隊友之一從霍普換成了亞倫，羊駝也在此爲大家整理一下。

世界線A：亞倫變成了毀滅哥雷姆國的怪物，穆恩與魔像王和魔像騎士組隊，聯手殺死了亞倫，最後穆恩成爲了哥雷姆國王。

世界線B：亞倫被厄密斯及時阻止，沒有成爲怪物，所以霍普也沒有醒來。厄密斯代替亞倫毀滅了哥雷姆國，而亞倫則與穆恩、加克組隊踏上旅途。

厄密斯究竟是來自怎樣的世界，又是怎麼跟亞倫認識，目前都還沒交代。到了下一集就會解謎，魔法師跟霍普一樣，距離祕密揭露只差一步了！

第一次在故事中加入平行時空的元素，希望大家不會感到太混亂。厄密斯之所以會如此偏激，只是因爲世界線A對他造成的心理陰影太強烈，他穿越過很多次時空，每一次的結果都與世界線A相同。

下一集就會揭曉他爲何如此執著於拯救亞倫，所幸厄密斯現在也不是孤軍奮戰了，艾爾艾特是完全認同他並和他站在同一邊的。如果小夥伴們對剩下的未解之謎有什麼推測，都歡迎在我的社群網站留言，非常想看看大家會有什麼想法！

另外聊聊這次的番外，這是我寫過最虐的番外了，雖然我不喜歡虐，不過我很喜歡這一集的番外，憤世嫉俗又得不到加克忠誠的穆恩寫起來很有爽快感，尤其是最後一刻他還看到加克凝視著哥雷姆王戒，玻璃心簡直要碎成渣了XDD

魔像騎士是這部故事裡眞正的好人角色，不管在哪個平行時空，他都是正義的一方。他的命運深深跟兩位哥雷姆王位候選人連繫在一起，無論誰當上王，他都會輔佐成爲王的人。在世界線A裡，唯一能救贖穆恩的人也只有加克，可惜他失敗了。

不管是亞倫還是穆恩都依賴著魔像騎士，而加克也很重視亞倫跟穆恩，只是若要說誰適合當王，加克是支持亞倫的。結果暴君穆恩把這當成是加克在否定他，他這人最無法忍受的，就是別人不把他看在眼裡，尤其是他在乎的人，所以最後才由愛生恨，狠心殺了加克。

在穆恩的成長過程中，從沒有人認同過他，這導致他內心變得無比扭曲，以至於平行時空裡的他都在逼迫別人認同他。他逃脫不出這個死循環，他最看重的人都不認可他了，那些與他無關的人們更不可能讓他相信自己是被認同的。

不過在如今這個世界線就不同了，亞倫與加克都接納了他，各自用自己的方法讓穆恩感覺自己被重視。最後穆恩也沒有讓他們失望，眞的浪子回頭了。（加克表示欣慰）

穆恩害怕沒人看見他，亞倫害怕自己被遺棄，他們之間的羈絆與約定救贖了彼此，在這集之後可說是眞正的共享命運了。

無論如何，成功把眞愛之吻元素放進故事裡，是這一集最讓我有成就感的部分。當初寫完後，我斷章取義地跟編輯講了第三集在幹麼，現在還要再跟大家講一次，第三集就是美人王子跟流氓騎士私訂終身，本來打算瞞著家長私奔，王子卻不幸陷入漫長沉睡，最後騎士獻上了眞愛之吻喚醒他，並奮力打敗魔王，阻止了世界毀滅的危機——大致就是這樣的發展。大家有沒有覺得很夢幻？至於世界會差點毀滅其實是因爲騎士獻上了眞愛之吻什麼的，我們就別計較了。

草草泥

國家圖書館出版品預行編目資料

妖孽王子的救國日常. 3, 本應破滅的未來／ 草草泥著. -- 初版. -- 臺北市；城邦原創出版：家庭傳媒城邦分公司發行, 民109.09
面； 公分

ISBN 978-986-99411-0-5（平裝）

863.57 109013687

妖孽王子的救國日常 03
本應破滅的未來

作　　者／草草泥
企畫選書／楊馥蔓
責任編輯／陳思涵

行銷業務／林政杰
總 編 輯／楊馥蔓
總 經 理／伍文翠
發 行 人／何飛鵬
法律顧問／元禾法律事務所　王子文律師
出　　版／城邦原創股份有限公司
台北市中山區民生東路二段 141 號 6 樓
電話：(02) 2509-5506　傳真：(02) 2500-1933
E-mail：service@popo.tw
發　　行／英屬蓋曼群島商家庭傳媒股份有限公司城邦分公司
聯絡地址：台北市中山區民生東路二段 141 號 11 樓
書虫客服服務專線：(02) 25007718．(02) 25007719
24小時傳真服務：(02) 25001990．(02) 25001991
服務時間：週一至週五09:30-12:00．13:30-17:00
郵撥帳號：19863813　戶名：書虫股份有限公司
讀者服務信箱 email：service@readingclub.com.tw
城邦讀書花園網址：www.cite.com.tw
香港發行所／城邦（香港）出版集團有限公司
地址：香港灣仔駱克道 193 號東超商業中心 1 樓
email：hkcite@biznetvigator.com
電話：(852)25086231　傳真：(852) 25789337
馬新發行所／城邦（馬新）出版集團 Cité(M)Sdn. Bhd.
41, Jalan Radin Anum, Bandar Baru Sri Petaling,
57000 Kuala Lumpur, Malaysia.
電話：(603) 90578822　傳真：(603) 90576622
email:cite@cite.com.my

封面插畫／喵四郎
封面設計／蔡佩紋
印　　刷／漾格科技股份有限公司
電腦排版／陳瑜安
經 銷 商／聯合發行股份有限公司
客服專線：(02)2917-8022　傳真：(02)2911-0053

■ 2020 年（民 109）9 月初版　Printed in Taiwan
■ 2020 年（民 109）11 月初版2.5 刷

定價／250元

ISBN　978-986-99411-0-5